U
AN
D
STO
20

ISBN 978-88-12-01091-2

Coordinamento di Paolo Di Paolo, Fiorella Favino
e Tamara Baris

Progetto grafico, copertina
e ricerca iconografica di Stefano Vittori

I testi di Daria Bignardi, Nicola Lagioia
e Melania G. Mazzucco sono pubblicati in accordo
con Rosaria Carpinelli Consulenze Editoriali.
Il testo di Fabio Deotto è pubblicato in accordo
con Piergiorgio Nicolazzini Literary Agency (PNLA).
Il testo di Laura Imai Messina è pubblicato
in accordo con MalaTesta Lit. Ag. Milano.
Il testo di Matteo Cavezzali è pubblicato
in accordo con Grandi & Associati.

Crediti fotografici:
p. 168, Marion Kalter ©2023 / Bridgeman Images;
pp. 177-178 © Mondadori Portfolio/Pino Grossetti;
p. 187, © Reuters/Paul Hanna/Bridgeman Images;
p. 190, RMN-Grand Palais/Scala; p. 192, Guillem Lopez
© 2023 / Bridgeman Images; p. 197, © Musacchio,
Ianniello & Pasqualini; pp. 206-211 © Tommaso
Giagni; pp. 220, 226 © Anna Golubovskaja.

Prima edizione novembre 2023

NNO DI ORIE 23

Un paese è
le storie
che racconta

TRECCANI

SOMMARIO

introduzione

paesaggio

mappe

linee

cronologia

ciò che *non* raccontiamo

letture

autori

INTRODUZIONE

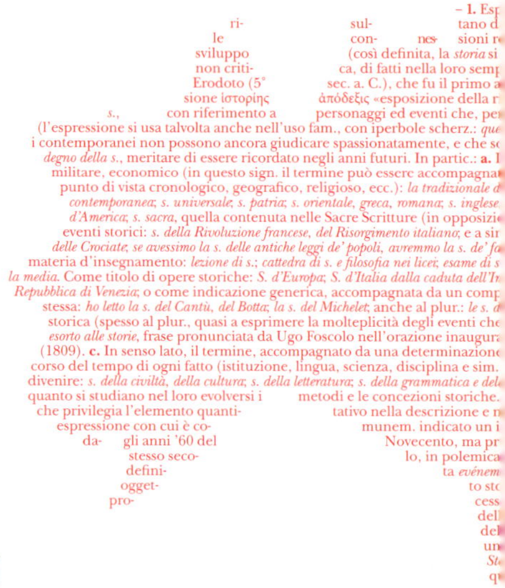

Un paese è le storie che racconta

Paolo Di Paolo

«Mai come oggi – lo vedo da quel che accade ai libri di tutti, da quel che si legge sui giornali, oppure si sente dire da gente scontenta – c'è stata più estraneità, almeno da noi, tra il libro e la vita reale del paese. Anche se il libro riguarda proprio il paese, gettato dall'editore nella vita di questo, dopo un po' scompare. Si ha la sensazione di essere su una nave che corre in acque sempre più ossessive per la loro uniformità di fondo; il libro è un oggetto, o sono tanti oggetti, che un ragazzo lancia dalla murata fra le onde. Le onde non lo conoscono. Al massimo lo sopportano un po', quindi lo ingoiano».

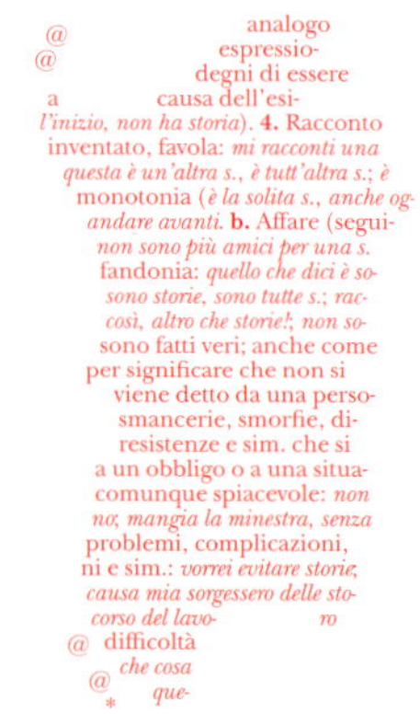

È un'immagine vivida, romanzesca e disperata. La scrittrice Anna Maria Ortese vedeva così, all'inizio degli anni Ottanta, il rapporto fra i libri e la vita italiana. Parla di estraneità: è un termine netto, forse ingeneroso. La prospettiva di uno scrittore è più emotiva rispetto a quella di un sociologo, si fonda su umori e stati d'animo viscerali, contraddittori, talvolta perfino su un risentimento, su un'insoddisfazione di natura personale. L'impressione – a leggere queste righe quattro decenni dopo – potrebbe essere che il quadro sia ulteriormente peggiorato, e che il ragazzo che lancia «tanti oggetti»

Nell'immagine, composto in corpo tipografico 5/5, il lemma *Storia* dell'Enciclopedia Treccani.

storia

stòria (ant. o
letter. istòria) s. f. [dal
storia, gr. ἱστορία, propr.
dagine, cognizione» da una
oeur. da cui il gr. οἶδα «sapere» (e
i che sa») e il lat. *vid-* da cui *vidēre* «vedere»].
dinata di fatti e avvenimenti umani del passato, quali
ne critica volta ad accertare sia la verità di essi, sia
er cui è lecito riconoscere in essi un'unità di
e alla *cronaca*, che è invece esposizione, per lo più
ione cronologica): *il padre della s.*, lo storiografo greco
mine, nella sua accezione etimologica, nell'espres-
usa della s., nell'antichità classica, Clio; *passare alla*
ortanza, sono destinati a esser ricordati dai posteri
passerà alla s.!); *fatti che attendono il giudizio della s.*, di cui @
e successive saranno valutati dagli storici; *essere* @
tto, narrazione di fatti d'ordine politico, @
cazioni che ne limitano il campo dal
s. in antica, medievale, moderna,
l'Italia; s. degli Stati Uniti
ina); con riferimento a singoli
enti: *la s. della società feudale,*
lle nazioni (Vico). Come
s. moderna; testo di s. per la scuo-
o all'età moderna; S. della
e specifica l'autore dell'opera
Livio. **b.** Genericam., indagine
to di storia): *o Italiani, io vi*
di letteratura a Pavia
tudio, la descrizione nel
nunque soggetto a un
iana; s. dell'arte [...], in
iva, indirizzo storiografico
orica; [...] *S. della mentalità,*
riografico diffusosi a partire
rancia già negli anni '30 dello
ografia dai suoi stessi promotori
nachistica»), che assumeva come
, l'evento puntuale piuttosto che il
urata. *Storia di vita*, metodo di ricerca
gia culturale e della sociologia che si vale
one delle vicende di un individuo o anche di
quale fonte di documentazione e di analisi. **d.**
, espressione usata fin dall'antichità, con sign. vicino a
ario di «ricerca, indagine», per indicare le scienze
loro insieme e soprattutto nel loro aspetto descrittivo [...]
uirsi dei fatti e degli avvenimenti che sono o possono essere
i ricerca ed esposizione da parte della storia (quando
vitare confusione, la storia come indagine e narrazione si
a *storiografia*): *la s. moderna si può far cominciare con la scoperta*
ca; un avvenimento d'importanza fondamentale nella s. d'Italia; al
oggi da questo Luogo incomincia la novella storia (Carducci); anche
uso assol. [...] Talvolta anche per sottolineare la verità e la realtà
certi fatti (in opposizione a *invenzione*, creazione fantastica e
sim.): *Del romanzo storico e, in genere, de' componimenti misti di s. e*
d'invenzione, titolo di un importante saggio di A. Manzoni,
pubblicato nel 1845; per *s. romanzata*, v. romanzare. Nel
linguaggio com.: *questa è s.!*, sono fatti veri, accertati, reali. **3. a.**
Séguito di vicende, personali o relative a un fatto particolare,
d'interesse circoscritto, che siano oggetto di un racconto
ordinato: *ti voglio raccontare la s. della mia vita; la s. della sua*
giovinezza è molto interessante; tutta la sua esistenza è una s. di dolori e
delusioni; è una s. penosa che ricordo con dolore; è stata una s. divertente, e vale
la pena di raccontarvela; è una lunga s., una s. poco pulita, una s. sporca; come in- tentamente
ascolta e nota La lunga istoria de le pene mie (Petrarca); *cominciatasi dal capo gli contò la s. infin*
la fine (Boccaccio). Più genericam., vicenda, successione di avvenimenti: *vorrei*
dimenticare questa s.; il momento più divertente di tutta la s. fu quando ...; e intanto mi
tocca andar con lui! in quel castello! Oh che storia! che storia! che storia! (Manzoni).
Sempre in senso generico, nell'uso com., seguito di fatti (anche non
importanti), in quanto se ne abbia conoscenza e siano tra loro concatenati:
la cosa, come sentirete, ha una sua storia. Analogam., nel linguaggio scient., la
somma delle vicende fisico-chimiche di un sistema materiale in momenti
precedenti a quello in cui viene esaminato, la cui conoscenza è
sempre utile e in molti casi è indispensabile per interpretare corretta-
mente il suo stato presente e prevedere il suo comportamento futuro (sign.
ha l'espressione *s. di una grandezza).* **b.** Sono frequenti, nel linguaggio com., le
@ ni negative seguenti: *senza storia*, detto di ciò che manca di eventi significativi,
, riferiti o raccontati (*una vita triste e senza storia*); *non avere (più) storia*, perdere interesse
@* to scontato in anticipo (*dopo il primo gol la partita non ha più avuto s.; il film, dopo*
@* di un insieme di vicende e avvenimenti, reali o immaginari [...]; anche, racconto
s.? [...] **5.** In espressioni fig. dell'uso fam.: **a.** Faccenda, questione:
(*sempre*) *la solita s.*, di cosa per lo più spiace- vole che si ripete con
gli hanno litigato); questa s. deve finire, questa s. non può più
to da una specificazione): *è una s. di sol- di, d'interessi;*
di donne. **c.** Cosa inventata, racconto bugiardo,
lo una s., chi vuoi che ci creda?; spesso al plur.:
conta un sacco di storie; le cose stanno
no storie, queste!,
esclam., *storie!*,
crede a quanto
na. **d.** Al plur.,
scussioni,
fanno per sottrarsi
zione non desiderata o
facciamo storie, dimmi sì o
(*fare*) *tante storie!* Anche,
equivoci, incomprensio-
mi dispiacerebbe che per
rie in famiglia; so che nel
ci sono state diverse s.; o
improvvisa:
sono, ora,
ste storie?
@ **e.** Cosa
complicata,
@ lunga o difficile
* a raccontarsi:
* @ @ @ *quando deve*
@ *partire, per*
fare i
ba- gagli è una s.
che non ti dico!; *per*
scu- sarsi con noi ha montato
tut- ta una storia. **f.** Cosa nuova, o
@ @ @ mai vista o sentita prima: *che s. è questa?* **g.** Relazione amorosa,
nell'espressione *avere una s. (con qualcuno)*: *ha una s. con un*
ragazzo straniero; hanno avuto una lunghissima storia, poi si sono
lasciati; ha avuto anche lui le sue storie. **6. a.** Raffigurazione
pittorica o plastica di un fatto: *pittore di storie*, di soggetti
storici. **b.** In senso più concr. e determinato,
singola scena raffigurata in pittura o
scultura [...] • Dim. **storièlla**, anche con
sign. proprio (v. la voce); dim. e spreg.
storiétta, spec. come libro o testo
di storia molto semplice,
mediocre; pegg.
@ **storiàccia**, una
@ vicenda brutta,
triste.

fra le onde ne stia lanciando una quantità esuberante. E che quel mare sia costretto a inghiottire con più rapidità, con meno clemenza. Ma leggere il presente mentre accade porta a conclusioni fallaci: bisogna semmai tradurre ogni sentenza in una domanda.

Per esempio, questa: che rapporto c'è tra i libri e la vita del paese? Come la vita di una comunità nazionale è toccata (o *non* toccata) dalla produzione editoriale? Come nella produzione editoriale – e più specificamente narrativa – si riflettono gli umori e i malumori, i desideri, le speranze di quella comunità? È una relazione che istituiamo, nel discorso pubblico, assai di rado. C'è un margine di fraintendimento altissimo: si può essere portati a dedurre, da un libro in cima alle classifiche di vendita, parametri sociologici ingannevoli e fuori asse. Tuttavia, per vie spesso contorte, opache, qualcosa dell'"umore della nazione" finisce per rivelarsi dai libri che si scrivono e si pubblicano. Quelle che chiamiamo tendenze – linee di ricerca che si ispessiscono, orizzonti narrativi frequentati con intensità fino a diventare ovvi – ci dicono qualcosa delle domande (e perciò delle ansie, delle preoccupazioni) più ricorrenti.

Perché raccontiamo soprattutto "storie vere"? Perché il trauma – fisico e psichico – è così marcato nei romanzi delle ultime stagioni? Le risposte non sono e non possono essere univoche. Ma limitarsi a registrare i fenomeni – un'imprevista passione per libri legati al mondo giapponese, l'exploit dei volumi sul fascismo, la fortuna della divulgazione scientifica o più in generale delle "storie di scienza" – è poco: più avventuroso è provare a interpretare, tentare di leggere in questa galassia qualche segno. Le linee di un paesaggio, frastagliato, segmentato in aree di interesse sempre più circoscritte e meno comunicanti fra loro. Gli appassionati del *romance* non è detto che incontrino i lettori del libro autoprodotto da un generale preoccupato dal mondo che cambia. E così i cultori di "giapponeserie" nemmeno sfiorano chi decreta il successo anche italiano di Emmanuel Carrère. O forse invece sì?

Come l'analista politico monitora le oscillazioni dell'elettorato, come dovesse misurargli la febbre, così si può prendere la temperatura del "lettorato", altrettanto volubile e imprevedibile. E proiettarne le preferenze e le scelte su un fondale più largo – un anno di storie, appunto. C'è un immenso materiale narrativo che si accumula in 365 giorni: la porzione che ci raggiunge nel formato di un libro è minima rispetto a ciò che resta non narrato, o non fino in fondo.

Nelle pagine che seguono, se ne offre una campionatura. Ma più in generale si prova a rimettere in relazione libri e «vita reale del Paese», per riprendere le parole di Ortese. Non sarebbe d'altra parte incongruo ripensare a stagioni, più o meno remote, di grandi speranze collettive o di turbolenza politica verificando come certi romanzi abbiano funzionato da specchi – rivelatori, deformanti, ustori; da scintille per un vasto dibattito (*La Storia* di Elsa Morante nel 1974!), da slogan involontari e validi per un decennio (*L'insostenibile leggerezza dell'essere*, 1984; *Va' dove ti porta il cuore*, 1994). Non basta: il nodo misterioso che tiene insieme privato e pubblico, vita intima e vita della collettività spesso è sbrogliato – o, viceversa, stretto con più forza – dai narratori.
Non è facile leggere il presente mentre accade. Né è scontato che la finestra da cui un narratore o una narratrice si affacciano abbia vetri chiari. Magari sono opachi, appannati; tuttavia consentono – perfino tradendo la realtà – di *aumentarla*. Non è un imbroglio: questa "realtà aumentata" può rivelarci molto, scaldare per una via emotiva il rigore documentario o una fredda sequenza di eventi, spingerci a interpretare l'attualità da angolazioni insolite, da dove meglio si connettono o riconnettono l'io e il noi. Dal punto in cui, con nitore imprevisto, si intuisce come il collettivo sia una dimensione del personale.

Le storie che siamo

Tamara Baris

«Stia attenta con le storie inventate. Rivelano cosa c'è sotto. Tal quale come i sogni», scriveva Raymond Queneau in *I fiori blu*. Anche le storie inventate di questo paese, o le vite vere raccontate, rivelano cosa c'è sotto: sotto quello che ci raccontiamo e ricordiamo, sotto le cose che trovano *voce* e *forma* attraverso la letteratura che, come la scienza, è in grado di «saper vedere al di là del visibile» (Rovelli, in Pischedda p. 145→).

C'è chi si chiede che fine abbiano fatto queste storie (Lipperini, p. 23→): quella capacità non di narrare fatti accaduti ma quelli che potrebbero accadere, di *attraversare lo specchio*, anziché restare solo a guardarlo e a contemplare l'immagine riflessa di noi. Eppure, scrivere è mentire (si sa: la letteratura è menzogna). Infatti, lo *scrittore vero*, guardandosi allo specchio, regala delle preziose bugie, perché, mentre racconta la sua *storia vera*, ci mette dentro «lo stile, l'affabulazione e la struttura che servono per parlare di tutti mentre parla di sé» (Simonetti p. 97→): «la forma non è tutto, è il 95%», diceva Luca Serianni. Mentre leggiamo, se ci fermiamo a riflettere, non possiamo fare a meno di ammettere che «la verità è che nessuno può mettersi in salvo da solo», ma che stipulando «un'alleanza contro i pregiudizi, possiamo, forse, imparare a vivere in regime di libertà» (Ravera p. 30→). Di libertà e onestà intellettuale, affacciandoci oltre quello specchio per guardare quel che esiste fuori di noi: non «dovremmo mai dimenticare che la crisi climatica è un fenomeno che minaccia ogni settore della nostra vita [...]. Accettarne l'esistenza significa accettare la possibilità che il mondo in cui siamo cresciuti, e in cui abbiamo riposto le nostre aspettative di felicità e rassicurazione, stia cambiando in modo irreversibile» (Deotto p. 36→), «anche se preferiamo dimenticare. Come si fa con ogni dolore» (Cavezzali p. 43→).

«L'Italia ritratta in questi libri è un paese ferito e ammalato. Ma un segno positivo e vitale c'è, ed è la *fiducia* nella letteratura: mai come in questi tempi incerti, traumatizzati e oscuri la scrittura si propone come medicina e cura» (Mazzucco p. 90→). Lo abbiamo sempre saputo e continueremo a raccontarlo con tutte le energie, con le ferite custodite sotto la superficie, trattenendo la rabbia, per non farla sfociare in violenza e prevaricazione e alimentare quel fiume di frustrazione che ogni giorno sembra travolgerci in questo mondo "fuori asse", in cui la soluzione può e deve essere, davvero, «ripartire, anzitutto, dalla cura e dall'insegnamento delle emozioni» (Farinelli p. 48→), da quelle schiacciate delle donne, da quelle inespresse e senza scuola di troppi uomini.
Un paese è le storie che racconta, ma anche quelle che vende: non tanto un mondo al contrario, ma quella sana raccomandazione di ricordarsi che «il mondo si legge al contrario», come ci insegna Italo Calvino.
L'anno di storie è nascosto anche nelle storie che non racconta, quelle che restano nell'ombra e non trovano la forza di venire fuori. Un paese dev'essere in grado di «cercare di portare avanti anche i "meno bravi"» (Roghi p. 56→). Quelli che una forma non riescono a darsela e che si sono arresi, da troppo tempo, all'ineluttabilità di certi contenuti. Siamo, poi, anche quello che cerchiamo altrove, nelle parole che raccontano il «dettaglio» e l'«*adesso*»: «l'unica porzione di tempo che l'uomo contemporaneo è in grado di gestire ma che, in Oriente, è da sempre richiamo costante alla fugacità dell'esistere» (Imai Messina p. 114→).
Siamo tutti l'anno di storie che ci raccontiamo: ricordate, lette e analizzate, «ma in verità imprendibili. Come Pulcinella. Come Osimhen» (Carotenuto p. 63→). Molte, di questo anno da Ernaux a Fosse, abbiamo cercato di custodirle qui.

paesa

aggio

Scrivere quello che esiste, scrivere quello che (e chi) è noto: lo specchio e l'editoria

Il fiato corto della vita

Walter Siti

Tra gli addetti si parla parecchio del fingere e del non fingere in letteratura: i lettori, pare, ma soprattutto gli scrittori preferiscono da un po' di tempo le "storie vere" a quelle inventate – l'ultimo Strega è stato vinto da una scrittrice non professionista che ha raccontato la pena e il coraggio del proprio destino.
Ma anche i supposti professionisti puntano sempre più spesso sulle biografie o le autobiografie: le vite di donne e uomini illustri, negli ambiti più svariati, d'ogni tempo e d'ogni paese; oppure i propri guai, le proprie traversie, o quelle della madre, dei bisnonni, degli amici più stretti.
La non-letteratura, si arriva a dire, ha più udienza e più chances editoriali della letteratura; il pubblico allenato sui social vuole sentire il fiato della vita vissuta, il timbro della verità. Ma che cos'è la verità? E cos'è il professionismo in un territorio così aperto ai venti come la fantasia?
La letteratura, credo, è semplicemente ciò che in un certo momento culturale viene chiamato letteratura; i tentativi di definirla con parametri assoluti, o almeno costanti, è sempre fallito – se ora questi parametri stessero rapidamente cambiando sotto gli occhi di noi anziani, che ci sarebbe di scandaloso? Quindi non entrerò nella selva inestricabile, proverò ad affrontare il problema di sbieco; da un modo verbale (il condizionale), ripartendo scolasticamente dalle origini.

Sarebbe bello

In uno dei passi più famosi della *Poetica*, Aristotele distingue tra il lavoro dello storico e quello del poeta: compito dello storico è raccontare ciò che è accaduto, mentre spetta al poeta «non narrare i fatti accaduti ma quelli che potrebbero accadere» (poi aggiunge «secondo il verosimile o il necessario», e su questo tornerò).

Il modo condizionale è il padre della fiction – di fiction sono piene le librerie, per non parlare delle serie televisive. Ma con un certo stupore mi sono trovato a constatare che la maggior parte delle fiction di maggior successo racconta ciò che non può accadere: o che non può accadere per ora (avere un "doppio" virtuale, usufruire del teletrasporto) o che non potrà accadere mai (trasformarsi in un licantropo, essere un vampiro) – tutta quell'ampia gamma di soprannaturale che comprende la fiaba e la fantascienza, il racconto fantastico e l'horror.
Il livello non è solo quello basso dell'evasione e dell'intrattenimento, se annovera grandi scrittori come Philip K. Dick o grandi registi come Steven Spielberg. Qui il basico condizionale aristotelico subisce una prima torsione: la fiction racconta quel che sarebbe bello (o eccitante, o pauroso) che potesse accadere.

Lo schermo della verità
Ma la torsione che più mi preoccupa è un'altra: ho l'impressione che oggi molte storie inventate ci vogliano raccontare non quel che potrebbe ma quel che dovrebbe accadere, quel che sarebbe giusto che accadesse. È la vasta pletora dei racconti ben intenzionati: i migranti osservati unicamente e pietosamente come vittime, le donne che hanno saputo vincere una soverchiante quantità di ostacoli, i gay felici dopo aver preso coscienza di sé. (Simili in questo a certe "storie vere" che hanno un evidente retrogusto di esemplarità, parlano a nuora perché suocera intenda).
Qui faccio più fatica a indicare esempi che superino il livello dell'intrattenimento edificante; se devo dirla tutta, ho il sospetto che in questi casi la voga della "storia vera", della cruda realtà, funzioni come schermo retorico.
Provo a spiegarmi facendo un salto indietro. Negli anni Trenta in Italia il fascismo oscillava tra due forme di retorica: il tronfio nazionalismo da una parte e dall'altra le edulcorate commedie sentimentali dette "dei telefoni bianchi" (Assia Noris, le mille lire al mese, gli uomini che mascalzoni e tutta la compagnia). Il primo neorealismo arrivò a spazzar via tutto il ciarpame, fece cadere il sipario e mostrò la miseria – la verità di un paese per demistificare le bugie precedenti e anche quelle dei nuovi padroni. È nato *nu criaturo*, è nato *niro*.
Ma adesso? Adesso che la tecnologia sembra magia, e il virtuale è più attraente del reale, adesso che la de-realizzazione di ogni conflitto è ciò su cui il Potere conta per perpetuarsi,

tutta questa "passione della verità" non rischia di apparire essa stessa come uno schermo? Di essere sostanzialmente un alibi timido, una fuga dalle strutture profonde su cui si basa il vero dominio? Non sono i nuovi telefoni bianchi della coscienza civile?

Il modo del diavolo

Il romanzo realista otto-novecentesco era un campione, e un equilibrista, della mezza distanza: partiva spesso da un "fatto vero" attinto dalla cronaca dei giornali per narrare il sogno, l'ambizione dell'assoluto, la riflessione sulla Storia. Per dire quel che scorreva nelle vene della società (che la società lo sapesse o meno), ma anche quel che formicolava negli inconsci individuali – quello che potrebbe saltar fuori da me, se non mi censurassi.

Il sesso consumato con una bambina, la trasformazione di sé stessi in un immondo insetto, gli omosessuali razza maledetta come gli ebrei. Tra la cronaca e un senso superiore c'era un ponte, un progetto che univa le due dimensioni – era la borghesia nella sua parabola di crescita apogeo e decadenza, era il progresso che poteva pure mostrare le sue crepe ma credeva comunque nella possibilità di rinnovarsi e proprio per questo non temeva le epifanie, le locomotive sfidavano il buon Dio.

Ora il ponte è crollato: quel che accade di decisivo è nascosto tra le nubi e quaggiù restano frammenti di vissuto che si sbriciolano, relitti di cronaca senza direzione – il senso bisognerebbe andarlo a cercare dove passa il vero dominio, le mosche del nuovo capitale; ma bisognerebbe esserci dentro, conoscerne le dinamiche aziendali come Volponi conosceva quelle della Olivetti e della Fiat. Le illusioni perdute nella Silicon Valley.

Io, che non so niente ma a quel vecchio mondo appartengo per sanzione d'anagrafe, posso solo pensare al condizionale come al modo verbale della tentazione, ossia del Diavolo («forse potresti, magari acconsentirebbe...»).

Tornare a immaginare

Perché Aristotele aggiunge al suo condizionale "secondo il verosimile o il necessario"? Perché esige che la poesia (che nel suo caso è epica e soprattutto teatrale) coinvolga l'uditore o lo spettatore, e per far questo dev'essere credibile, senza identificazione niente catarsi; ma in più il testo dev'essere dotato di una specie di super-vista, su come stanno le cose e su come non possono non evolvere necessariamente secondo logica storica o psichica – deve insomma partire dal "fatto" (che nel suo caso è il mito) e dare a quel fatto un valore universale; se no come sarebbe riuscito Sofocle a suggestionare Freud?

Qui tutta la faccenda va riletta tenendo conto di un ulteriore elemento. Come mai certe "storie vere" le sentiamo come universali e altre no? Non tutte le *non*-fiction sono uguali. Conta molto il demone dell'analogia: un *noir* dalla trama al limite della credibilità può dirci molto sulla violenza delle periferie, una *science fiction* in un futuro estremo può rivelarci il nostro attuale spossessamento di realtà o la perenne fallibilità della giustizia, una storia di vampiri può parlarci dello *ius sanguinis* o della natura del Tempo. Si tratta di adeguatezza tra il fatto raccontato e la specola da cui lo scrittore racconta, cioè si tratta del suo stile.

La capacità universalizzante dello stile è di per sé una forma di condizionale (il fatto è accaduto ma appartiene a una costellazione più grande che potrebbe essere quella sotto cui viviamo).

Chi se ne importa a quel punto se l'autore utilizza la propria autobiografia in modo diretto o indiretto, se fa come Rousseau nelle *Confessioni* o come Flaubert con Emma Bovary? Forse oggi si sente il bisogno di aggrapparsi ai fatti accaduti perché l'immaginazione prevalente o è troppo fatua o è troppo spaventosa. Servirebbe una disciplina dell'immaginazione, per investire il proprio capitale immaginario in opere pubbliche.

W. Siti, *La letteratura senza condizionale. Oggi la fantasia spaventa tutti*, "Domani", 25 luglio 2023

Che fine hanno fatto le storie?

Loredana Lipperini

Che fine hanno fatto le storie? Perché spesso, a forza di decretare la morte del romanzo, si rischia l'effetto Pierino e il lupo, e non ci si rende conto che le cose stanno davvero cambiando, anzi, che i lettori sono già cambiati e che l'editoria si adegua ai lettori, e dunque, per forza di cose, anche i premi letterari che del mondo dei libri sono specchio. Infatti, fra non molto si assegna il Premio Strega e nel frattempo è stata proclamata la cinquina del Premio Campiello, e i libri finalisti sono un chiarissimo indicatore di quel che avviene, a volerlo vedere.
Premessa doverosa: non si discute in alcun modo della qualità di quei libri, che sono tutti, va sottolineato più volte a scanso di equivoci, di altissimo livello per quanto riguarda lo stile e la lingua e l'inventiva. Si discute, invece, di una tendenza che è in atto non da oggi ma che in questa estate 2023 raggiunge il suo culmine.
Dunque, dei cinque finalisti dello Strega, soltanto uno è un romanzo a tutti gli effetti: *Mi limitavo ad amare te* di Rosella Postorino. Romanzo storico o delle emozioni non importa, romanzo è. *Rubare la notte* di Romana Petri, che ha la magnifica scrittura che è propria dell'autrice, è una biografia (di Antoine de Saint-Exupéry) elevata a fiction, ma pur sempre proveniente dalla realtà. *Dove non mi hai portata* di Maria Grazia Calandrone è uno struggente memoir, che racconta la breve vita della madre biologica dell'autrice. Del padre parla Andrea Canobbio in *La traversata notturna*, mentre quello che si sussurra come sorprendente favorito, *Come d'aria* di Ada D'Adamo, è un ulteriore memoir sulla malattia della figlia e dell'autrice stessa, morta pochi giorni dopo la proclamazione della dozzina.
Veniamo al Campiello, dove D'Adamo non è in gara ma ha ottenuto una menzione speciale. Anche qui, il romanzo è

uno solo, *Centomilioni* dell'esordiente Marta Cai. Gli altri (ripeto: tutti libri molto belli e importanti) no: *La Resistenza delle donne* di Benedetta Tobagi è un saggio, *La Sibilla* di Silvia Ballestra è una biografia (di Joyce Lussu), come, in termini molto ampi, *Diario di un'estate marziana* di Tommaso Pincio (su Ennio Flaiano), mentre *In cerca di Pan* è la raffinatissima esplorazione nel mito cui Filippo Tuena ci ha abituati da anni (e dunque è libro a sé, che non rientra in alcuna categoria). Dunque, nella stragrande maggioranza dei casi, si può dire che dai libri candidati si evince che in questo preciso momento a chi scrive si chiede di raccontare storie vere: proprie o di altri non importa, ma vere. Non spetta a questo articolo, ovviamente, stabilire cosa sia letteratura e cosa no: l'intenzione è semplicemente prendere atto che esiste un principio di realtà che oggi viene richiesto con forza ai libri. Per inciso, alcuni scrittori se ne sono accorti. Massimo Carlotto e Patrick Fogli, che sono scrittori di finzione (fa un po' impressione scriverlo, in effetti, come se la finzione fosse una sottocategoria) hanno indetto per il 1° ottobre una giornata di confronto e discussione sullo stato delle cose, e questo sarà uno dei punti. E Michele Vaccari, che all'importanza della narrazione pura (e non realistica) si dedica da anni, scrive: «È un dato, un sintomo, per me un segnale consapevole, non solo dell'editoria che nel tempo della comunicazione ha un lavoro agevolato quando può parlare di libri che hanno al centro, di sfondo, come richiamo, un mondo già esistito, che siano persone note come persone o cosmogonie già esistite di cui in qualche modo si è conservata nel senso comune memoria».
Ma nulla nasce da un giorno all'altro, e tutto questo comincia da lontano: se vogliamo fornire una datazione, comincia da quando la prima persona ha sostituito la terza su Facebook, nel 2011 (dal 2007 si scriveva in terza persona, qualcuno lo ricorderà bene). Che i social abbiano condizionato i lettori è, temo, un fatto: noi trascorriamo ore a leggere le vite degli altri, in ogni dettaglio e, letteralmente, dalla nascita alla morte. Ci inteneriamo sul braccialetto posto al polso di un neonato, conosciamo ogni fase della sua crescita, dallo svezzamento alle prime parole all'asilo nido. E se siamo costanti arriviamo all'adolescenza e alla laurea con la coroncina di alloro in testa, e persino al matrimonio. Conosciamo la morte, in virtù del racconto che i familiari ne fanno: e a volte la vediamo, o meglio vediamo una mano inerte stretta dal figlio o dalla figlia. Conosciamo la malattia: spesso, in ogni dettaglio,

a volte persino in video, quando qualche genitore colpito di Alzheimer viene filmato dal figlio o dalla figlia. E tutto il resto: le scarpe nuove che abbiamo acquistato, il vassoio di sushi di cui ci cibiamo, la pila di libri sul tavolo, il tavolo stesso ricollocato in nuova casa dopo un trasloco. Siamo avidi, e mai sazi, delle vite degli altri, e questo chiediamo oggi e con decisione alla narrativa. Che, per millenni, ha certamente raccontato il vero ma trasfigurandolo in finzione: cosa sarebbe, oggi, *Moby Dick*, se non il diario di un'ossessione narrato dalla voce non di Ismaele ma di Achab?
Poi ci sarebbe anche altro da sottolineare: che la nostra attitudine alla veglia continua e il nostro culto del realismo sono il sintomo di un perenne disincanto che ci accompagna da molto tempo. Ma, per rimanere alla letteratura, almeno qualche interrogativo andrebbe posto, davanti a quello specchio che ci pone davanti senza permetterci di attraversarlo.

L. Lipperini, *La fine delle storie*, "La Stampa", 24 giugno 2023

Gli anziani residenti nelle città metropolitane rappresentano il 35% del totale e vivono prevalentemente nei contesti più urbanizzati. Quasi una persona su quattro tra i residenti nelle città metropolitane ha almeno 65 anni

Il terrore di invecchiare

Lidia Ravera

Esibirmi mi è sempre piaciuto. Mi è sempre piaciuto essere vista, e poi attentamente guardata. Ho scelto una professione pubblica, o meglio: una dimensione pubblica. Se fossi nata bella forse avrei fatto l'attrice. Essendo nata appena appena carina mi sono attrezzata con la parola. Con la testa, con l'anima, chiamatela come volete. Mi è andata bene.

E da quarantasette anni posso soddisfare il mio occulto desiderio di darmi in pasto alle folle, fra reading, commosse presentazioni, mie e altrui, dibattiti e altri piccoli show off dell'attività pensante.

Ho un vero talento da imbonitore, fossi nata qualche centinaio d'anni prima avrei coperto alla perfezione il ruolo di ciarlatano, quello che gira per le fiere di paese a vendere elisir di lunga vita e creme per far scomparire le pene d'amore.

Così sono passata per decenni di festival in festa, di rassegna in rassegna, di premio in premio con ottimi risultati di critica e di pubblico.

E non nutro alcuna nostalgia per la mancata carriera di attrice o fotomodella che avrebbe placato le mie insicurezze con pari efficacia.

O forse no.

La bellezza dura meno del talento, della capacità di studiare, di concentrarsi, di creare.

Lo dico sempre quando mi invitano nelle scuole: imparate a sculettare col cervello, ragazze. Potete esercitarvi per tutta la vita. La bellezza diminuisce col tempo, l'intelligenza cresce.

Grazie a questa e ad altre radicate convinzioni, sono arrivata al

ragguardevole traguardo di 6 decenni vissuti con intensità (sto all'inizio del settimo) e ho deciso di spendere in beneficienza esistenziale i miei ultimi anni buoni, prima che una qualche forma di demenza ponga fine ai miei sforzi pedagogici.
So che può succedere, ma anche no.
Ho interrotto perciò la lunga sequela di romanzi con cui, come Sherazade, trattengo e intrattengo la mannaia del boia, per dar parole scritte a un sentito comizio intitolato *Age Pride*, l'orgoglio di aver vissuto. Sottotitolo: *Per liberarci dei pregiudizi sull'età.*
Si tratta di un agile e bellicoso libretto, una requisitoria, che mira a combattere l'ageismo, a stanare quello introiettato inconsapevolmente, a valorizzare questi 30 anni di vita in più che benessere, pace e scienza ci hanno regalato, a imparare a viverli invece di lasciarli scadere senza muovere un dito, tutti presi come siamo a rimpiangere la giovinezza e a vergognarci di non avere più trent'anni.
L'idea è che la vita deve durare tutta la vita e non finire 30 anni prima.
La rivelazione è sotto gli occhi di tutti: eravamo una maggioranza quando siamo nati, siamo ancora una maggioranza. Siamo il 23,8% della popolazione italiana, 14 milioni di persone.
Impariamo a comportarci da maggioranza. Siamo una forza. Possiamo rovesciare il tavolo, riscrivere le regole, chiedere pretendere e desiderare.
È così forte la carica emotiva e politica, che ho detto quasi sempre sì agli inviti. Li ho presi come piazze, come occasioni di battaglia. Una barricata di carta. Un dovere rivoluzionario.
Così mi sono ritrovata a vendere l'articolo longevità con una foga commovente.
Sono state presentazioni diverse da tutte le presentazioni di tutti i miei 35 libri pubblicati.
Tanto per cominciare mi acchittavo: jeans aderenti taglia 40, giubbetti di pelle, stivaletti con tacco 5 (e largo) ma è meglio che niente.
Non è che volessi copiare la giovinezza dopo aver messo tutti in guardia dalla volgarità dell'impresa, volevo far fare bella figura alla vecchiaia. La volevo presentare con allegria aggressiva, parole scelte con cura e – perché no? – la civetteria di non essere accartocciata su me stessa, ma agile e capace di correre dieci chilometri o ballare fino all'alba come le vecchie sportive.
Stavo inquinando la purezza dei miei intenti autoeducativi?

Stavo imponendo ai miei confratelli e soprattutto alle mie consorelle d'epoca un nuovo modello da inseguire: La Vecchia Snella & Performante?

Me ne pentivo e me ne dolevo la sera da sola in albergo e giuravo che l'avrei piantata di fare la scimmia. Poi mi perdonavo: non è mica colpa mia se continuo a prendere le distanze dall'immagine di vecchiaia che ci hanno cucito addosso, è il razzismo antietà che picchia forte, è difficile da estirpare. La malapianta ci cresce dentro. Fingiamo di voler mettere a punto un modello di charme per la collezione autunno-inverno e invece siamo di nuovo lì a vantarci di ogni spicchio di primavera (le gambe reggono e anche il didietro, ma la pelle, ma il collo, ma le valigie sotto gli occhi...).

Il giorno dopo, mutata piazza, mi avvilivo in pantaloni largotti e scarpe da tennis. Mi salutava lo stesso applauso feroce: una folla, gente in piedi, scenari da pop star principiante. Una platea di occhi carichi di attesa: siamo qui, siamo tanti, attendiamo conforto.

E il conforto, puntualmente, arrivava: «La vita finisce quando tutto si ferma. Come atlete dobbiamo muoverci con lei, imparare il suo passo, accelerare e rallentare a comando, fletterci e poi spiccare il balzo. Bisogna restare agili, non giovani, agili. Flessibili. Bisogna imparare a muoversi a tempo con il Tempo. Senza ostinarsi nell'imitazione di modelli scaduti. Ma senza nascondersi. Soprattutto senza nascondersi».

L'applauso finale e gli applausi a scena aperta erano un crescendo di partecipazione emotiva.

Mi sembrava di vedere un grande Noi che si andava formando sotto la spinta del desiderio di non essere più tanti io dispersi e depressi, ma una collettività.

Noi.

I figli del boom demografico.

Quelli che volevano cambiare la vita.

Quelli che la vita ha cambiato (non puoi distrarti un attimo).

I nuovi vecchi (vecchi, ma nuovi).

Quelli che hanno trent'anni di vita davanti anche se ne hanno già vissuti 65.

Gli avventurieri del terzo tempo.

Il firmacopie misurava l'adesione: 50/60 persone in fila, certe volte anche di più, compravano due o tre copie ciascuno del libro. "Lo voglio regalare", dicevano, e il libro si trasformava magicamente in un volantino, qualcosa da far girare, mentre silenziosi squilli di tromba incitano alla rivolta. Alla resistenza. Alla guerra contro gli stereotipi.

Non mi ricordo più in che piazza, mi si è presentata una ragazza in lacrime, singhiozzava, circondata da un silenzio pieno di stupore e protetto dal più materno dei miei sorrisi. Quando finalmente ha smesso di piangere ha detto: «Io ho 23 anni. E ho il terrore di invecchiare, ci penso continuamente e mi ci sveglio la notte».
Ho provato ad alleggerire: «Ti capisco. Io ho registrato il primo assalto del male all'uscita dall'età pediatrica».
Non si è lasciata smontare. Ha ripreso: «La mia è gratitudine, è la prima volta che qualcuno me lo dice che la vita può essere bella anche alla fine. Non voglio più sentirmi una persona condannata a morte».
È stata accolta da una dozzina di aspiranti madri e nonne, con affetto.
(Altro che Eva contro Eva).
La verità è che nessuno può mettersi in salvo da solo. Non loro giovani, che sono pochi. Non noi vecchi, che siamo tanti. Ma se stipuliamo una alleanza contro i pregiudizi, possiamo, forse, imparare a vivere in regime di libertà.

Tra il 2022 e i primi cinque mesi del 2023 si sono registrati 432 eventi climatici estremi di elevata gravità. Solo nei primi cinque mesi del 2023 c'è stato un incremento del 135%

Chi non crede al cambiamento climatico

Fabio Deotto

Per molto tempo ho creduto che il negazionismo climatico fosse un problema del passato, un morbo quasi interamente debellato dalla mole ormai schiacciante di prove della crisi climatica in cui ci troviamo. Del resto è quello che suggeriscono diversi studi e sondaggi: la quantità di persone che non crede al cambiamento climatico o alla sua origine antropica è in costante calo, in compenso una percentuale sempre più consistente di persone identifica la lotta al riscaldamento globale come una priorità.

Insomma, ero convinto che i negazionisti climatici fossero ormai una specie in via d'estinzione, che resistessero solo quei tre o quattro che vengono invitati nei talk show a inquinare il dibattito su come affrontare la crisi climatica.

Poi ho postato un tweet sull'opportunità di non invitare negazionisti nelle trasmissioni televisive, e mi sono ritrovato investito da un'ondata di insulti e calunnie. C'era chi mi dava del fascista, chi dell'eco-nazista, chi mi accusava di essere anti-scientifico, e scomodava Galileo, Popper e Kant, chi di essere seguace di Soros, qualcuno mi ha dato del violento per aver utilizzato il termine "negazionista", altri sono andati a spulciarsi la mia biografia per poter prendere meglio la mira, e d'un tratto sono diventato "lo scrittore di Vimercate che ha bisogno della compiacenza dei poteri forti". E vi risparmio gli insulti irriferibili.

Quando il polverone si è depositato, e qualche decina di troll è finita nella cartella dei bloccati, ho scoperto che lo stesso fuoco di fila era stato riservato ad altri giornalisti e scienziati che sono intervenuti sulla questione. Ero

confuso: significa che il negazionismo è ancora vivo e vegeto? Oppure che questa minoranza risicata riesce a ottenere una visibilità molto superiore al suo peso reale?
A quanto pare, entrambe le cose.
Sgombriamo il tavolo da un po' di dubbi. Innanzitutto: il termine "negazionista climatico" è comunemente utilizzato nella letteratura accademica e scientifica per indicare chi nega, rifiuta o esprime dubbi non circostanziati riguardo al consenso scientifico sul cambiamento climatico, compreso chi suggerisce che non sia causato dall'uomo, o che stia già producendo effetti sulla natura e sulla società umane.
Ora, una delle argomentazioni preferite dei negazionisti climatici è che nel mondo ci siano tanti scienziati convinti che il cambiamento climatico non sia colpa dell'essere umano o che non sia così pericoloso. In realtà, dati alla mano, sono pochissimi, e per la stragrande maggioranza sono scienziati che non si occupano di clima. Tra i climatologi, invece, la percentuale di persone che credono nella responsabilità antropica della crisi climatica sfiora l'unanimità: stando a uno studio condotto di recente dalla Cornell University a partire da 90.000 paper scientifici, il consenso sulla questione climatica raggruppa il 99,9% dei climatologi. Dieci anni fa questa percentuale si assestava al 97%, il che significa che anche i più scettici tra gli studiosi del clima, di fronte alla crescente mole di evidenze, hanno abbandonato le loro riserve.
Tra le persone comuni, invece, la percentuale di negazionismo è più alta, ma è comunque compresa tra il 5% e l'8%. Tra questi ci sono sicuramente anche degli scienziati, ma quasi nessuno ha dedicato la propria carriera allo studio del clima; il che non è cosa da poco. Pensiamoci, in qualsiasi altra situazione tendiamo ad affidarci solo al parere di chi è esperto in una materia: non ci rivolgeremmo mai a un biologo per fare una perizia geologica, non chiederemmo mai a un economista di deliberare su una questione giuridica, e nemmeno ci affideremmo a un ortopedico per curare un problema oncologico, eppure continuiamo a invitare alle trasmissioni sulla crisi climatica negazionisti con una laurea in geologia, o in astronomia, con il risultato di far passare l'idea che sulla crisi climatica la comunità scientifica sia divisa, quando a conti fatti il consenso è paragonabile a quello sull'evoluzionismo o sulla tettonica delle placche.

Ora che abbiamo messo in chiaro queste cose, è il caso di affrontare due questioni fondamentali. La prima: perché esistono tante persone, anche tra chi crede nell'origine antropica del cambiamento climatico, convinte che tra gli scienziati non ci sia consenso? La seconda: perché, nonostante tutte le evidenze, il negazionismo riesce ancora a fare così presa?

Una minoranza rumorosa

Un'indagine condotta nel 2018 dal Center for Climate Change Communication della George Mason University ha rivelato che, nonostante esista un consenso pressoché unanime riguardo all'incidenza umana sul riscaldamento globale, l'opinione pubblica ritiene che, in media, solo il 67% degli scienziati climatici concordi sull'origine antropica.
Questa discrepanza si chiama "consensus gap" ed è uno degli ostacoli più insidiosi all'azione climatica. Diversi studi hanno dimostrato che le persone tendono a essere più inclini a prendere a cuore la questione ambientale, e in particolare a supportare le iniziative di riduzione delle emissioni, se sono al corrente della sostanziale unanimità degli scienziati climatici sulla questione.
È naturalmente un problema di informazione: questo scarto viene mantenuto tale da quanti impiegano buona parte delle loro giornate a diffondere falsità, si tratti di estemporanei leoni da tastiera o di habitué del negazionismo online. E sic come è molto più facile sporcare che ripulire, basta poco per seminare dubbi che richiedono tempo e argomentazioni per essere dissipati. È una lotta impari tra chi liquida la questione climatica con slogan pseudoscientifici ("il clima è sempre cambiato", "è colpa del Sole", "il riscaldamento globale fa bene alla natura"), e chi per confutarli deve necessariamente addentrarsi nella complessità della questione, fornire dati e nozioni scientifiche di base, portare evidenze e correggere informazioni sbagliate; il tutto per poi magari essere tacciato di connivenza con non meglio specificati "poteri forti".
Ma se un gruppo risicato di negazionisti riesce a fare tanto rumore, e a seminare tanti dubbi, non è solo colpa della tigna di chi mitraglia fake news sui social: è almeno dagli anni Ottanta che le industrie del settore fossile dedicano fior di milioni a campagne di disinformazione (per chi volesse approfondire, consiglio i libri di Michael E. Mann e Stella Levantesi). Una delle manovre più spudorate fu il Global Warming Petiton Project, che nel 1998 raccolse 31.000 firme di "scienziati" che affermavano come l'attività umana non stesse compromettendo il clima. Ma era sufficiente dare una rapida scorsa all'elenco per rendersi conto che di quelle

31.000 persone molte non avevano alcun titolo di studi scientifico, alcune nemmeno erano persone reali; ma soprattutto: gli scienziati climatici erano meno dello 0,1%.
Una situazione simile si verifica ancora oggi, per rendersene conto è sufficiente dare un'occhiata alla dichiarazione pubblicata lo scorso anno da Clintel, una fondazione che da tempo si impegna a diffondere dubbi sull'emergenza climatica.

Una risposta confortante

Qualche mese fa, prima di sapere che aspetto avesse una shitstorm di Twitter, avevo pubblicato un pezzo su come rispondere ai negazionisti climatici, in cui mi soffermavo sulla necessità di ricordare come, tra coloro che diffondono falsità sul clima, ci sia anche chi in quelle falsità ci crede sinceramente, e dunque è la prima vittima del negazionismo.
Superata la shitstorm negazionista rimango dello stesso avviso. Le persone che non credono alla responsabilità umana del cambiamento climatico, o che hanno dubbi sulla sua pericolosità o persino sulla sua esistenza, non sono necessariamente ignoranti o in malafede, e la cosa peggiore che possiamo fare è liquidarli come tali. Spesso, in realtà, sono persone che rincorrono una forma falsata di speranza, quella a cui ci si aggrappa quando si decide di non accettare un'evidenza scomoda, quando ci si sente disarmati e impotenti.
Gli studi che indagano la psicologia del negazionismo climatico rivelano che questa particolare negazione è associata a un orientamento politico che pende a destra o verso il centro liberale, a una predisposizione alla conservazione dello status-quo, nonché all'evitamento di emozioni negative. Questo significa che, statisticamente, il negazionista climatico è una persona tendenzialmente conservatrice, restia a immaginare un cambiamento radicale, e che percepisce un abbandono dell'attuale sistema socio-economico come foriero di sofferenza.
Non dovremmo mai dimenticare che la crisi climatica è un fenomeno che minaccia ogni settore della nostra vita personale, economica e sociale. Accettarne l'esistenza significa accettare la possibilità che il mondo in cui siamo cresciuti, e in cui abbiamo riposto le nostre aspettative di felicità e rassicurazione, stia cambiando in modo irreversibile. Per chi è al corrente della situazione emergenziale in cui ci troviamo esistono due strade possibili: una conduce a un mondo sempre meno ospitale e sempre più iniquo, l'altra conduce a un mondo più equo e sostenibile, ma radicalmente diverso da quello in cui abbiamo vissuto per generazioni.

Non è facile accettare questa biforcazione, ed è comprensibile che alcune persone non vedano l'ora di scoprire che non c'è alcun bivio da prendere, che si tratti in definitiva di un problema fasullo, architettato ad arte. È una risposta semplice quanto confortante: è normale che faccia presa.

La portata infettiva del negazionismo

Bisogna poi tenere conto anche di un altro aspetto della questione: i nostri cervelli non sono equipaggiati per comprendere in modo chiaro e immediato una minaccia complessa come la crisi climatica. Noi esseri umani, come tutti gli animali, siamo il prodotto di un percorso evolutivo. Ciò significa che le nostre caratteristiche fisiche e psicologiche sono quelle che hanno aiutato i nostri antenati a sopravvivere in un mondo molto diverso dal nostro. È per questo che fatichiamo a sviluppare una paura viscerale per una minaccia come la crisi climatica, ed è per questo che il nostro sguardo sul mondo è ostacolato da una serie di limiti cognitivi: ad esempio la tendenza a credere che la crisi climatica colpirà altre persone in un altro luogo prima di noi, o a pensare che il mondo in cui siamo cresciuti non possa cambiare in modo radicale.

«In una certa misura, siamo tutti potenzialmente negazionisti climatici», ha dichiarato Belinda Xie, ricercatrice dell'Università di Sidney, parlando della mancata coincidenza tra il riconoscere l'esistenza del problema climatico e attivarsi in prima persona per affrontarlo. «Il che non significa che gli esseri umani siano necessariamente cattivi o egoisti: ci sono molti fattori esterni in gioco che difficilmente possiamo controllare a livello individuale, ad esempio le informazioni che riceviamo dai media».

Considerando quanto siamo vulnerabili a narrazioni false, semplificate e confortanti riguardo la questione climatica, diventa ancora più chiaro come l'informazione debba farsi carico della responsabilità di arginare questa deriva.

A tal proposito, imporsi di non invitare negazionisti climatici a dibattiti e incontri che si prefiggono di trovare soluzioni per affrontare la crisi climatica non significa imporre una censura, bensì assicurarsi che quel dibattito possa poggiare su basi reali, e possa portarci a fare dei passi avanti verso soluzioni effettive al problema.

F. Deotto, *Perché siamo così vulnerabili al negazionismo climatico*, "fanpage", 13 maggio 2023

I ricordi alluvionati

Matteo Cavezzali

A pensarci ora sembra non sia accaduto davvero. Non so se capita anche a voi, quando ricordate qualcosa di traumatico. Sembra di rivederlo con i contorni sfumati di un sogno. Come se non appartenesse alla dimensione del reale, ma a quella onirica. Di quello che è successo in quei giorni di maggio in cui i fiumi sono usciti dai loro alvei per entrare nelle città ricordo dei dettagli vividamente, altri a malapena, altri ancora sono completamente svaniti. È come se anche i ricordi fossero alluvionati, sepolti sotto quell'acqua scura, che nascondeva le superfici e che rendeva irriconoscibili le strade e le case che avevo frequentato fin da bambino. Non tutti però hanno la fortuna di poter dimenticare. Molti sono ancora lì a lavorare per ricostruire dalle fondamenta le proprie abitazioni che l'alluvione che ha colpito la Romagna ha spazzato via. Mentre scrivo è settembre. L'estate con i ritmi frenetici della riviera ha cancellato tutto velocemente dalle menti. Ci ha distratti con gli ombrelloni, le creme solari, i Magnum in edizione limitata e i tormentoni. E così tra *Italodisco* e *Bellissimissima* i dispiaceri sono stati rimossi. Apparentemente. In superficie. Dentro invece sono rimasti. Come una cicatrice nascosta sotto un costume sgargiante, come uno sguardo triste nascosto dietro agli occhiali da sole. Il dolore stanca le altre persone, le allontana. Dobbiamo mostrarci sempre felici, soddisfatti. Nessuno vuol passare del tempo con qualcuno che non si sente bene, e così facciamo tutti finta. "Tutto bene, grazie".

Ieri sera ho incontrato una coppia di amici che pochi mesi prima dell'alluvione si era trasferita nella casa nuova nella periferia di Ravenna, a Fornace Zarattini. La figlia, la piccola Levante, aveva appena dieci giorni di vita quando la loro casa si è riempita d'acqua fino quasi al soffitto. Quell'acqua, stagnante, putrida e fangosa, è rimasta lì, immobile per due

settimane, senza che nessuno riuscisse a mandarla via. In quel lungo tempo si è mangiata tutto. Ha fatto marcire le pareti, ha impregnato i mobili e gonfiato il parquet fino a scardinarlo. La cucina l'avevano usata solo un paio di volte, non si è salvato nulla.
E io, anche se ero lì ad aiutarli, mi sentivo in colpa. Casa mia si era salvata, la loro no. A volte è bastato poco, pochissimo. È stata sufficiente una strada che pendeva leggermente a destra, piuttosto che a sinistra, per custodire un'abitazione o decretarne l'allagamento. Pochi centimetri a cui non avevi mai fatto caso, e che improvvisamente separavano un posto sicuro da uno pericoloso. Ci sono state 14 vittime, sorprese dall'impeto di quella acqua uscita dai fiumi con una potenza impressionante, che ha sommerso quasi interamente la Romagna. Mi ricordava le immagini che avevo visto degli uragani, che spazzano via una casa e lasciano intatta quella accanto. Ma in fondo non sono così le disgrazie? Come nei drammi di Čechov, si abbattono su una famiglia, e lasciano in pace quella accanto. In questi momenti si può solo aiutare chi ha bisogno.
La mattina del 3 maggio sono stato svegliato da una telefonata. Erano le sette e mi stava chiamando la segreteria del sindaco di Lugo. Un orario molto insolito per una telefonata da un ufficio comunale. Quella mattina alle 11 avevamo in programma la conferenza stampa della decima edizione del Festival ScrittuRa che si svolge nei comuni di Ravenna, Lugo, Faenza, Bagnacavallo e Fusignano. La segretaria era palesemente agitata.
«Ma la conferenza di oggi è confermata?».
«Certo», rispondo io. «Perché?».
«Nonostante quello che è successo a Faenza?».
«Cosa è successo a Faenza?».
«Questa notte, per la pioggia, pare abbiano avuto dei problemi e delle strade sono state chiuse».
«Per la pioggia? Che strano. Guarda io mi sono appena svegliato, ora sento se il sindaco di Faenza ha dei problemi a venire, ma non credo abbia piovuto così tanto da chiudere la strada».
Pochi minuti dopo mi chiama la vicesindaca di Fusignano.
«Qui la strada per Ravenna è bloccata, e pare che abbiano cancellato tutti i treni».
«Cancellato i treni? Per un po' di pioggia? Ma che è successo?».
Cerco su internet, ma ancora ci sono solo notizie molto frammentarie. Così, telefonata dopo telefonata, iniziai a capire che era successo qualcosa di più grave di quanto era

sembrato all'inizio. Aveva piovuto molto la sera prima, ma sembrava una precipitazione come molte altre, nessuno avrebbe pensato a qualcosa del genere. Alle 5 del mattino il Lamone aveva esondato a Faenza allagando una zona della città costruita a ridosso dell'argine. La conferenza fu annullata. Non sapevamo che quella era solo una timida avvisaglia di quello che sarebbe successo dieci giorni dopo, il 16 e 17 maggio, quando avrebbero iniziato a esondare contemporaneamente ventitré fiumi.
Il festival nell'edizione del decennale sarebbe dovuto iniziare il 25 maggio. Organizzare un festival letterario è già di per sé un'impresa ardita. Ci sono ogni volta mille inconvenienti, i soldi sono sempre pochi, e la sola passione a volte non basta per convincersi a continuare. Dopo due edizioni con il Covid e le decine di regole da rispettare per la sicurezza (che avevano portato a reinventare completamente la sua struttura) pensavo "se ci siamo riusciti così da ora sarà tutta in discesa". E invece quando mancavano meno di dieci giorni dall'inizio del festival, nella piazza di Lugo, dove si svolge la maggior parte dei grandi eventi, c'era un metro e mezzo d'acqua. Non so se avete presente quant'è un metro e mezzo? Vuol dire che ti spuntano fuori solo la testa e le spalle. Era impossibile farlo, e sinceramente in quel momento era anche l'ultimo dei miei pensieri.
Appena le prime strade furono riaperte andammo dove c'era più bisogno. A spalare fango dalle case e dalle strade. A cercare di salvare qualcosa.
Ricordo gli alberi di Natale. Centinaia di alberi di Natale a maggio. L'oggetto che ho visto più spesso in quei giorni sono stati gli alberi di Natale. Da ogni cantina usciva un albero di natale, e la strada era piena di questi piccoli abeti di plastica coperti di fango, sdraiati al margine della carreggiata come soldati caduti al fronte. E poi libri le cui pagine si erano fuse le une con le altre, foto in cui ormai non era più riconoscibile niente, vecchi vestiti che l'acqua aveva reso pesantissimi, divani che si sbriciolavano sotto le mani nel tentare di sollevarli da terra, armadi che crollavano solo a toccarli.
Svuotando le case e le cantine mi sono accorto di quanti ricordi teniamo nascosti. Oggetti che nemmeno ricordiamo di avere, mescolati a foto di famiglia preziose, a volte le uniche in cui compariva una zia o un nonno, scomparsi da molti anni. Mi sono tornate alla mente le parole del sociologo Zygmunt Bauman quando diceva che il capitalismo ha portato le persone a esorcizzare la paura del vuoto delle nostre

esistenze riempiendoci le case di oggetti che ci appagano solo nel momento in cui vengono acquistati, e poi vengono dimenticati e accatastati.
Ed erano proprio cataste quelle che stavamo erigendo lungo le strade. Piramidi sbilenche e in equilibrio precario, formate da oggetti che ormai avevano perso il loro significato. Erano solo rifiuti. Scarti di vite.
Dopo tanto scavare nelle case e negli animi, finalmente l'acqua è scesa.
Quel giorno andai ad aiutare la libreria Alfabeta a svuotare i propri scaffali da quei blocchi di fango che erano stati libri, e che ora erano solo ammassi di carta marcescente. Appena mi vide arrivare Massimo, il libraio, mi disse: «Mi raccomando: lo dobbiamo fare!».
«Cosa?».
«Il Festival. Dobbiamo farlo!».
In mezzo a quel disastro lui aveva avuto per primo il coraggio di dire che dovevamo andare avanti. Quello mi ha dato coraggio. E come lui tanti volevano risollevarsi il prima possibile, per non darla vinta alla disperazione. Grazie alla volontà di tutti ci siamo riusciti. È stata un'edizione che non dimenticheremo mai, in città ancora isolate, da cui non partivano e non arrivavano treni. Ma è stato bello ritrovarsi, guardarsi negli occhi e dirsi: "Nonostante tutto siamo ancora qui".
È stato anche un modo per portare scrittori e giornalisti a vedere la situazione e per tenere alta l'attenzione sul territorio, che aveva (e ha ancora) molto bisogno di aiuto per rimettersi in sesto.

L'apertura del festival è stata una lettura corale di libri salvati dall'alluvione. Libri di cui si erano recuperate solo alcune pagine, altri erano gonfi di umidità, ma ancora leggibili. E quelle pagine arrivate a noi per caso sembravano parlarci.
Una ragazza portò un mio romanzo, *Il labirinto delle nebbie* (Mondadori). Mi vennero i brividi quando lesse un passaggio che non mi era ancora tornato alla mente, ma che pareva parlasse di quei giorni, anche se era ambientato nella città romagnola di fantasia chiamata Afunde nel 1919.

L'acqua del fiume, anziché correre verso il mare, risaliva la corrente, come spinta da un'energia invisibile. Era un'acqua scura, con minuscoli detriti che galleggiavano. Camminando contro corrente si addentrava nella valle. Ogni passo opponeva una resistenza sempre maggiore, l'acqua e il fango si avvinghiavano alle gambe di Ardea. Gli argini ormai non potevano più niente contro quella furia. L'acqua torbida sommerse i campi e le case, fino a farle scomparire. Così la Romagna pianeggiante veniva lentamente inghiottita dal mare. La natura si stava vendicando degli uomini che l'avevano violentata, riprendendosi quello che le spettava. Quella era Afunde.

Così avevo scritto, non perché sono un veggente, ma perché chi vive in queste zone conosce questo tipo di natura, così potente, meravigliosa e terrificante. E perché sappiamo che con il cambiamento climatico questi drammatici eventi diventeranno sempre più frequenti, anche se preferiamo dimenticare. Come si fa con ogni dolore.

Dal 1° gennaio al 23 luglio 2023 sono stati registrati 184 omicidi, con 65 vittime donne, di cui 52 uccise in ambito familiare o affettivo. Di queste, 31 morte per mano del partner o dell'ex. È quanto emerge dall'ultimo report del Viminale

La violenza e la vergogna

Arianna Farinelli

Quando ti è successo la prima volta, chiedo a Rachele. Avevo dodici anni, dice lei, ed ero sola in casa con un amico di famiglia che affettuosamente chiamavo zio. A me, invece, capitava sempre di sabato sera, dice Cristiana, quando il socio di mio padre, che abitava in un'altra città, passava la notte da noi.

A me accadeva quando andavo da sola dal dietologo, risponde Letizia. Allora mia madre si era messa in testa che dovevo dimagrire. Le raccontai cosa facesse il dottore quando eravamo soli, dove mettesse quella pinza di plastica pensata per afferrare il grasso in eccesso su pancia, fianchi e glutei. Ma lei rispose che inventavo scuse solo per interrompere la dieta.

Una di noi ha detto: lui era molto più grande, mi afferrava i polsi con entrambe le mani e diceva o lo fai con le buone o lo fai lo stesso, con le cattive.

Dopo l'ennesimo stupro di gruppo chiedo ad alcune amiche d'infanzia di condividere le nostre storie di molestie sessuali. Ci incontriamo una sera in pizzeria a Roma. Il locale è semivuoto e parliamo bisbigliando, tenendo gli occhi bassi. A volte raccontiamo ostentando freddezza. Altre volte, andando avanti nella storia, sembra che ci manchi la voce.

A chi era accaduto sull'autobus, a chi a scuola, a chi in parrocchia, a chi in vacanza in campeggio, a chi nello studio di un medico. Una di noi lo aveva anche raccontato al padre, ma non era stata creduta. Qualcun'altra si era sentita rispondere da una madre, una nonna, una zia, una sorella: è successo anche a me, capita a tutte prima o poi.

Di certo a tutte, nessuna esclusa, è capitato di pensare che fosse colpa nostra. È colpa mia che non ho gridato, che non ho reagito, che non sono corsa via. È colpa del modo in cui ero vestita. È successo perché avevo bevuto troppo, perché a tredici anni ero andata da sola a una festa, perché ho preso un autobus di notte per tornare a casa, perché ho dato confidenza al tassista, al dj, al vicino di ombrellone, all'allenatore di nuoto, al professore di religione.
Mettete una decina di donne intorno a una tavola una sera a cena, per una riunione tra vecchie amiche, e vedrete che le storie cadranno loro dalle labbra, come se per anni fossero state lì ad aspettare che passasse il tempo della vergogna e arrivasse quello di raccontare.
L'aspetto peggiore della vergogna, scrive Annie Ernaux, è che si crede sempre di essere le sole a provarla. La violenza te la porti dentro tutta la vita. Ti fa male più di un tradimento e di un divorzio, più di una malattia. La violenza non te la scordi più, ti condiziona il futuro. Ti fa sentire sporca e inutile, ti succhia via ogni giorno un po' di autostima.
Per anni, dice Rachele, ho cercato di dimenticare e convincermi che nulla fosse accaduto. Poi ho accettato che fosse successo ma mi sono detta che se solo avessi voluto, se mi fossi sforzata davvero, avrei potuto passarci sopra. È solo da poco tempo che, quando ci penso, mi dico che furono fatti sconvolgenti e che l'unico modo per impedire che mi uccidano ogni giorno è parlarne e continuare a ricordarli.
Questo ci siamo dette tra amiche, da adulte, in quelle chiacchiere tra donne che molti reputano pettegole e inutili e che invece sono spesso portatrici di cambiamento e progresso.
Qualche giorno fa, in seguito a un editoriale sulla necessità di educare i maschi per prevenire la violenza contro le donne, ho ricevuto qualche centinaio di insulti e anche minacce che ho denunciato immediatamente alla Polizia Postale: "Arianna, sei una misera zitellona. Attenta a quello che dici. Il vento è cambiato, comincia a portare rispetto o arriva la merda".
Ho capito allora che c'è un assoluto bisogno di parlarne ancora e di condividere storie di violenza, perché è anche il silenzio e la vergogna nella quale si sono chiuse per molti anni le donne della mia generazione che ha consentito alla mentalità sessista e alla mascolinità tossica di continuare a prosperare.
Ora basta. Le donne sono la metà della popolazione mondiale e il gruppo più numeroso di persone alle quali sistematicamente vengono disconosciuti diritti.

Secondo UN Women, una donna su tre nel mondo ha subito violenza fisica o sessuale almeno una volta nella vita. A quanto pare, in Italia, queste cose non si possono neppure scrivere senza essere insultate e minacciate. Ma io non desisto, non fatelo neanche voi.

*

Ma cosa significa educare i maschi e da dove nasce quella che a molti sembra una regressione nei loro comportamenti nei confronti delle donne? Si tratta di un tema molto ampio ma vale la pena comunque sollevare alcuni punti. Possiamo cominciare col dire che negli ultimi decenni il modello tradizionale di virilità ha finito per impoverire i maschi. La cultura del dominio maschile ha certamente i suoi vantaggi ma presenta sempre un prezzo molto alto da pagare in termini di insicurezza e fragilità dell'io. Spesso, infatti, quello che viene considerato l'ideale maschile (la forza fisica e la potenza sessuale) crea degli standard impossibili da raggiungere. Non raggiungerli significa per molti uomini sviluppare forme di ansia e frustrazione che poi sfociano nell'uso della forza, specialmente quando cercano di dimostrare che sono ancora in grado di controllare il corpo delle donne. Oggi le aspettative che la società impone ai maschi vanno irrimediabilmente a scontrarsi con una realtà in cui le donne si laureano prima, hanno voti migliori, competono nel mondo del lavoro, non hanno più bisogno di sposarsi (o rimanere sposate) per assicurarsi una stabilità economica, e magari decidono anche di avere figli da sole con la procreazione assistita. Malgrado le donne in posizione di potere siano poche (negli Stati Uniti ci sono più Ceo con i nomi Michael e James che donne in totale) e molte debbano ancora affrontare discriminazione, salari più bassi, violenza fisica e sessuale, gli uomini si sentono sempre più alienati e demoralizzati, alcuni direbbero persino smascolinizzati.
Cosa significa allora essere maschio oggi? Quale tipo di mascolinità è desiderabile e quali dovrebbero essere i modelli di riferimento? Molti uomini non sanno dare una risposta. Ecco allora che alcuni rappresentanti delle istituzioni e dei media ne approfittano per parlare del maschio perseguitato dalle femministe o per incitare alla vendetta contro le donne (come Andrew Tate i cui video hanno raccolto nel tempo undici miliardi di visualizzazioni). Io, invece, penso che la guerra dei sessi non porti da nessuna parte e che le donne

per prime riconoscono la sofferenza in cui vivono molti maschi, oltre a quella in cui vivono loro stesse. Credo inoltre che la biologia non condanni per forza gli uomini a forme di mascolinità tossica e che una mascolinità positiva sia possibile e per molti versi già presente, anche se meno visibile. Vale la pena ricordare che nel 2019 l'Associazione degli psicologi americani ha pubblicato delle linee guida per contrastare la mascolinità tossica e cioè l'idea che i maschi non possano esprimere apertamente le loro emozioni, a parte la rabbia, se non vogliono essere considerati deboli e perdere status sociale. La mascolinità tossica, infatti, è pericolosa per la società perché sfocia in aggressioni e violenza ma anche per gli uomini stessi e la loro salute (è associata al maggior uso di sostanze tossiche, a malattie cardiovascolari, al suicidio e a più basse aspettative di vita).

La mascolinità positiva, invece, è l'idea che i maschi possano mostrarsi vulnerabili, chiedere aiuto, sviluppare relazioni basate sull'ascolto, il rispetto, il consenso, la cura dell'altro, al di là degli stereotipi di genere. Ogni uomo deve poter scegliere cosa significhi per lui essere maschio. Negli Stati Uniti ci sono dei gruppi di incontro in cui gli uomini parlano apertamente di vulnerabilità. Le donne lo fanno da sempre, per loro invece il dialogo su questi temi è una scoperta recente, proprio perché fin da piccoli hanno imparato a nascondere le loro emozioni, specialmente di fronte ad altri maschi. La rabbia non può essere l'unica emozione che gli uomini coltivano e manifestano apertamente. Per questo, forse, dovremmo ripartire anzitutto da qui, dalla cura e dall'insegnamento delle emozioni.

A. Farinelli, *Ascoltate le donne per capire cos'è la violenza*, "la Repubblica", 28 agosto 2023

Una scuola centenaria

Vanessa Roghi

Quando ci riferiamo alla Riforma Gentile raramente si sottolinea il fatto che, lungi dall'essere un unico atto, come per esempio fu la legge 1859 che, nel 1962, istituì la scuola media statale, la Riforma fu un insieme di provvedimenti che furono emanati attraverso diversi decreti regi nei due anni in cui Giovanni Gentile resse il Ministero dell'Istruzione, a partire dal 1922[1].
Il filosofo, chiamato da Mussolini a occuparsi della scuola nel primo governo di coalizione formato dopo la Marcia su Roma, fece confluire nella Riforma decenni di discussioni che animavano la pedagogia italiana e che, anche in conseguenza della prima guerra mondiale, non erano riuscite a trovare una sintesi. Da qui i diversi provvedimenti. Ma non si limitò a questo. La Riforma non fu, insomma, solo un punto di arrivo, ma anche un punto di partenza di una nuova idea di scuola e di società.Come ha scritto Gennaro Sasso che di Gentile è stato uno fra i primi studiosi:

> La struttura della scuola riformata prevedeva una scuola elementare obbligatoria per tutti, nella quale il senso della tradizione nazionale, della religione e della letteratura tenessero il centro e costituissero il criterio per la formazione del giovane, al quale certo non sarebbero mancate le nozioni elementari dell'aritmetica e della scienza. Accanto al ginnasio-liceo, destinato a formare le future élites dirigenti e, comunque, gli strati più alti della popolazione, la scuola riformata prevedeva quattro indirizzi fondamentali a cui, come ha scritto S. Romano, corrispondevano "quattro distinti ruoli sociali"[2].

Come fu subito notato, la Riforma portava con sé e ratificava, nei fatti, una società statica e classista, profondamente identitaria ed elitaria, soprattutto nella definizione di un identikit della classe dirigente che sarebbe dovuta, naturalmente,

1. G. Tognon, *La riforma Gentile*, in *Croce e Gentile: la cultura italiana e l'Europa*, Istituto della Enciclopedia italiana, Roma 2016, pp. 421-427.

2. G. Sasso, *Giovanni Gentile*, Dizionario Biografico degli Italiani, vol. 53, 2000.

uscire dal liceo classico, l'unico indirizzo che dava accesso alle facoltà universitarie di lettere e di giurisprudenza. E lo faceva entro la cornice dell'incombente regime fascista di cui Gentile condivideva più di un presupposto[3].

L'applicazione della Riforma negli anni del regime è tema troppo complesso per essere anche solo accennato[4]. Rimando, dunque, ai tanti studi in materia sottolineando come reclutamento, giuramento di fedeltà e adozione del libro unico di testo furono i più visibili fra i provvedimenti adottati per fascistizzare la scuola ma non quelli che hanno avuto maggiori conseguenze sul futuro. Una volta caduto il fascismo, infatti, e approvata la Costituzione repubblicana, cadono sia l'obbligo di giuramento, come è ovvio, sia il libro di testo unico. Non viene meno, però, una attenzione verso le opinioni degli insegnanti che vengono sottoposti a controlli e vessazioni se esprimono pareri considerati troppo radicali o diversi da quelli del proprio direttore didattico o provveditore[5]. Il conflitto si amplifica negli anni Sessanta, quando sul piatto non c'è più soltanto il controllo dell'ideologia ma quello sulla pratica: ogni cambiamento apportato al "come" si fa scuola diventa motivo di scandalo e repressione. Si tollera, insomma, l'insegnante rivoluzionario a parole, lo Stefano Satta Flores di *C'eravamo tanto amati*, capolavoro di Ettore Scola, ma non gli si perdona quando decide, per esempio, di non dare più i voti come gli è stato insegnato a fare, o di non far fare i temi, o di far entrare i genitori a scuola. Lo raccontano diversi episodi di cronaca che vedono al centro proprio la contrapposizione fra docenti e presidi su pratiche didattiche[6]. In questo contesto la Riforma Gentile si trova messa in discussione innanzitutto nell'impianto ideologico che la presuppone: come può sopravvivere una scuola pensata per dare vita a "quattro distinti ruoli sociali" in un paese nel quale è la Costituzione stessa a chiedere uguaglianza sostanziale e non solo formale? Un paradosso di cui si rendono conto in molti, maestre e maestre, fin dagli anni dell'immediato dopoguerra. Subito decidono di rimboccarsi le maniche e di dare una risposta concreta, pragmatica a questa domanda. In attesa della grande riforma che smonterà il dispositivo gentiliano, la scuola deve essere cambiata giorno dopo giorno stando in classe[7].

Una battaglia culturale, prima di tutto, che si trova di fronte, compatto, lo schieramento degli insegnanti che, malgrado il cambiamento istituzionale e costituzionale, continuano a comportarsi come hanno sempre visto fare preparando le future classi dirigenti a studiare il greco e il latino e

3. G. Turi, *Giovanni Gentile. Una biografia*, UTET, Torino 2006; A. Tarquini, *Il Gentile dei fascisti. Gentiliani e antigentiliani nel regime fascista*, il Mulino, Bologna 2009; M. Franzinelli, *Il filosofo in camicia nera. Giovanni Gentile e gli intellettuali di Mussolini*, Mondadori, Milano 2021.

4. G. Tognon, *La riforma Gentile*, cit. e bibliografia.

5. M. Galfré, *Tutti a scuola! l'istruzione nell'Italia del Novecento*, Carocci, Roma 2017.

6. *Dentro la scuola*, documentario di A. Sanna e C. Tuzii, Rai, 1972.

7. Mi permetto di rinviare al mio: *Il passero coraggioso. Cipì, Mario Lodi e la scuola democratica*, Laterza, Roma-Bari 2022.

considerando di serie B ogni altro indirizzo di studi. Un atteggiamento, questo, che lungi dal riguardare soltanto la secondaria di secondo grado è inscritto anche nel DNA degli insegnanti dei gradi inferiori di istruzione.
Giuseppe Tamagnini, fondatore del Movimento di cooperazione educativa, nel 1952 riflette proprio su questo. Su come sia possibile questa sopravvivenza, su cosa renda immobile la scuola e vana persino la Costituzione. Secondo lui la risposta è una e una soltanto: la mentalità degli insegnanti.

> Concepiamo l'istituto magistrale come una pista di lancio lungo la quale il maestro viene accompagnato e guidato, direi rimorchiato, per essere messo in condizione, giunto in fondo, di proseguire da solo, affrontando con i propri mezzi tutte le incognite del volo con la costante preoccupazione di proseguire di pari passo con la storia e di adeguare la propria attività, direi le proprie manovre, alle necessità della vita che lo circonda. Ma i nostri istituti magistrali così come funzionano normalmente potrebbero piuttosto essere paragonati ad un lungo corridoio silenzioso e freddo, separato dal mondo esterno da spesse mura sorde ad ogni voce, in fondo al quale, i fortunati che vi arrivano, trovano una robusta sedia in cui sedere, forse un po' trafelati ma con la seria convinzione di essere arrivati, e con la serena coscienza di aver appreso tutto quanto era possibile e necessario apprendere. E così, compresi del dovere della loro nobile missione che si esplica col rimanere seduti, immobili per non turbare la celeste quiete regnante in quel beato mondo, iniziano la loro carriera. E meticolosamente immobili, la portano avanti: essere senza vita in un mondo morto; il mondo dei vivi è sorpassato da un pezzo ma essi non se ne sono accorti[8].

Quello di Tamagnini è un invito a mobilitarsi, a cambiare atteggiamento, a partire da sé stessi e sé stesse per cambiare tutto. Solo così quel fatto nuovo che è la Costituzione può demolire, nei fatti, l'ideologia di una legge ancora viva nelle mentalità, nelle pratiche, nei destini delle persone.
Scrive Mario Lodi a proposito degli stessi anni:

> noi siamo stati buttati allo sbaraglio quando abbiamo vinto il concorso magistrale. In quelle condizioni, di fronte ad un problema così grande, come potevamo insegnare la libertà noi che non l'avevamo vissuta? Che cosa voleva dire "e ogni altro mezzo"?[9]

La secondaria di secondo grado è meno investita da questo dibattito, da questi interrogativi, ma non possiamo dire che sia estranea alla grande trasformazione che attraversa la

8. Ivi, p. 33.

9. M. Lodi, *La scuola di fantasia*, in L. Righetti (a cura di), *Gianni Rodari e la scuola della fantasia*, Il Ponte Vecchio, Cesena 2012, p. 5.

società italiana nei primi anni Sessanta quando, grazie all'emigrazione interna e alla riforma delle scuole medie, le carte si mescolano veramente, mettendo in crisi in modo radicale quella forma mentis che voleva tutti gli allievi destinati al liceo da un lato e tutto il resto degli studenti dall'altro fin dai loro 11 anni.
La legge 1859 del 31 dicembre 1962 è il primo provvedimento repubblicano che demolisce un pezzo costitutivo dell'impianto "classista" della Riforma Gentile, cioè la distinzione dei percorsi formativi, tenendo tutti insieme fino ai 14 anni. Prendiamo una storia come quella raccontata da Elena Ferrante nell'*Amica geniale*. Lì il destino delle due bambine protagoniste è segnato dal fatto che la maestra Olivero incoraggia Elena a proseguire gli studi e a frequentare le scuole medie con il latino, mentre i genitori di Lila non vogliono e scelgono per lei a dieci anni un futuro di lavoro.
La riforma delle medie sposta questa scelta a 14 anni e fa sì che, complice la richiesta di una classe lavoratrice più specializzata da parte delle industrie del Nord, aumenti anche il numero delle persone che ottiene la licenza media, frequenta le scuole superiori e addirittura si iscrive all'università. Un traguardo insperato per moltissime famiglie soltanto dieci anni prima.
I costituzionalisti parlano di un vero e proprio disgelo costituzionale che si verifica a partire dai tardi anni Cinquanta e fa sì che molti principi espressi dalla carta del 1948 siano finalmente attuati. Uno di questi è il diritto alla scuola fin dai tre anni: nel 1968 viene istituita la scuola materna statale.
Questo provvedimento non ha niente a che vedere con l'impianto gentiliano nella forma, ovviamente, ma ne modifica l'assetto culturale poiché chiama "scuola" anche quello spazio in cui si educa e non solo si istruisce.
Sul nesso educazione, istruzione e autorità si muove tutta la stagione del movimento studentesco che ha, fra gli obiettivi polemici, proprio alcuni capisaldi della Riforma Gentile come l'esame di Stato. Un esame che sarà modificato nel febbraio 1969. Nell'autunno caldo del 1969 sono riformati anche gli "istituti professionali", che passano da quattro a cinque anni di frequenza mentre nel dicembre vengono liberalizzati gli accessi universitari e i piani di studio.
Importanti trasformazioni coinvolgono le scuole negli anni a venire: dall'approvazione dei decreti delegati nel 1974 all'abolizione delle classi differenziali nel 1977, dalla riforma dei programmi delle scuole medie inferiori del 1979 fino

all'elaborazione dei nuovi programmi delle scuole elementari del 1985, la scuola ha proceduto ad adeguare le sue funzioni, le sue pratiche e i suoi contenuti alla Costituzione repubblicana aumentando il numero delle ore con il tempo pieno. Una tendenza che ha subìto una brusca interruzione con i governi di centrodestra che, oltre a tagliare gli investimenti, trend già esistente anche in governi progressisti, ha intrapreso una vera e propria azione di restaurazione. Diminuzione delle ore per il tempo pieno, scarsissimo interesse per la formazione degli insegnanti, precarizzazione del lavoro e, soprattutto, nessun interesse nei confronti della partecipazione della componente studentesca guardata con diffidenza e marginalizzata dentro e fuori la scuola.
Così, se secondo la storica Monica Galfré: «nonostante il suo progressivo svuotamento, la riforma può essere considerata l'atto di nascita della scuola odierna, che ne reca ancora i segni visibili»[10], possiamo dire che questi segni si manifestano nel modo di concepire la scuola e di farla, ogni giorno, in classe. Come puntualmente rileva Andrea Mariuzzo in una conversazione via email:

> è rimasta l'idea di una differenziazione degli studi secondari basata su una distinzione gerarchica per una società gerarchica, anche se ormai i privilegi legislativi di alcuni percorsi scolastici rispetto ad altri sono stati pressoché completamente cancellati. Si tratta di un condizionamento culturale che si fa sentire nelle scelte di studenti e famiglie, ma anche nell'atteggiamento degli insegnanti, i quali orientano in base al profitto e al ruolo sociale "previsto" piuttosto che in base ad attitudini e interessi, e che permette al ministero di scavare ancora dei solchi tra percorsi di serie A, B e C, come dimostra la riforma annunciata degli istituti tecnici e la generale idea che i professionali servano a poco altro oltre che tenere dentro quelli che altrimenti sarebbero già condannati alla dispersione a 14 anni.

Lo spirito classista della riforma sopravvive in chi confonde il concetto di scuola democratica con quello di scuola facile o semplificata; in chi, insomma, ancora oggi continua a immaginare la scuola come uno strumento di selezione e non di emancipazione di tutti e di ciascuno. Da questo punto di vista è emblematico il dibattito sul "merito", ma anche quello sulla valutazione: in entrambi i casi c'è chi ipostatizza un fronte compatto di "nemici del merito", addirittura un "complotto" contro il merito che vorrebbe abolire ogni tipo di valutazione della scuola e premiare coloro che vanno peggio.

10. Galfré, *Tutti a scuola! L'istruzione nell'Italia del Novecento*, cit.

Ovviamente questo fronte non esiste. Esistono alcune sperimentazioni sulla valutazione educativa seguite da pedagogisti come Cristiano Corsini o Guido Benvenuto che, in collaborazione con alcuni docenti di secondaria, cercano di ragionare sulla possibilità di pratiche diverse che non "aboliscono" il voto ma ne trasformano la funzione e, in ultima istanza, il senso e così facendo non lasciano indietro i più bravi ma cercano di portare avanti anche i "meno bravi".
L'invenzione del "nemico del merito" è forse l'aspetto più macroscopico nel dibattito sulla scuola di oggi. Ma perché inventarselo? Ovviamente ci si potrebbe rivolgere alla psicologia sociale, ma visto che siamo in un ambito storico sarà il caso di limitarsi a citare quello che Marc Bloch scriveva sulle false notizie e la loro funzione:

> Le false notizie nascono spesso da osservazioni individuali inesatte o da testimonianze imperfette, ma questo accidente d'origine non è tutto; in sé, per la verità, non spiega nulla. L'errore non si propaga, non si amplia, non vive, infine, che a una condizione: trovare nella società in cui si diffonde un terreno di coltura favorevole. In essa, inconsciamente, gli uomini esprimono i loro pregiudizi, i loro odi, i loro timori, tutte le loro emozioni forti. Grandi stati d'animo collettivi sono i soli ad avere il potere di trasformare in una leggenda una percezione distorta[11].

Dire che esistono dei nemici del merito, che vogliono premiare i somari e penalizzare i più bravi, serve soltanto a chi i "somari" vuole davvero lasciarli al loro destino riportando la scuola e quindi la società a immaginare il futuro diviso per classi, e questo, francamente, a 100 anni dalla Riforma Gentile è davvero inaccettabile.

11. M. Bloch, *La guerra e le false notizie. Ricordi (1914-1915) e riflessioni*, Fazi, Roma 2014, p. 45.

Il Napoli è Campione d'Italia. La squadra di Luciano Spalletti ha riportato il tricolore sotto il Vesuvio dopo un'attesa durata trentatré anni: è lo scudetto dei giovani della generazione Kvaratskhelia

Come Pulcinella, come Osimhen

Angelo Carotenuto

È cominciato tutto come un gioco di segni e di specchi, di echi e di rimandi, un gioco di coincidenze accumulate strada facendo, citazioni involontarie di vittorie lontane, lontanissime, trentatré anni senza uno scudetto. Una condensa di casualità così benigne da convincere la gente che davvero fosse l'anno buono, un po' com'era accaduto per i Mondiali agli argentini. Era credibile anche la suggestione metafisica, che lo spirito guida fosse lo stesso, là e qua, unico e solo, il calciatore che a Buenos Aires e nel mondo si può nominare senza cognome, Diego, Diego e basta, come Eduardo De Filippo diceva che a Napoli si fa per i parrucchieri e per i re.

Il terzo scudetto ha fatto un giro largo, è nato un po' alla volta e ha chiuso il cerchio alle 22:37 del 4 maggio, quando, per un gol segnato a Udine, sul cielo della città ha lampeggiato e tuonato la forza di trentatré Capodanni messi assieme, uno spettacolo mai visto di fuochi d'artificio, ripreso dalle tv di tutto il mondo, dall'alto, dal mare, dalle finestre dei palazzi, coi telefonini, coi droni, un pandemonio anarchico e sincronizzato al tempo stesso, come se dal 1990 fino al 2023 ogni 31 dicembre fosse servito solo a questo, a fare le prove generali della gioia.

Nella tradizione della città, il 4 maggio era il giorno degli sfratti, il giorno in cui il popolo cambiava casa, c'era la mobilia da portarsi appresso oppure di cui liberarsi, un frastuono di polvere e fatica, un impasto di malinconia e di eccitazione, per le stanze che salutavi e per la scoperta dell'indirizzo nuovo. In fondo non esiste a Napoli l'una senza l'altra, sempre arriva il pensiero di un morto di cui senti la mancanza, all'improvviso, in mezzo alla musica e alle luci della festa. Questo spleen si era materializzato in uno striscione, quando il Napoli vinse il primo scudetto, maggio 1987, certe mani andarono a stenderlo fuori ai cancelli del cimitero di Poggioreale e c'era scritto: "Che vi siete persi". Fece il giro del mondo, al mondo piace attribuire una buona dose di arguzia ai napoletani e ai napoletani piace che succeda. Qualcuno ha provato a replicarlo pure stavolta, con minor successo, perché cambia persino Napoli, nonostante la tentazione di rivolgersi sempre al suo passato sepolto di capitale, nonostante il cedimento al ricordo, alla commemorazione. Questo scudetto è stato diverso perché non ha parlato solo all'altro mondo, alle capuzzelle della Sanità, alle ceneri di chi non c'è più, ai monacielli. Questo scudetto ha parlato ai corpi vivi di chi sta portando Napoli fuori dal suo isolamento, gli under 30 che non avevano mai visto la città felice, mai per il calcio e quasi mai per tutto il resto.

Un milione e duecentomila fra ventenni e trentenni, provincia compresa, ai quali sono state tramandate come intoccabili le icone degli Anni Ottanta – la triade Maradona, Massimo Troisi, Pino Daniele – per loro filmati su YouTube. Le hanno ereditate, ma sentendo il bisogno di cominciare a costruirsi un proprio pantheon, sfidando l'indignazione boomer che li giudica degli eretici. Sono stati gli under 30 e i loro smartphone a portare la città nel presente, in un nuovo benessere, loro che guardano le serie tv in inglese, studiano e lavorano all'estero senza dirsi emigranti, mangiano il sushi come il fiordilatte di Agerola. Hanno il mondo in tasca, nella stanza, e nel mondo hanno portato il loro pezzo laico di Napoli, alla maniera del *glocal* che piace a Netflix. Una generazione che non aveva fatto in tempo a conoscere neppure il Rinascimento, così lo chiamammo, il recupero urbano, la sollevazione morale e civile della città messa in moto dalla prima amministrazione di Antonio Bassolino – novembre 1993. Gli inviati venivano dall'estero, per capire; così come sono tornati ora per raccontare lo scudetto, così come arrivano visitatori e turisti per vedere. Molti non si spostano dal triangolo caffè-pizza-sfogliatella, altri si spingono fino ai pastori di San Gregorio Armeno, i più arditi sanno che esistono un paio di musei di richiamo internazionale. Ma uno straordinario allineamento di pianeti ha portato in città anche una massa di

curiosi, attratti dai luoghi delle pagine dei romanzi di Elena Ferrante, dai fondali della serie tv *Mare Fuori* e dalla Scudetto Experience, il giro tra i vicoli imbandierati e i Quartieri Spagnoli con il murale di Maradona. Una galleria di attrazioni spontanee, fiorite dal basso, intorno alle quali hanno aperto b&b, rosticcerie, friggitorie, senza una vera strategia di marketing e che la città ufficiale non governa, non indirizza, non alimenta. Budelli di strade che erano inaccessibili per il buio e il deserto ora, casomai, lo sono per la folla. Così, dentro questo fenomeno, vivono sia il mistero dell'autocombustione, la bellezza della genuinità, sia l'incognita che un giorno il fuoco possa spegnersi.
È un processo che Napoli conosce bene nella sua architettura urbana, dove è palese la continua riscrittura di sé, strato su strato, sfoglia su sfoglia, a dispetto del cliché sul dinamismo assente. I registi che vogliono girare in città lo sanno. Arrivano e scoprono quanto sia complicato trovare un luogo incontaminato dalla modernità. Allora si accontentano di uno scorcio. I film d'epoca a Napoli sono tutti ripresi in campo stretto. Lo scudetto è arrivato quando pure il Napoli ha accettato l'idea di riscriversi, salutando tutti insieme i vecchi leader dello spogliatoio [Insigne, Mertens, Koulibaly], prendendo il largo verso l'ignoto, apprezzando dell'ignoto certe dolcezze che le certezze non promettono più.
La più sorprendente di tutte è stata un ragazzo di 22 anni rintracciato alla periferia del neo-calcio globale, in Georgia, un tipo accolto con tutta la facile diffidenza che si associa a un nome e un cognome come il suo, dodici consonanti su diciannove, Kvicha Kvaratskhelia. Ai primi gol, ai primi dribbling, è diventato Kvaradona – oggi il titolo di un libro di Emanuele Giulianelli, uscito per Fandango. Così straniero, così familiare. «Ha la faccia di uno studente di ingegneria», ha detto Paolo Sorrentino. Uno di quelli che negli anni Settanta venivano dalla Grecia per iscriversi alla facoltà di Fuorigrotta, di fronte allo stadio. In Kvicha ha trovato pepite e polvere da sparo l'allenatore Luciano Spalletti, un personaggio da western o da romanzo sia prima dello scudetto (luciferino, geniale, disilluso), sia dopo (spossato, malinconico, autoesiliato), «somigliava al Simon Bolivar raccontato da Gabriel Garcia Marquez, un generale perduto nel labirinto di un sogno irrealizzato», ha scritto Matteo Pinci su "la Repubblica". Un uomo che s'è ritirato in campagna, un Cincinnato che colleziona utensili agricoli e all'ingresso della sua tenuta in Toscana tiene appesa una *console* bianca, alla

quale gli ospiti inchiodano una monetina. Ha costruito non solo una squadra vincente, ma una squadra bella da vedere. Il mondo del pallone ha l'abitudine di contrapporre le due cose, il calcio italiano si è divertito nell'alimentare una specie di questione meridionale sul dorso delle due ideologie. Così, mentre le squadre di Milano vincevano titoli e coppe negli anni Sessanta grazie al cinismo del catenaccio, il suo cantore Gianni Brera rimproverava la scuola giornalistica napoletana di celebrare a vuoto lo spettacolo, di pretenderlo, la accusava di incompetenza, la giudicava colpevole per lo scudetto che al Sud non arrivava mai. Spalletti ha vinto insomma nello stile napoletano, proprio mentre molti editoriali hanno sottolineato quanto poco ci fosse, di napoletano, dal punto di vista industriale. Una lettura cara al presidente De Laurentiis, che spesso con Napoli ha relazioni turbolente.
Francesco De Core, direttore del "Mattino", ha parlato di «una lezione che il Napoli ha dato a Napoli, la città dell'eterno moto sentimental-jazzistico dove prevale la fantasia, l'intuizione, l'espressività, lo spontaneismo, l'istinto. Una filosofia talvolta fine a sé stessa, una ideologia che fa presto a farsi stereotipo incallito, stucchevole. Napoli gioisce e fa festa con il suo Napoli, la metropoli delle *rivoluzioni interrotte* e della *bella giornata* lacapriana cancella oggi umiliazioni e delusioni attraverso l'opera di una squadra risoluta e multietnica, così infedele ai cliché (spesso maldestramente sottoscritti da una parte della città stessa) oppure cuciti addosso come abito di comodo da altrui mani».
Molto si è detto sulla caduta degli stereotipi, scaramanzia compresa, per via di una città imbandierata a festa da settimane. Stefano Manferlotti, rigoroso anglista all'Università Federico II, ne ha parlato in *Kappaò. Storia di uno scudetto annunciato* (Langella edizioni). Napoli stavolta ha festeggiato finanche l'attesa. Ha festeggiato la bellezza di potersi dire napoletani. La maschera di tutto ciò è stata il centravanti nigeriano Victor Osimhen, che davvero ne ha portata una protettiva sul volto, dopo la frattura a uno zigomo. Per un altro incrocio di casualità e simbologia, Osimhen è diventato un'estensione aggiornata del senso di Pulcinella, personaggio frainteso, come fraintesa è spesso Napoli, duale come la città. Pulcinella è imbroglione e altruista, cinico e sentimentale. L'antropologo Marino Niola la chiama la maschera della tuttilità, essere qualcosa più di sé, la scatola nera dell'essere. Solo calcisticamente Napoli non è mai stata duale.

Il "New York Times" ha scritto che esiste una squadra con una città attorno. Roberto Saviano sul "Corriere della Sera" ha parlato di un plurale in cui riconoscersi. Fatta eccezione per Colonia in Germania, non esiste un'altra grande città europea che non abbia il derby. La faccenda è assai curiosa, perché l'antropologia locale ha la sua pietra angolare in un saggio di Domenico Rea nel quale si teorizza l'esistenza di due Napoli, la città del *Ventre* di cui scrisse Matilde Serao e la città di sopra che lo ignora. Due parti che si fecero la guerra nel 1799. Raffaele La Capria fa risalire a quel periodo il momento di un'*Armonia perduta*, quando la borghesia ebbe paura della plebe e si ritirò. Ha un titolo alla La Capria il libro di Gianni Montieri dedicato allo scudetto, *Il Napoli e la terza stagione*, uscito per 66thand2nd. Per addolcire quest'*Armonia perduta*, dice La Capria, le due fazioni in guerra nel 1799 firmarono una tregua cercando un terreno comune nell'invenzione artificiale della napoletanità, nel dialetto dolce, nelle canzoni d'amore, nella *recita collettiva* che porta i napoletani a fare spettacolo di sé stessi. A fingersi ciò che il resto d'Italia ritiene che essi siano, ma in verità imprendibili. Come Pulcinella. Come Osimhen.

ma

ope

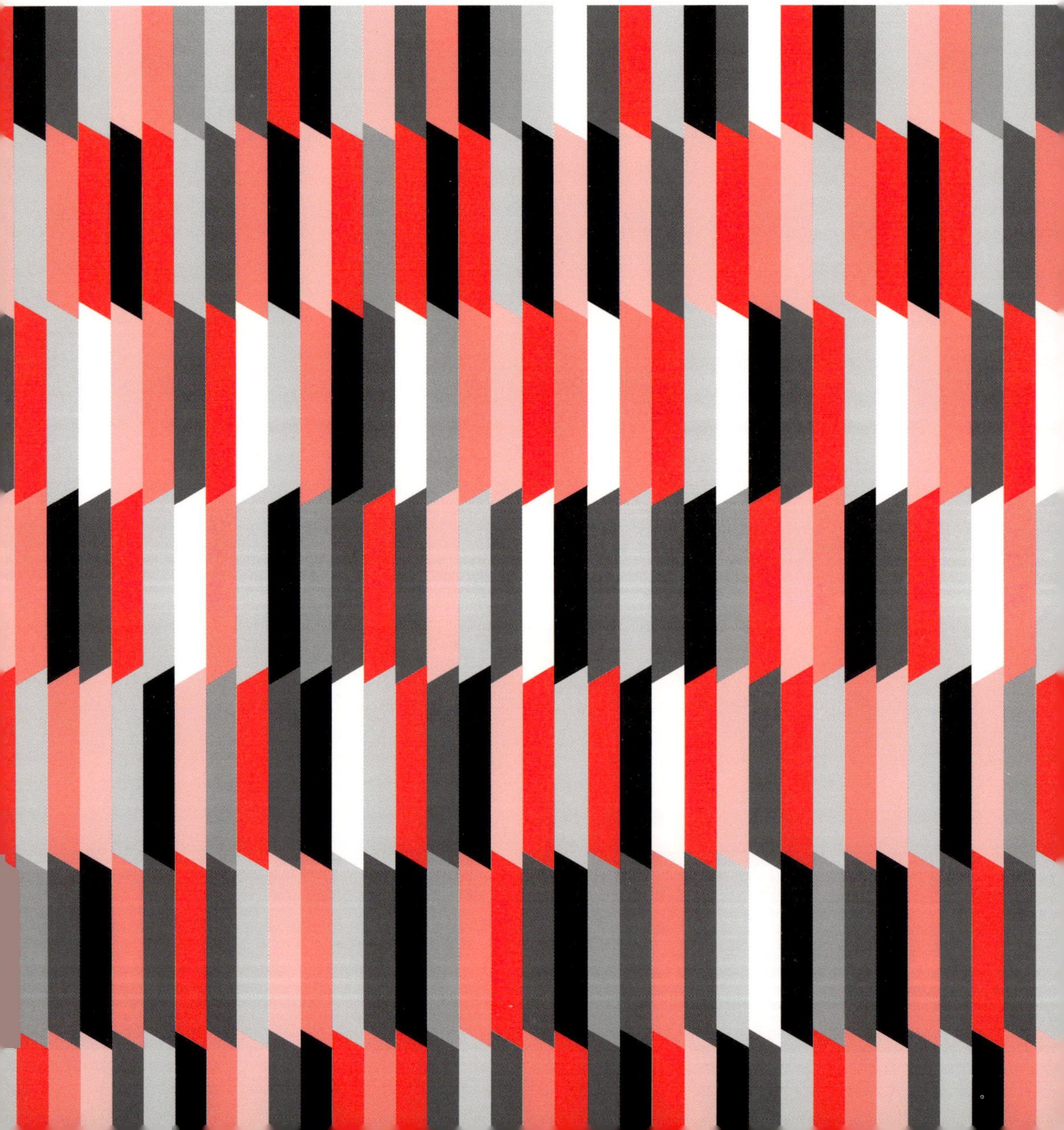

Questo grande mare di libri

Lara Ricci

Dura ancora l'effetto della pandemia sul mercato librario italiano, con vendite stabilizzatesi a un livello del 13% circa superiore a quello del 2019 che generano un valore di 1,7 miliardi di euro l'anno (3,4 miliardi se si include anche l'editoria scolastica) e lo rendono la prima industria culturale del paese (secondo le rilevazioni dell'Associazione italiana editori del 2022 e dei primi 4 mesi del 2023).
Si è finalmente realizzato anche l'auspicabile rallentamento della produzione di novità: è calata del 10% lo scorso anno, tornando dunque quasi ai livelli di quattro anni fa. Ma gli oltre 76.000 nuovi titoli pubblicati nel 2022 – con il 2023 partito per essere solo del 12% inferiore – restano un numero comunque ancora troppo elevato perché critici letterari, giornalisti, librai, bibliotecari e altri professionisti dell'editoria possano leggerli, promuoverli adeguatamente e soprattutto operare una rigorosa selezione che permetta di far emergere quanto di più bello e interessante è stato scritto: un'ipertrofia stigmatizzata già qualche decennio fa da Luciano Bianciardi, quando le novità pubblicate ogni anno erano solo 6.000.
Meritevole, dunque, un'iniziativa come quella di Marcos y Marcos che, per dare «più tempo, più spazio, più possibilità al nuovo», ha deciso di pubblicare una sola novità di narrativa al mese. Un'iniziativa che produrrà tanti più risultati quanti più editori sceglieranno di aderire.
Per farsi un'idea di cosa sia fatto questo grande mare di libri che si riversa ogni mese sugli scaffali e di cosa effettivamente leggano gli italiani si possono analizzare i libri più venduti, tenendo tuttavia ben presente che la quota dei primi 100 titoli maggiormente acquistati non arriva al 10% delle vendite di varia (esclusa cioè l'editoria scolastica), sia per valore sia per numero di copie. Un mercato molto diversificato dove ha un grande peso il catalogo (cioè i libri pubblicati negli anni

precedenti) che continua a rappresentare l'85% delle vendite, con lo zoccolo duro dei libri editi da più di tre anni, che valgono il 40% circa, in crescita rispetto ai valori pre-pandemici. Negli ultimi tre mesi del 2022 e nei primi sei dei 2023, in vetta alle classifiche ci sono stati romanzi principalmente italiani, *narrative non fiction*, molti romanzi rosa, pochi gialli, ma anche saggi di divulgazione scientifica e storica pubblicati quasi esclusivamente da grandi editori. Troviamo, infatti, *Spare, il minore* (Mondadori, 2023), l'autobiografia del principe Harry, duca di Sussex, scritta con John Joseph Moehringer, vincitore di un Pulitzer per il giornalismo. E con lui molti *romance*: *Dammi mille baci* (Always Publishing, 2018) della britannica Tillie Cole, storia di un amore giovanile ma inossidabile; *Fabbricante di lacrime* (Magazzini Salani, 2021), favola che ha per protagonista una giovane orfana, pubblicato prima a puntate sulla piattaforma wattpad e scritto con lo pseudonimo di Erin Doom da un'autrice trentenne emiliana che è riuscita a far risalire le vendite mostrando il suo volto in televisione; *It starts with us. Siamo noi l'inizio di tutto* (Sperling & Kupfer, 2023) continuazione di *It ends with us*, anch'esso in classifica, della statunitense Colleen Hoover: tratta vicende di donne con padri difficili e mariti altrettanto. E infine *Atlas, La storia di Pa' Salt* (Giunti Editore, 2023), che parla di amori e di perdite con un'ambientazione storica e che conclude la serie delle *Sette Sorelle* dell'irlandese Lucinda Riley.
È ugualmente ambientato nel secolo scorso e racconta una storia di amore e di emancipazione *La portalettere* (Nord, 2023) di Francesca Giannone: si svolge nel Salento degli anni Trenta, dove arriva la moglie settentrionale di un paesano

che non va in chiesa e si mette in testa di lavorare come postina. Un romanzo italiano, come altri due che hanno raggiunto i primi posti in classifica: *La vita intima* (Einaudi, 2023), di Niccolò Ammaniti, arrivato in libreria dopo 8 anni di assenza per narrare una storia che ha per protagonista la moglie dal passato misterioso di un presidente del Consiglio, e *Le otto montagne* (Einaudi, 2016) di Paolo Cognetti, lanciato dal Premio Strega nel 2017 e tornato in auge recentemente anche grazie al film omonimo che ha vinto il premio della giuria al Festival di Cannes nel 2022, quattro David di Donatello e due Nastri d'argento. Immancabile il bestsellerista ginevrino Joël Dicker con *Il caso Alaska Sanders* (La nave di Teseo, 2022), seguito di *La verità sul caso Harry Quebert*.
Romanzi *midcult* che confermano nella produzione letteraria italiana e nel gusto delle masse una tendenza all'"allodoxia" culturale, per usare una definizione di Pierre Bourdieu, ovvero l'«eterodossia vissuta nell'illusione dell'ortodossia» che «porta a scambiare l'operetta per "la grande musica", la divulgazione per la scienza, la finta pelle per quella autentica e a trovare in questa falsa identificazione [...] il principio di una soddisfazione che in qualche misura dipende ancora dal senso della distinzione».
È partito molto bene anche *Tre ciotole. Rituali per un anno di crisi* (Mondadori, 2023), di Michela Murgia, un romanzo costruito dall'incastro di vicende di personaggi posti davanti a cambiamenti radicali. Una "scrittrice *performer*", Michela Murgia, che alla scrittura affianca la capacità di stare sui *media* secondo il modello di autore di successo dei giorni nostri delineato da Gianluigi Simonetti in *Caccia allo Strega*

(nottetempo, 2023); ma anche un'attivista che ha saputo riempire i vuoti della politica portando avanti battaglie transfemministe e, in generale, sociali. La rivelazione, nel maggio scorso, di avere un cancro in fase terminale e le parole che ha speso per promuovere il suo ideale di famiglia *queer*, dove i legami sono quelli affettivi e non necessariamente quelli di sangue, hanno avuto molta visibilità sui giornali e suscitato molte emozioni nei social, favorendo, forse, le vendite del libro.
Scrittore *performer* e attivista è anche il fisico Carlo Rovelli, che con il suo saggio *Buchi bianchi* (Adelphi, 2023) è riuscito a guadagnarsi un posto fra i primi dieci libri in classifica con un argomento non certo *grand public*: tratta infatti gli elusivi e ipotetici fratelli minori dei buchi neri, chiedendosi al contempo: «come facciamo a capire quello che non abbiamo mai visto? Perché vogliamo sempre andare a vedere un po' più in là?».
Infine, due libri di storia che parlano di Mussolini concludono la rassegna dei libri più venduti tra la fine del 2022 e la prima metà del 2023: *M. Gli ultimi giorni dell'Europa* (Bompiani, 2022), di Antonio Scurati, e *Mussolini il capobanda. Perché dovremmo vergognarci del fascismo* (Mondadori, 2022), di Aldo Cazzullo.
Più in generale, analizzando la produzione editoriale italiana, si può osservare che, anche nell'ultimo anno, i generi narrativi (romanzo italiano e straniero, fumetti, bambini e ragazzi) hanno rappresentato poco più della metà del mercato – composto per l'altra metà dalla saggistica (biografie comprese) e dai manuali – con il *romance* che, come già nel 2022, grazie soprattutto all'imporsi di nuove scrittrici italiane, continua a guadagnare spazio (rispetto al 2019 è raddoppiato), pur rappresentando poco più del 3% del giro d'affari. In ripresa, rispetto al 2022, ma non ancora ai livelli pre-Covid, le guide di viaggio e l'editoria turistica. Sostanzialmente stabile, ma in crescita rispetto ai valori pre-pandemici, la cosiddetta "saggistica di cultura", ovvero quella d'arte e spettacolo, storica, politica e d'attualità, scientifica, i *reportages*, la critica letteraria, la linguistica, la filosofia, la psicologia e le scienze sociali. Difficile, infine, analizzare la produzione libraria italiana sotto una lente di genere: non si trovano studi recenti, se non una valutazione fatta dall'agenzia di stampa Ansa per l'8 marzo scorso che rilevava che nella classifica dei primi cento libri più venduti nel 2022 solo il 30% era firmato da una donna: in particolare si trattava di 21 autrici per un totale di 37 opere, per la gran parte romanzi rosa.

come macchie

sull'acqua, grig

uguali, la prima

non si affacciava

e l'inverno avev

lasciato il posto

un velo di piogg

A passo veloce,

bavero del lode

rialzato seguito

Procedendo per tappe, mese dopo mese,
ripercorriamo le uscite più rilevanti dell'anno

Che cosa abbiamo letto
Beppe Cottafavi

Ottobre 2022. Mussolini su TikTok

Nel centenario della Marcia su Roma, *Mussolini il capobanda* di Aldo Cazzullo, Strade Blu Mondadori, marcia sulla classifica dei libri. Superando, ed eguagliando per copie, il romanzone letterario di Antonio Scurati *M. Gli ultimi giorni dell'Europa*, Bompiani.

Cazzullo, oltre che bravo giornalista e narratore montanelliano delle identità della nazione, è anche un agile surfer delle frontiere del mondo connesso. Tra analogico e digitale, nuovi e vecchi media. E ora ha sbancato TikTok. Un milione e duecentomila visualizzazioni sull'account del suo editore, Mondadori, il primo in Italia ad aprirlo e il primo a raggiungere tale risultato. Con un video di un libro contro il fascismo. Molto bene. È un evento. E un risultato sorprendente.

Chiedo lumi a Jacopo Milesi, che cura i social per Mondadori. Mi spiega, felice, che sono numeri da grandi editori americani come Penguin Random House. Che la convergenza tra anniversario della Marcia, destra al governo, Mussolini personaggio divisivo e storia polarizzante ha certamente affascinato l'algoritmo cinese. E che la gente discute e, nelle migliaia di commenti, se le dà di santa ragione. Io gli dico che penso che i podcast siano la neo-radio e TikTok la neo-televisione. Mi conferma che nei dati analitici che lui vede, divisi per fasce d'età, è notevole la percentuale dei boomer. Insomma: anche su TikTok sono arrivati i vecchi.

Novembre 2022. Autunno in cucina

In cima alla classifica arriva invece Benedetta Rossi, la *food blogger* più amata dagli italiani. Quella senza pretese. I suoi follower sono in continua crescita (oltre 8 milioni su Facebook, 3 milioni su YouTube e 4,4 milioni su Instagram), e lei continua a non tirarsela. Ritratta in copertina nell'atmosfera domestica un po' dozzinale da cucina economica e tovaglia rustica a quadretti. Sorriso amichevole e spiegazioni semplici.

In omaggio allo Spirito del Tempo, in questo *Benvenuti in casa mia*, Mondadori Electa, Benedetta Rossi regala spunti e consigli per conciliare una vita sempre più veloce, il rispetto dell'ambiente e soprattutto l'attenzione al risparmio. Utili consigli anche per *working class*, pensioni basse e percettori di reddito di cittadinanza su come risparmiare in ogni ambiente della casa, attraverso piccoli gesti e attenzioni che permettono di contenere i costi delle bollette di luce, acqua e gas. Inoltre, forte delle sue tradizioni, ci aiuta a riappropriarci dei piccoli saperi di una volta e mette l'accento sull'importanza dell'autoproduzione, suggerendo, per esempio, la coltivazione di un piccolo orto sul balcone e la preparazione del sapone fatto in casa. Come ai tempi della Cianciulli, la saponificatrice serial killer.

Insomma: tradizione, nazionalismo e sovranità domestica, igienica, alimentare.

Dicembre 2022. Natale e il rosmarino

«Ho deciso di scrivere di donne perché non sono una donna. Perché ho la sensazione di conoscerle sempre poco, anche se vivo con quattro di loro. E perché è più utile scrivere di ciò che vuoi conoscere meglio, invece che di ciò che credi di conoscere già». Sto parlando al telefono con Matteo Bussola. Il cui libro è il vero caso della classifica dell'ultima settimana prima di Natale. Ora il suo romanzo *Il rosmarino non capisce l'inverno*, Einaudi Stile libero, è terzo in classifica. E l'inverno lo capisce benissimo.

Bussola è un autore autarchico, fa tutto da solo, scrive il romanzo, si disegna la copertina perché nasce fumettista, inventa il titolo; l'ideale per Paolo Repetti, il suo editore, publisher di Stile libero, che sta presidiando la classifica.

«Murakami ha detto che lo scrittore è uno che non sa niente, per questo scrive. Sono d'accordo», mi dice. «Non voglio spiegare nulla. La scrittura è il mio modo di conoscere le cose. Scrivere di donne mi consente di osservare il mondo da un punto di vista inedito».

«A cosa pensa una donna quando, assordata dalle voci di tutti, capisce all'improvviso di aver soffocato la propria? A cosa pensa una donna quando lascia qualcuno? Quando si innamora senza scampo? Quando è triste o felice o arrabbiata o risoluta o crudele? Quando è accudente come una nonna oppure spietata come un nemico? Quando si deve giustificare per la voglia di fare sesso o per quella di non volerlo fare?».

«L'idea del libro è nata dal fastidio nei confronti di certe narrazioni al femminile che dipingono le donne come madri accudenti, amanti appassionate o principesse disperate. Oppure, di contro, le eroine ribelli per statuto o anticonformiste per copione. In mezzo stanno le donne vere».

Gennaio 2023. Il principe

A pagina 70 del suo libro *Spare*, Mondadori (primissimo in classifica e diviso nei tre atti di infanzia, servizio militare e felicità coniugale), il principe Harry racconta del suo rapporto con i libri. E dice che ogni volta che lo costringevano a stare seduto in silenzio con un libro dava letteralmente i numeri. Dice però che non gli piacevano neppure le formule della matematica, né le belle poesie perché «per impararle le dovevi caricare nell'area del cervello che incamera tutto, proprio quella alla quale opponevo resistenza. Dalla scomparsa di mamma, la mia memoria è stata frammentaria per scelta, e non volevo ricostruirla perché ricordare significava provare dolore». Allora memorizza lunghi brani di *Ace Ventura* e del *Re Leone*.

La cosa turbava suo padre, allora principe ora re, non leone ma Carlo III. A lui, il re, i libri non solo piacevano, ma li esaltava, in particolare Shakespeare: adorava Enrico V, e si paragonava al principe Hal. Nella sua vita c'erano diversi Falstaff, come Lord Mountbatten, il suo amato prozio, e Laurens van der Post, l'irascibile intellettuale seguace di Carl Gustav Jung. Insomma, Harry non è uno che impara dai libri. Anche se scopre su BrainyQuote.com, un sito di citazioni ispirazionali, la frase di Faulkner, in *Requiem per una monaca,* sul fatto che il passato non è mai morto, e nemmeno passato. «Non ho mai avuto dubbi sul fatto che papà fosse sconvolto al pensiero che io stesso appartenessi all'orda di barbari che ignoravano Shakespeare. E cercai di cambiare. Aprii l'*Amleto*: un

principe solitario, ossessionato dal genitore defunto, osserva quello superstite innamorarsi dell'usurpatore? Richiusi il libro: grazie, non fa per me». «L'unico libro che ricordo di aver apprezzato è un breve romanzo americano, *Uomini e topi* di John Steinbeck. Ce lo avevano dato da leggere per inglese. Diversamente da Shakespeare, Steinbeck non aveva bisogno di un traduttore, ma scriveva in una lingua comprensibile, pura e semplice. E, meglio ancora, non si dilungava. *Uomini e topi* ha poco più di cento pagine».
Il suo, nella versione italiana ne ha 531, 416 quella originale, l'italiano si sa è prolisso e dilata una lingua razionale come l'inglese. Ora il principe, mollato *Amleto* assai prima del monologo celeberrimo del terzo atto, sulla scia di *Uomini e topi*, che pure gli era piaciuto, a *Furore* non fa cenno. Possiamo dedurre che il suo, scritto da J. R. Moehringer (il ghostwriter Premio Pulitzer di memoir più famoso al mondo, che qualche anno fa aveva aiutato André Agassi a scrivere il celebre *Open* così come *L'arte della vittoria Shoe Dog*, autobiografia del fondatore della Nike Phil Knight), sia il secondo libro letto in vita sua.
Bel colpo. Perché i lettori di tutto il mondo stanno leggendo in 16 lingue, anche il cinese, il suo libro. A vagonate. Sono previste altre nuove 10 lingue. Per un caso editoriale planetario da 3,2 milioni di copie nel mondo. Vi do conto di cosa è successo in Italia. Tiratura complessiva di mezzo milione di copie (con una macchina dedicata nella stamperia di Cles), di cui vendute 100.000 la prima settimana. Che, facendo i conti che non piacciono a Harry, fa 14.000 al dì. È una grande festa per le librerie che vedono lettori vecchi e nuovi. È il record assoluto nella storia dell'editoria italiana di copie in una settimana di un libro di non fiction. E, per una volta, senza tirare in ballo TikTok.

Febbraio 2023. Storie dall'Italia

È la narrativa letteraria italiana in *hype*, tra il racconto della storia e il memoir, capace di smuovere una classifica sempre dominata dal principe Harry e da Ammaniti. Con il romanzo di un'autrice molto attesa, dopo le duecentomila copie di *Le assaggiatrici*: *Mi limitavo ad amare te* di Rosella Postorino. Un romanzo che parla di figli. La condizione del figlio è quella dell'essere umano. Si può essere madri, padri, mogli, mariti. Oppure no. Di sicuro si è figli. Semplicemente perché siamo al mondo. È l'incidente della nascita.

Buone posizioni per *La portalettere* di Francesca Giannone che ci porta dentro un romanzo storico e di formazione di una donna del Nord in un paesino del Sud negli anni Trenta, Nord; di *Fame d'aria* di Daniele Mencarelli, Mondadori; di *Comandante*, la storia di Salvatore Todaro e del suo sommergibile, raccontata dalla coppia di uno scrittore, Sandro Veronesi, e un regista, Edoardo De Angelis, Bompiani: uno degli episodi meno conosciuti e più luminosi dell'ultima guerra, perché i corpi che galleggiano nel mare nero per il Comandante non sono nemici, sono naufraghi; di *La vita di chi resta*, una storia privata dolorosa e sconvolgente di Matteo B. Bianchi, Mondadori, che ci consegna un memoir per cui cerca le parole, e la giusta distanza, da più di vent'anni.

Marzo 2023. Spiritualismo, benessere e self help

Nuovo cambio della guardia in vetta. Vi riguarda soltanto se il vostro problema è un viaggio dentro voi stessi per trovare la serenità. Bel problema e vasto programma. *Profondo come il mare, leggero come il cielo*, qualunque cosa voglia dire, di Gianluca Gotto, Mondadori, primo in classifica. Il neoliberismo vi ha stufato? La decrescita non è poi così felice? Allora Gotto vi insegna come si fa ad andarsene per trovare sé stessi. Non nel lavoro. E nemmeno nell'amore. Ma nel cielo. «Tu non sei le nuvole, che vanno e vengono e sono sempre in movimento. Tu sei il cielo. E il cielo è leggero proprio perché non trattiene niente. Il cielo è saggio. Sa lasciare andare ciò che lo attraversa. Se vuoi essere sereno come un buddha, non essere una nuvola. Sii il cielo».
E se non basta, da Einaudi Stile libero esce ora il nuovo libro di poesie di Franco Arminio, *Sacro minore*, che, scommetto, presto troveremo in classifica. Il sacro quotidiano, minuscolo, persino minimo. Il sacro dei nostri corpi che si incrociano, e si incastrano, e si allontanano, quaggiù sulla terra. Tipo: «Sacro era mio padre / che non amava andarsene a dormire, / gli era caro il sonno sul tavolino», scrive Franco Arminio. «Sacri i negozi / che vendevano / le stoffe, gli ombrelli e la varechina. / C'era un sole preciso / alle undici del mattino», e ancora: «Sacro è che non sei morto stamattina».
Veniamo al romanzo. Perché al secondo posto sta *La vita intima* di Niccolò Ammaniti, Einaudi Stile libero, in corsa ormai verso le 100.000 copie. Romanzo divisivo: amato,

meraviglioso, finalmente è tornato Ammaniti, e bistrattato, una merda, Ammaniti non è più come prima. Per me romanzo molto divertente del massimo narratore di storie fine a sé stesse della nostra letteratura. (I messaggi lasciateli in segreteria.) Romanzi appunto: trame dentro cui si muovono personaggi. Dentro una scrittura piena di guizzi e di ironia. «Creare personaggi credibili e metterli dentro storie incredibili», dice Ammaniti a Michela Murgia durante una diretta Instagram sul libro.

Aprile 2023. Nutella!

«Mio padre mi disse: "Ti do questa piccola automobile, una Topolino, un biglietto da visita con il tuo nome e il tuo titolo sopra: Michele Ferrero, venditore esclusivo per la città di Asti (l'ho guardato e mi sono detto, sono io, eh!) e trenta chili di Pasta Gianduja". Così sono partito da Alba per Asti pieno di speranza di fare.

Finalmente sono arrivato da una signora che sicuramente era una mamma, e a vedere questo povero figlioletto che veniva avanti... Le ho detto: "Guardi, ad Alba abbiamo fatto un prodotto molto buono che la Langa ha consumato molto e quindi se posso le lascio questo in prova e nel pomeriggio passo di nuovo, se lei me lo consente..."».

Giovane, timido e imbranato, Michele Ferrero va a mangiare i suoi due panini, beve l'acqua della fontana, torna in negozio con il cuore in gola, la signora prima gli fa uno scherzo – «il suo prodotto si è squagliato», – poi gli dice la verità: il profumo di nocciole aveva indotto le signore di Asti a comprarlo tutto, a fette. «Quindi, bel fanciot, voglio fare un ordine di acquisto di dieci chili di roba». Michele può così tornare a casa felice, con l'ordine, e annunciare: «Abbiamo vinto, papà!». La Ferrero era stata fondata. Che mondo sarebbe senza Nutella?

E il libro che racconta per la prima volta la biografia e le intuizioni geniali dell'uomo visionario che ha inventato la Nutella (ma anche il Mon Chéri, il Kinder Cioccolato, le Tic Tac, i Kinder Sorpresa e il Ferrero Rocher), nato a Dogliani nel 1925 e morto nel 2015, *Michele Ferrero*, scritto da Salvatore Giannella per Salani, è primo pure in classifica. Un altro miracolo della Nutella. È la crema spalmabile più venduta al mondo, con una produzione di 365.000 tonnellate l'anno. Il 20 aprile 1964, dallo stabilimento Ferrero di Alba, entrò in commercio il primo vasetto.

Maggio 2023. McCarthy contro il Romance

Ecco, la classifica di questa settimana è una tac perfetta dei due pubblici di lettori che segmentano il mercato editoriale. Spaccandolo in due. Per gusti, desideri, aspirazioni.
Da una parte Wattpad e #BookTok hanno una nuova ossessione: *Love me love me*, l'amatissima storia di Stefania S., da Sperling & Kupfer, che è già entrata nel cuore di quelle lettrici, totalizzando milioni di visualizzazioni, guadagna il primo posto in classifica nella settimana che ci porta tutti a Torino per il Salone del Libro. Con il loro amore tormentato e passionale, June White e James Hunter sono destinati a diventare una coppia iconica della scena del *romance*. Innamorarsi dell'amore non è mai stato così facile.
Figurati, se poi lui è bello e dannato, il ragazzo cattivo, ha un passato oscuro e tormentato, che non fa che alimentare la sua leggenda. È spericolato, maleducato, vive al limite e va al massimo come Vasco Rossi da giovane, prima di diventare buddista. E incarna ciò da cui June dovrebbe tenersi lontana. Quindi è fatta, e lei è pazza di lui.
Al secondo posto i lettori si polarizzano, non sono quelli del *romance*, ma del Grande Romanzo. Proprio quello di un grande e celebre scrittore americano, il Cormac McCarthy autore di capolavori come *La strada* e *Non è un paese per vecchi*. McCarthy, che è un signore del 1933, ritorna dopo 16 anni, con *Il passeggero*, Einaudi, traduzione di Maurizia Balmelli, e ci stupisce con un'opera dalla scrittura esatta e innovativa, di disperata bellezza, di apicale bravura.

Giugno 2023. Il ritorno di Schiavone

«I giorni scivolavano come macchie d'olio sull'acqua, grigi e uguali, la primavera non si affacciava e l'inverno aveva lasciato il posto a un velo di pioggia. A passo veloce, col bavero del loden rialzato seguito da Lupa che gli trotterellava a fianco, Rocco Schiavone attraversava la piazza diretto al bar centrale». Sono passati dieci anni dall'uscita di *Pista nera*, il primo libro con protagonista Rocco Schiavone. Dieci anni di lavoro intenso (11 romanzi e due raccolte di racconti, per due milioni e mezzo di copie vendute, sceneggiature di cinque stagioni tv) per Antonio Manzini, uno scrittore bravo e gentile che ringrazia i suoi tantissimi lettori. Con le 533 pagine di *ELP* per Sellerio. Da subito primo in classifica. E di cui avete appena letto l'incipit di grande atmosfera manziniana. Sono pagine ricche di trama, per un Antonio Manzini

particolarmente narrativo che ha voglia di raccontarci una storia con lo snodo di due casi e due inchieste. Due casi di calda attualità sociale, la violenza contro le donne e contro l'ambiente, impegnano l'irruente e malinconico Rocco Schiavone. Un marito violento trovato ucciso con un colpo di pistola alla fronte e l'imprenditore di una fabbrica di pellami rimasto ucciso in seguito a un attentato attribuito agli ambientalisti dell'ELP. Il vicequestore, con disincanto e scetticismo, inizia la sua indagine controcorrente.
Non si fa che parlare dell'ELP, l'Esercito di Liberazione del Pianeta. Il vicequestore Rocco Schiavone guarda con simpatia mista al solito scetticismo ai gesti clamorosi di questi disobbedienti che liberano eserciti di animali d'allevamento in autostrada. Semmai è incuriosito dal loro segno di riconoscimento che si diffonde come un contagio tra ragazze e ragazzi.

Luglio-agosto 2023. L'aura
Molti subiscono la suggestione e, adornianamente, l'aura, oggi diremmo l'*hype*, del catalogo Adelphi. Se poi muore l'autore, come nel caso di Kundera, *L'insostenibile leggerezza dell'essere* torna in top ten. Neanche fossimo ai tempi di Arbore, D'Agostino e dell'edonismo reaganiano.
Altri prendono molto sul serio l'esito del Premio Strega, il più ambito tra gli scrittori e gli editori, e premiano col primo posto *Come d'aria* di Ada D'Adamo, che lo ha vinto postumo per Elliot. È il caso editoriale dell'estate. Assieme alle *Tre ciotole*, il romanzo corale di Michela Murgia, Mondadori. Due libri in poche settimane alle soglie delle 100.000 copie. Per la sfortunata esordiente che non si può godere questo successo, è scomparsa a primavera dopo avere saputo dell'ingresso del suo libro nella dozzina dei candidati Strega. E per Michela Murgia, la più radicale e importante scrittrice e attivista italiana.

Settembre 2023
È Isabel Allende che combatte, e batte, il generale Roberto Vannacci e il suo libro auto-prodotto *Il mondo al contrario*, entrando in classifica direttamente al primo posto. Con il suo nuovo romanzo, *Il vento conosce il mio nome*, Feltrinelli. Un editore piuttosto attivo in questo avvio di stagione. Con nuovi marchi come Feltrinelli Gramma, con il rilancio di

Sem, con le feste a Milano per l'autobiografia di Werner Herzog, il regista tedesco di *Fitzcarraldo, Ognuno per sé e Dio contro tutti*, e per la biografia di Inge, *Ingemaus*, che racconta la gioventù di Inge Schönthal: Gottinga, il nazismo, i viaggi da fotoreporter, gli incontri famosi, da Picasso a Hemingway. La storia di una ragazza alla ricerca della sua strada, fino al fatidico incrocio con l'editore Giangiacomo Feltrinelli.
Alle spalle incalzano il generale *La ragazza d'altri tempi*, il rosa antico di Felicia Kingsley da Newton Compton, e la ragazza dei tempi nostri con la sua versione, quella di Giorgia Meloni, Rizzoli, la lady di ferro intervistata da Alessandro Sallusti. Dopo un anno di governo Meloni auspica «che gli italiani vedano un governo che, per carità, ha i suoi limiti e difficoltà, magari fa perfino degli errori. Ma ce la mette tutta, in buona fede, con umiltà e amore. Un governo che non ha amici da piazzare, lobby da compiacere, potenti da ripagare. Che non guarda in faccia a nessuno, che non intende fregarti, che ha il coraggio di dirti anche quello che non si può fare in un dato momento o contesto».

Ottobre 2023. Le cattedrali di Ken Follett

Atteso dai suoi lettori, parte fortissimo e fa il vuoto *Le armi della luce* di Ken Follett, Mondadori. Primo in classifica.
Ken Follett è un narratore potente, una venerata archistar del romanzo storico, capace di costruire vertiginose cattedrali narrative fatte di trame avvincenti e di personaggi ritratti con perizia, di ricchezza di motivi e di precisione dei dettagli. Sia nelle sue storie novecentesche, sia in quelle di ambientazione medievale e rinascimentale.
Le armi della luce è il quinto capitolo della saga di Kingsbridge. I romanzi storici che compongono il ciclo di Kingsbridge sono stati scritti a distanza di molti anni: al primo e molto amato *I pilastri della Terra* (1989) seguono *Mondo senza fine* (2007), *La colonna di fuoco* (2017), *Fu sera e fu mattina* (2020, il prequel della serie).
E oggi, nel 2023, è arrivato in libreria *Le armi della luce*. Si tratta della serie più amata dell'autore, anche grazie al successo della serie televisiva prodotta da Ridley Scott nel 2010.

Questo testo rielabora alcuni articoli pubblicati sul quotidiano "Domani" tra l'ottobre 2022 e l'ottobre 2023

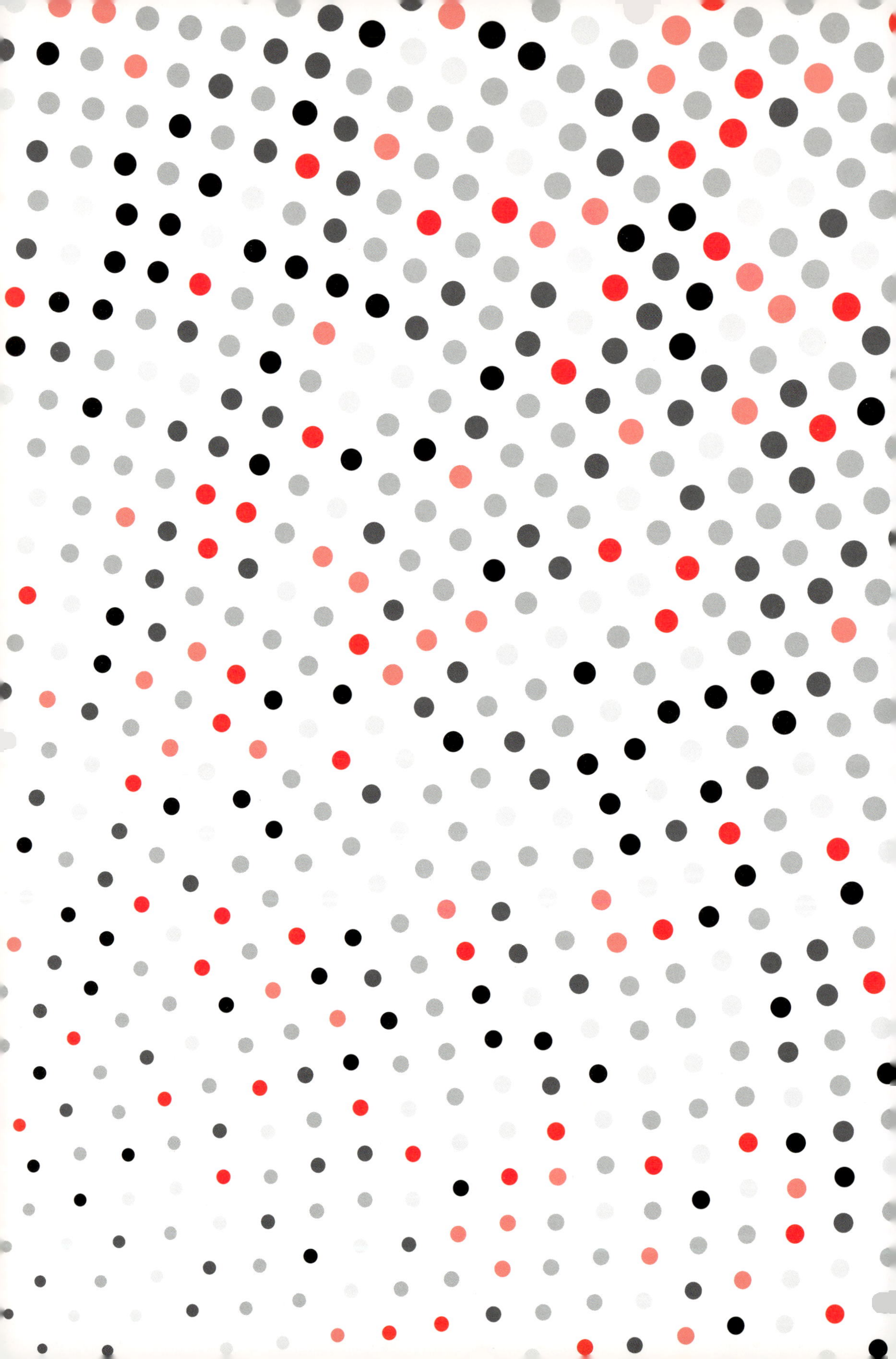

Social network per la lettura: libri e lettori fra piattaforme, follower e influencer

Gino Roncaglia

Sull'effettiva capacità dei social media di promuovere l'acquisto e la lettura di libri si è scritto e detto moltissimo, sia per quanto riguarda il mercato in lingua inglese sia per quanto riguarda altri mercati, incluso quello italiano. Nell'affrontare l'argomento, è bene ricordare subito che il mondo dei social comprende piattaforme assai diverse fra loro per caratteristiche, funzionalità, pubblico. Queste differenze fanno sì che, anche volendo, sia impossibile parlare del tema in maniera generica: il quadro è assai più complesso e sfumato, e deve passare necessariamente per la considerazione delle specificità di ciascuna di tali piattaforme e delle relative pratiche di produzione e distribuzione dei contenuti. Per capirlo, basti ricordare che il mondo del cosiddetto "social reading" comprende sia piattaforme specifiche, dedicate esclusivamente a libri e lettura – come GoodReads o Anobii –, sia quasi tutti i social network generalisti, con differenze legate anche a uno sviluppo che (dopo la fase pionieristica dei book bloggers e dei blog letterari, avviata già all'inizio degli anni 2000) copre ormai almeno una quindicina di anni[1]. In questa sede mi soffermerò solo sui social network generalisti, sia per ragioni di spazio sia perché le piattaforme dedicate coinvolgono una nicchia di utenti meno numerosa, più frammentata e in genere costituita da lettori abituali: nonostante il loro indubbio interesse, hanno dunque un impatto minore sull'andamento complessivo del mercato editoriale.

Del rapporto fra libri e social media generalisti, e del loro possibile ruolo nella promozione della lettura, si era già parlato una decina di anni fa a proposito di Facebook: una piattaforma che sicuramente non è oggi fra quelle più frequentemente associate all'idea di promozione editoriale online. A inizio 2015 era stato infatti lo stesso Mark Zuckerberg

1. Molti aspetti legati alla prima fase di sviluppo di questo complesso intreccio di pratiche e strumenti sono affrontati nei vari contributi al volume *Le reti della lettura. Tracce, modelli, pratiche del social reading*, a cura di Chiara Faggiolani e Maurizio Vivarelli, Editrice Bibliografica 2016.

ad avviare su Facebook un gruppo di lettura, che all'epoca era stato salutato come un'innovazione dalla portata potenziale analoga a quella dell'Oprah's Book Club[2] nella capacità di orientare acquisti e letture degli utenti. Risultati concreti? Un boom iniziale di attenzione e di vendite per il primo dei libri proposti da Zuckerberg (*The End of Power*, di Moisés Naím)[3], ma anche la percezione immediata della totale inadeguatezza di Facebook come strumento per discutere di libri in maniera minimamente articolata e approfondita: l'ammassarsi di migliaia di opinioni e commenti – di interesse, pertinenza e lunghezza assai diversa – sotto l'annuncio del titolo e il messaggio di lancio dell'iniziativa da parte di Zuckerberg non offriva certo un contesto usabile e sensato, nonostante il tentativo di mettere ordine nella discussione attraverso il *nesting* di commenti e sotto-commenti. L'effetto sulle vendite dei libri proposti è andato man mano diminuendo, e a fine 2015, quando l'iniziativa è stata chiusa, era di fatto diventato trascurabile: Zuckerberg non era riuscito a creare nulla di simile a una versione online dell'Oprah's Book Club e, nonostante la partenza esplosiva, la sua carriera di book influencer è durata abbastanza poco. La lezione che si può trarre da questa esperienza è che l'efficacia dell'incontro fra piattaforma social e mondo del libro dipende in maniera essenziale dalle funzionalità della piattaforma stessa, e dal modo in cui essa viene usata. Un gruppo di lettura richiede strumenti specifici, che Facebook non era in grado di offrire[4].

Prima ancora di Facebook, sperimentazioni interessanti, basate su idee diverse rispetto a quella del gruppo di lettura tradizionale, erano state avviate anche su altri social. Su Twitter – caratterizzato, come è noto, da messaggi assai brevi – già dal 2012 Paolo Costa, Edoardo Montenegro e Pierluigi Vaccaneo avevano avviato una pratica di riassunto/discussione di libri attraverso tweet, con un lavoro di sintesi e produzione di micro-testi che riproponeva in ambito social "esercizi di stile" non troppo lontani da quelli sperimentati dall'Oulipo o, in Italia, da Umberto Eco. La metodologia nata da queste sperimentazioni, TwLetteratura[5], costituisce ancora oggi un riferimento importante in particolare in ambito scolastico, anche grazie alla costruzione e all'uso didattico, con la collaborazione di Pearson, di una app specifica (denominata Betwyll[6]). Questa e altre pratiche sviluppate su Twitter – ad esempio la creazione di profili collegati a personaggi di opere famose e la riscrittura delle stesse in forma di tweet – propongono tuttavia strumenti di lettura attiva e collaborativa

2. Si veda ad esempio l'opinione espressa al riguardo da Adrienne LaFrance nel suo articolo *Mark Zuckerberg's Book Club Could Be (Much) Bigger Than It Looks*, "The Atlantic", 5 gennaio 2015, https://www.theatlantic.com/technology/archive/2015/01/mark-zuckerbergs-book-club-could-be-much-bigger-than-it-looks/384207. Il gruppo è ancora raggiungibile all'indirizzo https://www.facebook.com/ayearofbooks.

3. Si veda ad esempio Alison Flood, *Facebook Founder's Book Club Choice Sends Sales Rocketing*, "The Guardian", 8 gennaio 2015, https://www.theguardian.com/books/2015/jan/08/facebook-book-club-mark-zuckerberg-the-end-of-power-naim-sales-rocket.

4. Mi sono occupato del tema in Gino Roncaglia, *L'età della frammentazione. Cultura del libro e scuola digitale*, seconda edizione accresciuta, Laterza, Roma-Bari 2020, cap. 26.

5. Il sito di riferimento è https://www.twletteratura.org.

6. Il sito di riferimento è https://betwyll.com/it.

più che di promozione editoriale, e hanno quindi un influsso assai limitato sul mercato. Anche in questo caso, contano le caratteristiche dello strumento: Twitter (almeno nella sua organizzazione "tradizionale": l'evoluzione della piattaforma dopo l'acquisizione da parte di Elon Musk resta largamente incerta) si è rivelato adatto ad alcune tipologie – senz'altro interessanti – di "gioco" letterario collaborativo, mentre i meccanismi di interazione e i limiti di lunghezza dei messaggi lo rendono inadatto sia per la promozione editoriale sia per una discussione articolata dei testi.

Un'altra piattaforma social in cui si è cominciato assai presto a parlare di libri è YouTube: l'andamento delle ricerche su Google, visualizzabile nel tempo attraverso Google Trends, mostra che l'idea dell'esistenza di una specifica comunità "BookTube" – costituita dagli YouTuber che producono prevalentemente o unicamente video-recensioni di libri – si affaccia a partire dal 2012 e guadagna progressivamente popolarità negli anni successivi, con un picco fra aprile e giugno 2020, in sostanziale coincidenza con il momento in cui i lockdown legati all'emergenza Covid-19, superata la prima fase di disorientamento, sembrano produrre una crescita nella propensione alla lettura[7]. Anche qui, è interessante qualche considerazione sul rapporto fra contenuti prodotti e natura dello strumento: le caratteristiche di YouTube suggeriscono naturalmente la forma della video-recensione o della video-rassegna di titoli, con un progressivo allungamento nella durata dei video dedicati ai libri, che corrisponde all'analoga tendenza riscontrabile in generale sulla piattaforma[8]. Di fatto, YouTube sembra essere stata la prima piattaforma in cui il concetto di book infuencer ha assunto le caratteristiche che conosciamo oggi, a partire dalla capacità di influenzare in maniera abbastanza significativa e continuativa le vendite di libri[9].

Dopo YouTube, comunità di book influencer sono nate anche su Instagram e su TikTok, anche per via di due caratteristiche specifiche offerte da questi strumenti: l'uso diffuso degli hashtag – etichette precedute dal simbolo '#' –, che permettono di costruire e reperire con maggiore facilità collezioni tematiche di contenuti, e la disponibilità di filtri e strumenti "creativi" di composizione dell'immagine e di montaggio video, che facilitano la realizzazione di contenuti di maggior richiamo visivo. Così, in particolare, #BookTok – l'hashtag che raccoglie gli appassionati di libri e lettura su TikTok – si è affermata negli ultimi due anni, sia a livello

7. Si veda al riguardo Gino Roncaglia, Giovanni Solimine, *La circolazione dei libri nel 2020: questioni aperte e ipotesi interpretative*, "AIB Studi", 61, 1, 2021, pp. 11-30, https://doi.org/10.2426/aibstudi-13157.

8. Si veda ad esempio Julia Alexander, *YouTube Videos Keep Getting Longer*, "The Verge", 26 luglio 2019, https://www.theverge.com/2019/7/26/8888003/youtube-video-length-contrapoints-lindsay-ellis-shelby-church-ad-revenue.

9. José M. Tomasena, *Negotiating Collaborations: BookTubers, The Publishing Industry, and YouTube's Ecosystem*, "Social Media + Society", 5, 4, 2019, https://doi.org/10.1177/2056305119894004.

internazionale sia nel nostro paese, come la principale comunità di riferimento per i book influencer. È bene notare che questo sviluppo non è necessariamente legato – come invece si legge spesso – alla creazione di videorecensioni magari spettacolari ma brevissime e sostanzialmente prive di contenuto: per un verso, infatti, le recensioni o segnalazioni su TikTok sono spesso il risultato della concatenazione di più "storie"; per altro verso, anche TikTok ha progressivamente alzato l'iniziale limite di 15 secondi prima a 60 secondi, poi a 3 minuti, e nel 2022 a 10 minuti, tanto da far parlare di 'YouTube-ification' della piattaforma[10].

La possibilità di creare contenuti di segnalazione, recensione o promozione editoriale abbastanza sofisticati dal punto di vista dell'editing, facendo riferimento a una comunità di *booktokers* ben riconoscibile e con forme di fidelizzazione dell'utenza (ad esempio attraverso i cosiddetti *giveaway*, occasioni in cui l'influencer, di norma in collegamento con la casa editrice, distribuisce fra i propri follower alcune copie gratuite del libro o di gadget a esso collegati), ha progressivamente aumentato l'effetto di #BookTok sul mercato editoriale, in particolare a partire dal 2021. In quell'anno una delle ricerche più influenti relative al mercato anglofono, BookScan, rilevava una vera e propria impennata delle vendite dei titoli più presenti nei contenuti prodotti dalla comunità (più che raddoppiate rispetto all'anno precedente[11]), e nel contempo la progressiva costituzione di una sorta di "scaffale" di titoli ben riconoscibili come segnalazioni della community, tanto da portare alcune librerie fisiche alla creazione di aree specifiche dedicate all'esposizione dei titoli di maggior successo su #BookTok.

Il fenomeno – divenuto rapidamente globale: anche nel nostro paese è presente un'attiva comunità di booktoker – è proseguito negli anni successivi, e nel 2022 sempre BookScan individuava proprio in #BookTok il traino principale nell'aumento complessivo di vendite registrato durante l'anno (l'8,9% rispetto all'anno precedente per il mercato USA[12]), in particolare nei settori *young adults* e *adult fiction*, con una curva di distribuzione dell'utenza che vedeva il proprio picco nelle fasce di età 16-19 e 20-24[13]: in quell'anno, l'indagine stimava in 47 milioni di titoli le vendite trainate dalla piattaforma, e questo solo relativamente ai circa 180 autori presi in considerazione. Numeri che spiegano bene come mai autori e case editrici abbiano deciso di investire massicciamente nella promozione attraverso la piattaforma e i booktoker,

10. Sarah Roach, *The YouTube-ification of TikTok Is Almost Complete*, "protocol", 1° marzo 2022, https://www.protocol.com/entertainment/tiktok-longer-videos-ads.

11. Cfr. https://www.npd.com/wp-content/uploads/2022/04/Books-USBookTokSSS.pdf.

12. Cfr. Zachary Snowdon Smith, *Sales Are Up Nearly 9% For Print Books – But Who's Reading Them?*, "Forbes", 7 gennaio 2022, https://www.forbes.com/sites/zacharysmith/2022/01/07/sales-are-up-nearly-9-for-print-books-but-whos-reading-them.

13. Cfr. https://nielsenbook.co.uk/the-bookselling-power-of-tiktok.

con pratiche (non sempre trasparenti) che di fatto diventano spesso di sostanziale affiliazione. È possibile che questa progressiva deriva commerciale della piattaforma abbia contribuito al rallentamento che, dopo l'esplosione del 2021-2022, sembra invece caratterizzare il 2023 rispetto alla capacità di traino da parte di #BookTok, pur se su numeri comunque di tutto rispetto[14].

Un ultimo aspetto che vale la pena sottolineare riguarda la tipologia dei libri che – anche nel nostro paese – sembrano riscuotere il maggior successo nel mondo #BookTok: se la massiccia presenza di libri romance, fantasy e young adults sembra corrispondere a una tendenza presente su tutti i social e legata alla fascia di età della loro utenza, più interessante è la forte presenza da un lato delle tematiche LGBTQ+, che negli ultimi anni, probabilmente grazie anche all'effetto dei social, hanno conquistato un ruolo di assoluto rilievo nelle scelte di lettura in particolare delle giovani generazioni, dall'altro di libri che – per riprendere il titolo di uno fra i video più visti di #BookTok – *make you sob*, fanno piangere[15]. Non a caso uno fra i maggiori successi internazionali legati a #BookTok, *La canzone di Achille* di Madeline Miller, propone una perfetta sintesi di queste due caratteristiche, mentre nel nostro paese il principale successo trainato dalla piattaforma, *Fabbricante di lacrime* di Erin Doom (pseudonimo di una giovane autrice italiana), richiama fin dal titolo la dimensione del forte coinvolgimento emotivo. *Fabbricante di lacrime* è stato nel 2022 il libro più venduto in Italia, ulteriore testimonianza del ruolo di #BookTok anche nel nostro paese.

14. Cfr. https://www.publishersweekly.com/pw/by-topic/industry-news/bookselling/article/93014-booktok-helped-book-sales-soar-how-long-will-that-last.html.

15. Su quest'ultimo fenomeno si veda Elizabeth A. Harris, *How Crying on TikTok Sells Books*, "The New York Times", 20 marzo 2021, https://www.nytimes.com/2021/03/20/books/booktok-tiktok-video.html.

Premio Strega 2023. Nel segno del trauma

Melania G. Mazzucco

Quest'anno gli Amici della Domenica hanno presentato al Premio Strega 80 opere di narrativa in lingua italiana. La definizione "narrativa" ormai è molto ampia, perché si è stabilizzata la tendenza degli ultimi anni: i romanzi e i racconti non sono più il genere prevalente, insidiati da biografie e autobiografie, memorie, faction, non-fiction, diari. Lo scorso anno notavamo che le opere erano state scritte o completate nell'isolamento degli anni di pandemia, il che aveva comportato toni intimi e autoconfessioni. Adesso si è abbattuta sui libri l'onda lunga dello shock post stress.

La maggior parte s'iscrive nel segno del trauma – privato, personale, a volte segreto e indicibile, ma anche pubblico, storico e collettivo. I leitmotiv principali sono la morte, la perdita (di una persona, del proprio paese), la malattia e l'elaborazione del lutto. L'ospedale (dal pediatrico alla clinica psichiatrica fino alla RSA) è lo spazio narrativo ricorrente. Vorrei anticipare che questa tendenza è comune alla prosa e alla poesia, poiché anche nel Premio Strega Poesia, istituito quest'anno e a cui partecipano 135 titoli, riscontriamo una singolare convergenza su queste tematiche.

Corpo dell'individuo e paesaggio della nazione sono ugualmente minacciati e aggrediti dalla rovina. L'altro tema ricorrente è infatti l'epicedio per il paesaggio italiano e per la cultura rurale e comunitaria del borgo e del villaggio, ormai in estinzione. Svariati romanzi, pur con toni che svariano dall'elegiaco al gotico, si incentrano sullo spopolamento e l'abbandono della montagna, il ritorno prepotente della natura, inselvatichita e vendicativa come gli uomini che la trascurano o la violentano. All'elaborazione di questo lutto collettivo per l'identità italiana si contrappongono pochi romanzi incentrati sui temi e sugli spazi, reali o virtuali, della

contemporaneità (i social media, la scuola). Ma ad ampliare la riflessione sul senso dell'identità italiana contribuiscono alcuni testi che aprono alle ferite della colonizzazione e della decolonizzazione in Africa, alle guerre civili europee (in Bosnia, in Ucraina) e alle loro conseguenze, all'emigrazione in Italia (dalla Romania) o dall'Italia all'estero (ancora gli expat, a Londra e Berlino, le cui narrazioni cominciano a diventare un genere vero e proprio).
In contrasto con la massiccia presenza nelle librerie, sono pochi i gialli, i noir, e i romanzi storici (il caso Dreyfus, la guerra partigiana in Toscana e in Albania, la vita avventurosa della scrittrice Christine de Pisan, vissuta fra XIV e XV secolo), e uno soltanto propone il romanzo-mondo, caro alla letteratura sperimentale e postmoderna, giocoso labirinto verbale in cui convergono tutte le narrazioni possibili.
Come già lo scorso anno, numerose sono le riscritture delle vite altrui: tutte di scrittori (tranne un'attrice, Francesca Bertini), in forma di romanzo biografico, disteso o frammentario. Scrittori consacrati, talvolta mitizzati – italiani, come Flaiano; stranieri, come Mandel'stam e Saint-Exupéry. Spesso il dialogo, immaginario o reale, fra il narratore e il biografato (Joyce Lussu) è il fulcro stesso dell'opera. In altri, l'omaggio è agonistico, e si manifesta nel rifacimento di un romanzo dello scrittore fantasma (*L'odore del sangue* di Parise).
La famiglia è sempre il nucleo incandescente delle storie – siano memoriali o d'invenzione. Ma i genitori non sono più un baluardo: fragili essi stessi, depressi, abbandonici, anaffettivi, oppure teneri ma indifesi di fronte ai pregiudizi e alle pressioni sociali, padri e madri non sanno più proteggere dagli urti della vita. I bambini soffrono nel corpo e nella psiche, si ammalano, si perdono, perfino si suicidano. Si muore molto, si nasce quasi mai, in queste pagine. La pena e il dolore di vivere accomunano anziani, giovani, donne, esiliati, borghesi, professionisti e montanari.
L'Italia ritratta in questi libri è un paese ferito e ammalato. Ma un segno positivo e vitale c'è, ed è la fiducia nella letteratura: mai come in questi tempi incerti, traumatizzati e oscuri la scrittura si propone come medicina e cura.

Melania G. Mazzucco
Presidente del Comitato direttivo
Prolusione alla selezione dei dodici candidati al Premio Strega,
LXXVII edizione, Sala del Tempio di Vibia Sabina e Adriano,
Roma, 30 marzo 2023

Rifugiarsi nella storia vera

Gianluigi Simonetti

Per capire che storie sono state quelle raccontate in lingua italiana nel 2023 si potrebbe partire dagli esiti dei premi narrativi più importanti; dalle cinquine finaliste del Campiello e dello Strega. Sono in fondo i "luoghi" deputati di un doppio presunto successo – quello di prestigio e quello commerciale – da tempo al centro dei desideri di tanta editoria e tanti scrittori in carriera; da tempo, per questo, attendibile camera con vista sociologica sulla nostra idea del romanzo, e cioè della letteratura – avendo il romanzo (incluso naturalmente il *non fiction novel* e le scritture ibride, che come vedremo sono oggi in grande spolvero) assorbito quasi tutto lo spazio di quel che la polis oggi considera "letteratura".

Ebbene: per la prima volta nella storia dello Strega quattro finalisti su cinque sono donne; donne i due favoriti e primi due classificati – Rosella Postorino con *Mi limitavo ad amare te* e Ada D'Adamo con *Come d'aria*; donne (madre e figlia) le protagoniste del romanzo vincitore, *Come d'aria* appunto. Non può essere un caso, se un confronto col Campiello – dove le finaliste, tre su cinque, hanno occupato i primi tre scalini del podio – conferma che quest'anno le scrittrici sono andate molto forte, e che l'interesse per certe storie (perlopiù storie di personaggi femminili) si è legato all'interesse per l'identità di chi queste storie ha voluto raccontare.

Ma a uno sguardo meno superficiale emerge un'altra costante, più strutturale e interessante, che prescinde dalle identità di genere e perfino dall'anagrafe. Tra le dieci opere finaliste che stiamo considerando, addirittura nove – cioè praticamente tutte – si presentano ispirate a "storie vere". Tre sono vicende di scrittori dalla vita interiormente e a volte anche esteriormente movimentata (una biografia romanzata, *Rubare la notte* di Romana Petri, su Antoine de Saint-Exupéry; una documentata e un po' agiografica, *La Sibilla* di Silvia Ballestra, dedicata a Joyce Lussu; una su Ennio Flaiano in forma di rievocazione e memoir, *Diario di un'estate marziana*, di Tommaso Pincio). Poi due opere gemelle – un romanzo che indaga la depressione di un individuo reale (il padre dell'autore) mescolandola a un'esplorazione urbana e a una topografia specifica (Canobbio, *La traversata notturna*), e un libro-inchiesta sulla madre, morta suicida, dell'autrice, con tanto di sopralluoghi, ricostruzioni e testimonianze, tra prosa d'arte e neoverismo (*Dove non mi hai portata*, di Maria Grazia Calandrone). Ancora, un'autopatografia, ovvero il racconto in prima persona della malattia di chi scrive, e della disabilità della propria unica figlia (*Come d'aria*). Poi un romanzo ambientato durante la guerra dei Balcani, ispirato alla vera storia di alcuni giovanissimi profughi orfani (*Mi limitavo ad amare te*). Solo Marta Cai, con *Centomilioni*, non spinge sul pedale della "scrittura ibrida", e accetta la sfida di inventare e basta; stando così le cose, il libro vincitore del Campiello non poteva che essere il meno letterario in lizza, e forse anche il meno narrativo: un saggio che espone documenti d'archivio e immagini d'epoca su un tema solitamente oggetto di indagine storiografica, ma qui gestito in chiave politico-empatica (*La resistenza delle donne*, di Benedetta Tobagi).

La cinquina del Campiello è decisa da un numero ristretto di letterati studiosi e scrittori; quella dello Strega viene scelta da alcune centinaia di giurati, miscela tra "addetti ai lavori" editoriali, lettori forti e società civile. Giurie molto diverse hanno selezionato opere diverse – ma è evidente che gli orientamenti risultano analoghi, per non dire identici, e vanno considerati significativi. Se è vero che i grandi premi sono a tutti gli effetti istituzioni culturali, è lecito concludere che il "sistema" della letteratura sta assorbendo e valorizzando due forme di pressione che pulsano da un po' di tempo nella nostra società.

La prima pressione è quella a promuovere ai piani alti della nostra letteratura un numero crescente di autrici, del presente (in modo diretto) e del passato (indirettamente). La novità colpisce soprattutto per lo Strega, che – pur diretto per quasi tutta la sua storia da due donne (prima Maria Bellonci, poi Anna Maria Rimoaldi) – di scrittrici nel Novecento ne ha premiate poche. Ma al di là dei simboli, contano i fatti, come i premi li riflettono: e il fatto è che anche l'editoria di narrativa italiana, come da tempo accade all'estero, si mostra oggi concentratissima a rivalutare criticamente (e a volte

agiograficamente) eroine del passato, ma soprattutto a cercare, reclutare e sostenere alcuni profili di scrittrici attive nel presente, sentite come depositarie privilegiate di una gamma di temi di tendenza. Anche in questo campo, come in molti altri genericamente culturali, le ragioni democratiche dell'inclusività incontrano un clima ideologico, una moda politico-estetica e insieme una ragione commerciale: posto che in Italia (e non solo in Italia) la grande maggioranza dei lettori di *fiction* letteraria è costituita da donne, è soprattutto alle scrittrici che l'industria culturale si rivolge per proporre figure, temi e a volte veri e proprio modelli in cui questo pubblico possa identificarsi.
La seconda forma di pressione non è priva di rapporti con la prima (se i valori sono quelli del riconoscimento immediato e della facilità di identificazione): riguarda l'ostensione della "storia vera", raccontata da una prima persona partecipe, accanto a o al posto di un certo tasso d'invenzione letteraria. Ma potremmo anche aggiungere accanto o al posto di un certo tasso di *figuralità* letteraria, dal momento che in molti episodi che compongono la fortuna attuale del nostro *non fiction novel* si direbbe che il cosa abbia surrogato il come, la forza di una singola esperienza vissuta rimpiazzando quella cosa impalpabile – ma misurabile – che per molto tempo abbiamo chiamato stile. Il quale, nel clima dei premi, è stato accolto quest'anno solo se collegato a un elemento di veridicità (vedi i tre casi di "vite d'artista" menzionati prima); escluso invece se si presenta come metaletteratura senza residui, come nel caso di due romanzi di valore che, usciti nel 2022, non ce l'hanno fatta a raggiungere le finali più prestigiose. *Ferrovie del Messico*, di Gian Marco Griffi, che rilegge creativamente *Detective Selvaggi* di Bolaño; e *Il continente bianco*, di Andrea Tarabbia, che riscrive ai giorni nostri lo splendido *L'odore del sangue* di Parise.
Insomma, mentre la fiction globale di grana grossa e di più largo consumo continua a preferire l'invenzione, spingendola anzi all'estremo in generi di successo come il fantasy, la fantascienza e il noir, la narrativa che da noi cerca di tenere insieme attenzione alle vendite e ambizioni culturali sembra quest'anno particolarmente attratta dagli schemi della biografia, dell'autobiografia e dell'autofiction; dai racconti più o meno diaristici di eventi traumatici, di personalità spiccate, di luoghi sovraccarichi di significati e di storie; e magari dai "valori", dai modelli di comportamento, specie se positivi o esemplari. Interessante poi che tutto questo sembri avere più

successo, e più occasioni editoriali, quando è narrato attraverso strutture povere di elaborazione formale, e di contraddizioni. Come se lo stile, appunto, ci avesse stancato, mentre il contenuto o meglio "l'esperienza", meglio se edificante, assorbe tutte le nostre attenzioni.

Vale allora la pena di chiedersi, anche criticamente, che senso ha questo rifugiarsi nella storia vera e nell'esperienza vissuta da parte di una narrativa che si vorrebbe "buona", che nutre ambizioni culturali e non solo commerciali. Non sarà una scorciatoia per attirare col minimo sforzo l'attenzione di un pubblico anestetizzato dalla derealizzazione universale? Non alluderà a una pigrizia di fondo – una rinuncia alla fatica e insieme all'orgoglio di inventare, fuori dagli stereotipi della letteratura di genere, un modello di realtà che costringa chi scrive e chi legge a un supplemento di riflessione e ricerca, a una indagine più metafisica, a una verifica della propria posizione nel mondo? Che è poi quello che fanno i due romanzi migliori apparsi nella prima metà del 2023: *Solo vera è l'estate*, di Francesco Pecoraro, e *La ricreazione è finita*, di Dario Ferrari.

Ma appunto, la letteratura veramente buona esiste anche per dirci che le cose non sono poi così semplici; per fortuna c'è spesso (o sempre?) un bel libro capace di rovesciare i teoremi, e le sintesi sociologiche. Come tutte le opere di Emanuele Trevi, anche *La casa del mago* – uscito a settembre 2023 – è "qualcosa di scritto" tra realtà e fantasia, un romanzo-non romanzo che mescola saggio, testimonianza e invenzione, sopralluogo nello spazio e ricerca nel tempo, vita di chi scrive e vita di chi ha avvicinato chi scrive. Una doppia vicenda, disposta su un doppio piano temporale: da un lato la vita di Mario Trevi, grande psicanalista junghiano, illuminata per frammenti, dall'infanzia alla morte; dall'altro l'inchiesta che il figlio Emanuele conduce sul suo rapporto col padre, a partire dall'esplorazione della casa in cui quest'ultimo ha lavorato e vissuto. Autobiografia di Emanuele e biografia di Mario, insomma; e saggio narrativo sulle "anime in pena", sul loro bisogno di essere curate più che guarite.

Ma se *La casa del mago* fosse solo questo, sarebbe opera di limitato interesse, destinata a infittire la schiera delle storie vere aneddotiche, che non resteranno, e che non hanno coscienza di sé. Invece, per chi lo sa fare, «scrivere di persone e vicende reali non è troppo diverso dal cimentarsi con storie totalmente inventate. La memoria è una grande romanziera: dilata, corregge, omette senza scrupoli, pretende di usurpare un'affidabilità che non le appartiene». Da vero scrittore, Trevi mette nella sua "storia vera" – e chissà quanto sarà vera sul serio – lo stile, l'affabulazione e la struttura che servono per parlare di tutti mentre parla di sé: dimostrando ancora una volta che poco importano la materia, il tema, ciò che è accaduto davvero o ciò che la fantasia o la memoria più o meno consapevolmente distorce. Dimostrando, soprattutto, che quello che conta, in letteratura, è la forma; e che anche quando si parte dal vero scrivere significa ancora e sempre *saper mentire*.

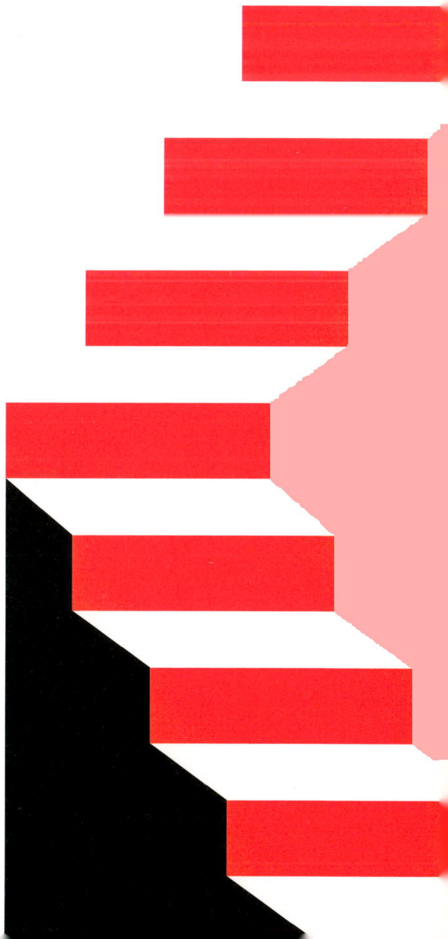

lin

ee

Da Elena Ferrante a Erin Doom

Enrica Maria Ferrara

«Come scriverei bene se non ci fossi!» (Calvino 1992, p. 779). Così esclama Silas Flannery, l'autore in crisi di *Se una notte d'inverno un viaggiatore*, romanzo che Italo Calvino pubblicò nel 1979. La sua ispirazione è schiacciata dalle dinamiche produttive di un mondo editoriale che lo trasforma in "un forzato dello scrivere", costringendolo a pubblicare quello che vogliono i suoi lettori. L'aspirazione di Flannery-Calvino sarebbe invece quella di scomparire per diventare solo «una mano mozza che impugna una penna e scrive» il mondo. In apparenza, quest'idea dell'impersonalità dell'autore si potrebbe ricondurre al neorealismo, al mito di una narrazione documentaria che cattura l'immagine della realtà con l'immediatezza di una riproduzione fotografica. Ma quando esce *Se una notte* sono trascorsi più di trent'anni dal dopoguerra; le politiche culturali e soprattutto le pratiche editoriali sono cambiate. All'onnipotenza dell'autore, che può permettersi anche di diventare invisibile, si è sostituita l'onnipotenza del lettore il cui gusto si fa arbitro di stile. Ed è anche per tenere dietro ai capricci del suo pubblico che Silas Flannery, non potendo davvero cancellarsi, desidera rinascere a ogni libro con «un altro io, un'altra voce, un altro nome» (Calvino 1992, p. 788). Il contemporaneo trend della pseudonimia nel mercato editoriale italiano, suggellato da Elena Ferrante, appare così fondato dall'autore più camaleontico che il Novecento abbia avuto e dall'iper-romanzo che segna l'ingresso della letteratura italiana nella postmodernità. Non a caso, la scrittrice che nell'ultima decade ha venduto milioni di libri in lingua italiana e in traduzione, per spiegare la sua reticenza a disseminare dati biografici cita proprio l'esempio di Italo Calvino il quale, «convinto che di un autore contano solo le opere, nel 1964 scriveva a una studiosa dei suoi libri: "... dati

biografici non ne do, o li do falsi, o comunque cerco sempre di cambiarli da una volta all'altra"» (Ferrante, 2007, p. 80). La questione urgente, per entrambi gli scrittori, è in primo luogo quella di garantirsi una libertà creativa che solo l'anonimato può assicurare. Senza il ricatto che mantenersi coerente con la propria identità pubblica comporta, lo scrittore può dire tutta la verità: una prospettiva allettante, soprattutto nell'universo odierno delle fake news che oblitera i confini tra realtà e finzione. L'alternativa è quella di abbandonarsi a una "performance mediatica" che cancella la distanza tra l'autore e l'oggetto libro. Secondo Ferrante, i media «fanno sì che l'uno si spenda a favore dell'altro, impastano il primo con i materiali del secondo e viceversa» (ivi, p. 56).
Nel mondo liquido e interconnesso in cui viviamo, la distanza tra autori e lettori si è assottigliata a tal punto che i testi spesso si producono non più in una sorta di dialogo con un lettore ideale ma in risposta a domande concrete, sulle piattaforme dei social o tra le pieghe dei commenti di un articolo postato online. Di chi sono allora le parole di chi scrive?
Anche di questo parla Ferrante nelle pagine dell'*Amica geniale*, quando costruisce l'identità simbiotica e "dialogica" delle due amiche Elena e Lila. Nel raccontare la storia della loro amicizia, la sessantenne Elena lamenta di non riuscire a distinguere la sua vita da quella di Lila: «E la sua vita si affaccia di continuo nella mia, nelle parole che ho pronunciato, dentro le quali c'è spesso un'eco delle sue» (Id., 2012, p. 337). Il fascino che la sua interlocutrice esercita su di lei si sprigiona innanzitutto dalla parola scritta. Quando Lila consegna a Elena i suoi diari, quest'ultima li legge con un misto di ammirazione e invidia (prima di buttarli via): «ogni pagina accese pensieri miei, idee mie, pagine mie come se fino a quel momento fossi vissuta in un torpore studioso ma inconcludente» (ivi, p. 400). Lila, colei che ha rinunciato a pubblicare ma avrebbe scritto un'opera di genio se avesse voluto, appare, ai nostri occhi e a quelli di Elena, come la vera scrittrice. Tanto è vero che l'impostora Elena si accorge di aver plagiato un racconto dell'amica adolescente dal titolo *La fata blu* nel suo primo romanzo. Molti significati impliciti si annidano in questo intreccio di voci costruito da Ferrante. C'è chi ha parlato di identità polifonica (de Rogatis), traduttiva (Milkova), diffratta (Pinto) e chi, come la sottoscritta, ha messo in campo il discorso dell'identità postumana, alludendo cioè allo sfumare dei confini tra l'io e l'altro nell'universo tecnologico, ipermoderno e interconnesso di cui siamo parte.

All'inizio dell'*Amica geniale*, la scomparsa di Lila è ciò che permette al testo della quadrilogia napoletana di venire alla luce: le sue parole si fondono con quelle dell'amica e il suo corpo, che Lila avrebbe voluto "cancellare" per tutta la vita, è inghiottito dal flusso liquido di caratteri che si materializza sullo schermo del computer di Elena Greco. Paradossalmente, annullando la sua individualità e accettando che la sua storia sia scritta da Elena, Lila afferma il suo diritto a essere vista, a denunciare la violenza inflitta a lei e a tante altre donne. La diade Elena-Lila diventa così un baluardo di protesta contro lo strapotere della società patriarcale. Un messaggio, questo, che può considerarsi anche il manifesto di Ferrante, la ragion d'essere del suo pseudonimo. E infatti, quale che sia l'identità anagrafica della scrittrice, fra le varie ipotesi che sono state avanzate – comprovate anche da analisi stilometriche (Tuzzi, Cortelazzo, 2017) –, una delle più autorevoli è che i suoi romanzi siano da attribuire alla coppia Domenico Starnone-Anita Raja. Ma l'elemento significativo su cui concordano i critici è che Ferrante abbia operato una scelta politica quando ha deciso di adottare uno pseudonimo femminile. Il suo intento è stato quello di denunciare «un costume maschile diffuso nel giornalismo, nell'editoria e nell'università» che «ha delegittimato e delegittima tuttora le nostre scrittrici e la loro visibilità» (de Rogatis, 2018, pp. 20-21).
Non si tratta soltanto di una rivendicazione della centralità della donna ma di un tentativo di dare forma narrativa al mondo senza ricorrere a paradigmi del patrimonio letterario maschile, reinventando il linguaggio canonico attraverso un dialogo, che poi diventa reciproco ascolto, tra una donna e un'altra: Elena Greco che narra Lila Cerullo e a sua volta è narrata dalla voce dell'amica, in una sorta di ventriloquismo che Ferrante (2021, p. 114) chiama "inleiarsi", immedesimarsi nell'altra. Si torna così all'importanza dell'empatia, che diventa collaborazione astratta ma anche concreta nell'atto di scrittura, con la confusione di ruoli e di identità che questo comporta e che lo pseudonimo o avatar digitale di Elena Ferrante rende propizia.
Non per nulla, il recente proliferare di pseudonimi nella narrativa italiana contemporanea è avvenuto nell'ambiente liquido e interconnesso delle piattaforme digitali come Wattpad, dove gli scrittori si cimentano pubblicando a puntate i propri romanzi e accogliendo il feedback dei lettori. Il fenomeno più noto è quello della scrittrice Erin Doom,

autrice appena trentenne di origine emiliana che, dopo aver ricevuto migliaia di visualizzazioni su Wattpad per i capitoli del suo romanzo *Fabbricante di lacrime*, ha optato per il self-publishing su Amazon cui ha fatto seguito l'uscita con un editore tradizionale, Magazzini Salani, nel 2021. Il risultato è che il romanzo di Erin Doom è diventato il libro più venduto in Italia nel 2022, con oltre mezzo milione di copie. Fino al 14 di maggio del 2023, quando la scrittrice ha deciso di rivelare la propria vera identità durante il programma televisivo *Che tempo che fa*, soltanto pochi intimi conoscevano il volto dell'autrice, celebrata soprattutto dalle nuove generazioni di lettori anche grazie al passaparola di social frequentati dai giovanissimi quali TikTok e Instagram. Altre scrittrici che hanno conquistato un'ampia share del mercato editoriale negli ultimi anni hanno in comune con Erin Doom l'uso di pseudonimi esotici e la popolarità acquisita grazie all'hashtag #BookTok con cui gli influencers di TikTok taggano i libri consigliati.
Insomma, da un lato, il successo editoriale è garantito dall'utilizzo di pratiche "transmediali" e interattive piuttosto rodate, se pensiamo all'esempio del collettivo Wu Ming (altro caso di pseudonimia) i cui libri sconfinano già dai primi anni 2000 sul blog Giap e sulle *fan fictions*. La collaborazione fra scrittori e lettori sulle piattaforme digitali trasforma il lettore in *prosumer*, consumatore-produttore che usufruisce di un bene o di un servizio – il libro – e allo stesso tempo lo produce, sentendosi autore a sua volta. Dall'altro lato, l'adozione di uno pseudonimo da parte dell'autore facilita il processo di confusione-identificazione, giacché i lettori possono specchiarsi nel contenitore vuoto del nome: *Je suis Elena Ferrante, Erin Doom, Felicia Kingsley, Kira Shell* e così via.
In generale, fatte le dovute distinzioni tra l'opera di grande respiro letterario di Elena Ferrante e quella delle nuove leve di scrittrici come Doom & co – che per lo più si cimentano con generi letterari di più largo consumo – possiamo certamente osservare nell'editoria italiana un "effetto Ferrante", come l'ha definito Anna Momigliano sul "New York Times" del 9 dicembre 2019. Sulla falsariga dell'autrice senza volto, sono tante adesso le donne scrittrici in ascesa, anche all'estero: da Donatella Di Pietrantonio a Igiaba Scego, da Nadia Terranova a Claudia Durastanti, per citarne solo alcune. A queste voci stilisticamente più mature si accoda il coro delle artiste che da Ferrante hanno assimilato forse solo l'idea

dello pseudonimo come meccanismo vincente di identificazione fra lettore e scrittore – e soprattutto fra lettrice e scrittrice –, facendo leva sul bisogno di raccontarsi, di vedersi, di specchiarsi, delle nuove generazioni di *prosumers*.

Bibliografia

Brook Clodagh, Patti Emanuela (a cura di), 2015, *Transmedia. Storia, memoria e narrazioni attraverso i media*, Mimesis, Milano.

Calvino Italo, 1992, *Se una notte d'inverno un viaggiatore*, in Id., *Romanzi e racconti*, vol. II, a cura di M. Barenghi e B. Falcetto, "I Meridiani", Mondadori, Milano, pp. 613-869.

de Rogatis Tiziana, 2018, *Elena Ferrante. Parole chiave*, Edizioni e/o, Roma.

Ferrante Elena, 2007, *Frantumaglia*, Edizioni e/o, Roma.

Id., 2012, *Storia del nuovo cognome*, Edizioni e/o, Roma.

Id., 2021, *I margini e il dettato*, Edizioni e/o, Roma.

Ferrara Enrica Maria, 2017, *Elena Ferrante e la questione dell'identità*, "Oblio", 26-27, pp. 47-55, https://www.academia.edu/35151997/Elena_Ferrante_e_la_questione_dellidentit%C3%A0.

Id., 2020, *Posthumanism and Identity in Elena Ferrante's* Neapolitan Novels, in Id. (a cura di), *Posthumanism in Italian Literature and Film*, Palgrave Macmillan, pp. 93-116.

Milkova Stiliana, 2021, *Elena Ferrante as World Literature*, Bloomsbury Academic.

Pinto Isabella, 2020, *Elena Ferrante. Poetiche e politiche della soggettività*, Mimesis, Milano-Udine.

Momigliano Anna, 2019, *"The Ferrante Effect": In Italy, Women Writers Are Ascendant*, "The New York Times", 9 dicembre.

Tuzzi Arjuna, Cortelazzo Michele A. (a cura di), 2017, *Drawing Elena Ferrante's Profile*, Workshop Proceedings (Padova, 7 settembre).

L'autore senza corpo

Matteo Moca

Negli anni Settanta una parte della critica letteraria annunciava la "morte dell'autore". Prendendo infatti in prestito il titolo di un famoso saggio di Roland Barthes, la critica di stampo strutturalista, interessata in maniera decisiva agli aspetti formali dell'opera, si opponeva a quei metodi di analisi che consideravano la biografia dell'autore come elemento fondamentale per la comprensione del testo, sancendone, appunto, la scomparsa.

Non esiste quindi l'autore, esiste solo il testo, "eternamente scritto qui e ora", come annota Barthes.

Ma se lo strutturalismo porterà a un punto estremo questo particolare sguardo sulle opere letterarie, queste riflessioni avevano già trovato prima il loro spazio, come testimonia per esempio l'opera di Marcel Proust che funziona da innesco e palinsesto della *Ricerca del tempo perduto*, il saggio narrativo *Contro Sainte-Beuve*.

Il critico Charles Augustine de Sainte-Beuve era infatti convinto che non si potesse comprendere un'opera senza lo studio dell'autore che l'ha prodotta e che quindi fosse necessario sapere tutto della sua vita perché non esiste separazione tra autore e opera.

Proust scriverà, invece, che «un libro è il prodotto di un io diverso da quello che si manifesta nelle nostre abitudini, nella vita sociale, nei nostri visi» e che esiste un «abisso» tra lo scrittore e i suoi libri.

Dello stesso avviso è anche Gustave Flaubert quando scrive che «l'artista deve fare in modo che la posterità creda ch'egli non abbia vissuto», sottolineando proprio come a parlare debba essere solo ed esclusivamente l'opera.

Oggi per la critica letteraria analizzare un'opera prescindendo dalla biografia dell'autore non è una pratica molto diffusa: da un lato, infatti, gli aspetti materiali e quotidiani della vita di un artista vengono messi in campo per l'interpretazione dell'opera e, dall'altro, l'esposizione mediatica degli autori è un viatico più semplice e immediato per giungere al pubblico. Eppure esistono dei casi che corrono in direzione diametralmente opposta, segno della possibilità di un percorso diverso tra autore, opera e pubblico e banco di prova eccezionale per lettori e critici.

Milan Kundera per esempio ama citare la frase di Flaubert sull'invisibilità dell'autore ed è lui stesso testimonianza vivente della possibilità di essere presente nel discorso critico e tra il pubblico solo attraverso la propria opera.

L'autore di libri straordinari e celebri in tutto il mondo, come *L'insostenibile leggerezza dell'essere* o *Lo scherzo*, ha provato a scomparire, a cancellarsi dal reale, parlando solo attraverso la sua opera dopo il rifiuto, quasi quarant'anni fa, di apparire e di rilasciare interviste dal vivo.

«Milan Kundera è nato in Cecoslovacchia. Nel 1975 si trasferisce in Francia» sono le uniche note biografiche concesse ai suoi editori, lui che nel suo *I testamenti traditi*, con un dialogo esemplare, ha espresso bene la sua scaltrezza: «"Lei è comunista, signor Kundera?". "No, sono un romanziere". "È un dissidente?". "No, sono un romanziere". "È di sinistra o di destra?". "Né l'uno, né l'altro. Sono un romanziere"».

Elitàr 1 è il nome con cui Kundera figura nei registri della polizia segreta cecoslovacca che spiò la vita dello scrittore prima del suo trasferimento a Parigi e questo nome, di nuovo segreto travestimento, stavolta involontario, dello scrittore, figura nel titolo del libro della giornalista francese Ariane Chemin (*Nome in codice: Elitàr 1*, tradotto da Francesco Maselli per NR edizioni) che muovendosi tra i luoghi della vita dello scrittore e tra le donne e gli uomini (compositori, spie, intellettuali e amici) che ne hanno costellato l'esistenza prova a comprendere il suo progetto di sparizione dalla scena pubblica.

Ma ciò che emerge tra le pieghe di questa ricerca puntuale e appassionata è, ancora una volta, l'opera di Kundera, il suo estremo piacere nel raccontare e il poco interesse per l'intimità della vita, sempre fedele alla sua idea che «imporre il proprio io agli altri è la versione più grottesca della volontà di potenza».

Un discorso simile vale per un altro grande scrittore della contemporaneità, considerato dal critico americano Harold Bloom come l'erede di Shakespeare, l'americano Cormac McCarthy che, dopo 16 anni dal precedente

romanzo *La strada*, torna in libreria con un dittico di narrazioni, *Il passeggero* (pubblicato adesso da Einaudi con la traduzione di Maurizia Balmelli) e *Stella Maris* (uscito nel frattempo).
Seppure in maniera più leggera rispetto a un grande maestro della narrativa americana come Thomas Pynchon, anche l'autore di *Non è un paese per vecchi*, la cui trasposizione cinematografica dei fratelli Coen ha certo fatto conoscere la sua opera a un pubblico molto più vasto, non è un *habitué* del mondo letterario né un frequentatore di situazioni mondane, preferendo piuttosto parlare attraverso la sua opera.
Certo è che, leggendo *Il passeggero*, la densità del dettato e la stratificazione degli argomenti portano il lettore a concentrarsi in maniera assoluta su ciò che viene veicolato dalla scrittura e a ignorare tutto ciò che potrebbe muoversi fuori da essa.
Il libro è incentrato su Bobby Western, sommozzatore che ritrova sott'acqua il relitto di un aereo dove misteriosamente manca un passeggero, e sulla sua ricerca della verità. Ma alla sua vicenda sono alternati capitoli dedicati alla sorella amata, che si è tolta la vita nel giorno di Natale, e al suo delirio schizofrenico, che si popola di personaggi che abitano solo nella sua mente.
La riflessione sul linguaggio di McCarthy, che pare avvicinarlo agli esperimenti più arditi del secolo precedente, le declinazioni dell'amore, le sue pieghe più patologiche e, soprattutto, una riflessione ultima sulle domande senza risposta che dall'antichità affollano la mente dell'uomo (chi siamo? Da dove veniamo? Dove andremo?) rendono questo libro la prova plastica di come la letteratura possa avvicinare i luoghi più reconditi dell'esistenza, ma ne fanno anche una convincente testimonianza di come potenzialmente una grande opera possa vivere senza il suo autore.
Tornando al versante della critica, ci si potrebbe dunque chiedere quale debba essere l'atteggiamento di chi si approccia ai testi e quanto possa essere aderente al modo in cui si leggono i libri oggi impostare un percorso critico in grado di ignorare ciò che esula dal testo, prima di tutto la vita dell'autore.
Ma la domanda forse più interessante riguarda piuttosto la possibilità che ha il critico, come il narratore, di scomparire, caricandosi del compito di far parlare il testo. Assume da questo punto di vista un valore rivelatorio, oltre che messa in prova di metodo, la raccolta di saggi del critico letterario Cesare Garboli *Scritti servili* (adesso ripubblicati da minimum fax dopo decenni di assenza dalle librerie e dedicati, tra gli

altri, alla vita e al teatro di Molière, al «destino di autodistruzione ilare e buffonesco, ma anche così tragico di Delfini» o a Natalia Ginzburg ed Elsa Morante) dove l'autore mostra il carattere appunto "servile" della sua scrittura che si concretizza nel mestiere di "scrittore-lettore" di cui parla nell'Avvertenza, un testo breve ma sicuramente decisivo per intendere un certo modo di fare critica: «Esistono, secondo me, gli scrittori-scrittori e gli scrittori-lettori. Lo scrittore-scrittore lancia le sue parole nello spazio, e queste parole cadono in un luogo sconosciuto. Lo scrittore-lettore va a prendere quelle parole e le riporta a casa, come Vespero le capre, facendole riappartenere al mondo che conosciamo».
Garboli si sentiva "scrittore-lettore", rivestendo dunque il ruolo del critico dell'importante compito di andare a "prendere" le parole e "riportarle a casa", cioè sulla pagina, provando a donarle all'universo a cui appartengono e stimolando i lettori.

M. Moca, *Ci sono autori che muoiono per vivere solo nei loro libri*, "Domani", 29 maggio 2023

Perché amiamo il Giappone

Laura Imai Messina —— È la domanda che mi viene maggiormente rivolta negli ultimi dieci anni: perché? Il soggetto della frase è il Giappone e la ricaduta diretta sono le vendite strepitose di libri che hanno a che fare con questo paese e l'interesse stabile che gli italiani nutrono per il Sol Levante.

Per chi, come me, vi abita da vent'anni la risposta è elementare, ma solo perché conoscere qualcosa significa amarlo e sono convinta che la fascinazione provata dal mondo sia non solo meritata ma, per certi versi, ancora troppo parziale.

Per sentirsi a proprio agio con qualcosa, sia che si tratti di una persona che di un luogo, serve quel mix perfetto tra familiarità e sorpresa, tra abitudine attestata e curiosità imprevista. Lo stesso discorso vale per un libro che è un luogo della mente e che, conclusa la lettura, diviene sito della memoria. Ecco allora che il Giappone è il lontano-ma-non-troppo-lontano perché è Oriente ma è anche l'"estremo Occidente". Perlomeno in una visione macroscopica, infatti, il sistema di valori coincide con il nostro e l'approccio alla vita, se non uguale, risulta assai simile. Resta tuttavia la particolarità culturale nelle sue forme più conosciute (*manga*, cerimonia del tè, *kimono*, artigianato, *ikebana* ecc.), restano il garbo, la nettezza e l'alta valutazione del vivere civile, e un profilo psicologico che mette al centro una bellezza senza sbavature emotive. Il giapponese non abusa dell'emozione, non ne sopravvaluta il portato, piuttosto la calibra senza lasciare che prenda il sopravvento (cosa che non gli vieta di ammirare lo "spreco sentimentale" cui l'Occidente si lascia talvolta andare).

Più di tutto mi pare pesi il bisogno contemporaneo di consapevolezza, di *mindfullness*, che trova nel Giappone della tradizione una risposta concreta. Sono le 72 stagioni del calendario tradizionale, la cerimonia del tè che si gioca in

pochi metri quadrati fatti di concentrazione e gesti minuscoli, i bagni di natura (*shinrin-yoku*) e tutte quelle parole (estratte dal linguaggio quotidiano o da precisi contesti storico-filosofici) che si sono fatte paradigmatiche di modi di vivere tout court: *ikigai*, *nagori*, *kintsugi* ecc.
È il filone delle "piccole cose", della lista di sensazioni e minuti piaceri fermati su carta, dei *plaisirs minuscules*, delle *vies minuscules* in cui chiunque si può riconoscere. È un minimalismo delle storie, la banalità delle tematiche affrontate, il quotidiano più concreto e il personale, veicolato spesso da forme brevi, stile asciutto, versi concisi e secchi che ne rendono immediata la fruizione. Quello di una certa narrativa (e saggistica) giapponese è lo sguardo che dal mondo nella sua interezza e grandiosità si sposta con naturalezza sul dettaglio, sull'*adesso* che sembra l'unica porzione di tempo che l'uomo contemporaneo è in grado di gestire ma che, in Oriente, è da sempre richiamo costante alla fugacità dell'esistere.
Lo scrittore Okakura Kakuzō affermava che «Secondo lo Zen, nel sistema di rapporti tra le cose non esiste differenza fra grande e piccolo; un atomo ha in sé le stesse possibilità dell'universo». La cultura giapponese, più votata all'introspezione che alla comunicazione (lì dove sarebbe anche utile percepire l'introspezione come una comunicazione profonda con sé), tende ad approfondire anziché ad allargare, crede nel piccolo, nel ristretto come luogo in cui è concentrato l'universo. Un approccio che al nostro Occidente risulta a suo modo rivoluzionario.
L'interesse accresciuto per il Giappone lo si può leggere anche come reazione alla globalizzazione, al generale che ingurgita tutto appiattendolo, per cui anche nei prodotti editoriali americani, francesi, spagnoli, tendiamo a riconoscere sempre una copia di poco dissimile da noi stessi. Nel caso specifico del Giappone, invece, la distanza gioca un ruolo chiave.
Ai tratti di fascinazione e attrazione aggiungerei l'assurdo. C'è bisogno di astrazione ma in Italia sono ancora forti le resistenze in campo letterario. Si preferisce rimanere ancorati alla realtà, come fonte autentica di conoscenza. La fantasia più sfrenata la si concede veramente solo al mondo dell'infanzia e all'adolescenza, la si perdona alla narrativa estera; agli scrittori italiani invece no, pare una fuga. Il Giappone, che ha dimestichezza con l'assurdo, propone libri che giocano con il sottile confine tra realtà e fantasia. L'esempio più noto è indubbiamente Murakami Haruki ma si sono aggiunti

numerosi autori, tra cui Ogawa Yoko, Murata Sayaka, la serie fortunatissima di Kawaguchi Toshikazu.
Una fetta dei libri giapponesi pubblicati in questi anni rientra nel noir, nelle detective stories e nei thriller, buona parte dei quali devono la loro riscoperta alla scadenza dei diritti sull'opera di autori come, per citare un tentativo particolarmente riuscito, Matsumoto Seichō. Molte case editrici si sono affrettate ad accaparrarsi i migliori traduttori sul mercato per mettere in atto un ampliamento del proprio catalogo: Dazai Osamu, Tanizaki Jun'ichirō, Mishima Yukio.
C'è poi il femminile, libri scritti da donne che affrontano la questione di genere, come i solidi romanzi di Kawakami Mieko. Si tratta di pubblicazioni che nutrono la curiosità degli italiani di sapere come abitano queste stesse problematiche le donne di un paese tanto differente. C'è fame di soluzioni, di risposte. Anche parte della comunità LGBT trova ispirazione in un paese che gioca con le forme, che sperimenta senza il fardello della religione e colloca i tabù in zone diverse. Più che il Giappone in particolare, tuttavia, credo abbia contato in questo caso un'addizione: l'interesse generale per il paese connesso, nella scelta editoriale, alla volontà di intercettare già attestate zone di interesse (Giappone + femminismo; Giappone + LGBT).
La fascinazione per l'esotico Giappone ha trovato quindi, negli anni, numerose declinazioni. Ecco aggiungersi il filone rassicurante ed evocativo delle sale da tè, dei magici caffè, delle librerie particolari, dei ristoranti stupefacenti (cui si abbina talvolta la celebrazione dei felini che, a passi felpati, attraversano le narrazioni). Luoghi, indistintamente, descritti in formato ridotto e avvolti dal segreto e dal mistero. Non è, a veder bene, molto distante dal filone che indaga l'estensione delle piccole cose, la valorizzazione del minuscolo né da quello che accoglie il bisogno di astrazione, di assurdo.
Centrale, poi, è lo scardinamento della gerarchia tra concreto e astratto. Nel pensiero giapponese, che naturalmente influenza tutti i suoi prodotti culturali, la vita pratica non è secondaria alla vita psichica, la materia non è secondaria alle idee. Dal grandioso affresco del quotidiano alla corte di *Storia di Genji* di Murasaki Shikibu alle *Note del guanciale* di Sei Shōnagon, da *Kitchen* di Banana Yoshimoto alle narrazioni di Morishita Noriko, ovunque si peschi ci si imbatte nell'idea per cui non esiste netta distinzione tra concreto e astratto: l'Occidente disseziona, separa, incasella mentre l'Oriente accetta l'inconoscibile, lo accoglie, mescola. È un aspetto

propriamente del Giappone e della sua letteratura: l'estetizzazione del minuscolo, la strenua difesa del legame invisibile tra sentimenti e riflessioni da una parte e oggetti, ciotole, rituali, luoghi precisi dall'altro. Ciò che in Occidente sarebbe appannaggio del quotidiano, della chiacchiera familiare, in Giappone diviene oggetto della letteratura più alta: Yoshida Kenkō, Natsume Sōseki, Mori Ōgai, Kawabata Yasunari, Tanizaki Jun'ichirō e moltissimi altri, dalla letteratura classica a quella contemporanea, hanno donato contributi profondi all'ordinario, a ciò che si potrebbe etichettare come banale e consueto.
L'Occidente gode allora, attraverso la lente giapponese, del benessere causato da quelle piccole cose concrete che, proprio in quanto delimitate, sono alla portata di tutti; per quanto banali possano essere le vite e grandi le pressioni economiche subìte, chiunque le può ottenere.
Ciò che non funziona più (o comunque funziona meno) sono i libri-manuali, le guide introduttive, i contenuti sulle stranezze (ormai per lo più sdoganate), volumi spesso assai colorati che risultano copie imperfette gli uni degli altri. Tutto questo a dimostrazione di come il Giappone attiri spesso a prescindere ma di come il segreto stia sempre proprio in quell'equilibrio complesso tra familiarità e sorpresa; l'immissione, talvolta scriteriata, di libri in salsa nipponica (la cui unica condizione pare proprio quella) ha assottigliato la percezione della sorpresa, o meglio, ha spostato certe tematiche e format dal piatto della bilancia dedicato alla sorpresa a quello riservato alla familiarità, arrivando ad annoiare un pubblico già assuefatto ad anni di pubblicazioni.
Ciò che quindi continua – e forse continuerà – a funzionare è proprio la ricerca di sempre nuove tematiche, cosa peraltro facile considerato quanto ampia, vista da qui, è la cultura giapponese. Un consulente editoriale consapevole, colto e pop il giusto può fare la differenza.

Il fascismo ieri e oggi. Un romanzo italiano

Gianfranco Pasquino

I regimi autoritari che abbiamo conosciuto nell'Europa, in particolare mediterranea, della prima metà del XX secolo hanno ruotato intorno alla personalità e alle capacità del loro leader. Sono nati con quel leader e grazie a lui. La morte del leader ha travolto il regime senza scampo. Pertanto, è inevitabile che quella figura dominante abbia attratto grande attenzione. Non stupisce, ma ci interroga, il fatto che, forse perché ne è stato il capostipite, è fuor di dubbio che Benito Mussolini abbia costituito l'oggetto di una quantità di studi largamente superiore a quelli dedicati, nell'ordine, al generalissimo spagnolo Francisco Franco Bahamonde (1892-1975) e al professore portoghese Antonio de Oliveira Salazar (1889-1970). Anche la strategia politica li ha in parte differenziati. Inizialmente, Mussolini perseguì una strategia di movimento e se ne fece forte mirando alla distruzione della sinistra, dovendo fare poi buon viso a cattivo gioco di fronte alla irriducibilità delle Forze Armate, della Chiesa cattolica, della burocrazia, persino degli imprenditori. Salazar emerse come punto di equilibrio di una coalizione ultraconservatrice di interessi economici, sociali, culturali e religiosi che aveva avuto la meglio su gruppi di una sinistra contadina, proletaria, fatta di lavoratori subalterni, frammentata, scarsamente organizzata che, una volta sconfitta, non riuscì a dare vita a un'opposizione di cui tenere conto. Franco conquistò il potere dopo una sanguinosa guerra civile nel corso della quale iniziò la brutale distruzione dei partiti e dei sindacati di sinistra. Il doloroso ordine politico da lui imposto trovò immediatamente il sostegno e l'approvazione, più o meno passivi, di tutti quegli spagnoli che non volevano la ricomparsa e la prosecuzione di conflitti sanguinosi ed esiziali.
Per temperamento, per spirito esibizionista, per l'essere stato catapultato sulle prime pagine dei giornali di un po' tutto il

mondo e nelle corrispondenze dai maggiori organi di stampa, Mussolini si acconciò e si beò della sua popolarità internazionale anche a fini di legittimazione. Lui era la novità politica, il fenomeno nascente di nuove modalità di governo, da osservare e studiare con tutte le sue ambiguità prima della stigmatizzazione e dell'eventuale ripudio. Tardivamente arrivarono entrambe. Meno importanti e rilevanti sulla scena internazionale, Franco e, soprattutto, Salazar, ricordiamolo, un generale e un professore universitario, evitarono le luci della ribalta. Giornalista e politico dall'ego strabordante, Mussolini le cercò, le trovò, se ne giovò. Quelle luci non si sono mai spente del tutto sulla sua figura e sui suoi misfatti, ma anche sulle sue molto discutibili attività e realizzazioni: "Mussolini ha anche fatto cose buone". Questa frase apre una discussione finora svolta in maniera tutt'altro che soddisfacente e richiede una valutazione basata su criteri generali, condivisi, comparabili.
Talvolta, gli squarci di luce più vivida gettati sugli autoritarismi e sui loro leader provengono dagli artisti. Monumento all'ironia, ma anche al senso della libertà, è il film di Charlie Chaplin *Il grande dittatore* (1940) che contrasta frontalmente con quelle produzioni cinematografiche che sottilmente, persino inconsapevolmente, creano curiosità che si traducono in simpatie postume. La cinematografia italiana, a cominciare da *La marcia su Roma* (1962) di Dino Risi, a continuare senza nessuna pretesa di completezza con *Amarcord* (1973) di Federico Fellini per approdare a *Una giornata particolare* (1977) di Ettore Scola, ha saputo sbeffeggiare il fascismo, non rendendolo certamente oggetto plausibile di affetto postumo e di mal posta nostalgia. A rendere la profondità della tragedia della guerra civile spagnola offre un contributo notevole *Mourir à Madrid* (1963) del francese Frédéric Rossif. Per entrare nell'atmosfera grigia e cupa del Portogallo sotto Salazar, opprimente come può essere la vita sotto un regime autoritario, non c'è niente di meglio del piccolo libro di Antonio Tabucchi *Sostiene Pereira* (1994), poi trasposto nel film omonimo. Nessuna fascinazione dell'autore per il regime, nessun eccesso nella implicita condanna.
Per quali motivi a cent'anni dalla sua ascesa al potere il fascismo continui a esercitare interesse e attrazione fra gli italiani, a produrre conflitti fra le famigerate memorie non condivise e a essere oggetto di esecrazioni, per quanto meritate, talvolta pesantemente retoriche, è un quesito che non ha ancora ricevuto risposte soddisfacenti. Tuttavia, alcuni editori si sono

orientati a offrire ai lettori qualcosa di diverso, non necessariamente migliore, di quanto, che è molto, è stato scritto dagli storici, italiani e stranieri. Il passare del tempo ha persino fatto crescere l'interesse nei confronti della figura, non soltanto politica, di Mussolini. L'enorme successo di vendite della trilogia di Antonio Scurati – *M. Il figlio del secolo* (2019); *M. L'uomo della Provvidenza* (2020); e *M. Gli ultimi giorni dell'Europa* (2022) – costituisce la prova provata della curiosità, forse, anche morbosa, degli italiani per la vita del "loro" famoso dittatore. In una (in)certa misura, il successo di vendite dei libri di Scurati segnala anche che l'insegnamento della storia nelle scuole e nelle università non ha colmato il desiderio di conoscere, oppure, interpretazione più favorevole, ha acuito l'interesse. Biografie romanzate di simile genere sulla vita dei grandi o dei molti, piccoli dittatori non esistono per Hitler, Franco, Salazar e neppure per i numerosi dittatori latino-americani.
Il fascismo fu tragedia e farsa, allo stesso tempo, mentre le democrazie sono spesso accusate di essere noiose. Il fascismo non può e non deve essere ridotto, come in larga misura fa, quand'anche a fini polemici e forse catartici, Aldo Cazzullo in *Mussolini. Il capobanda. Perché dovremmo vergognarci del fascismo* (Mondadori, 2022), alle azioni sanguinarie di una banda di delinquenti che non rappresentavano esigenze, timori, ambizioni, rivalse, opportunismi diffusi nella società italiana. Molto meglio, allora, tornare a riflettere sulla penetrante e lungimirante definizione del nascente fascismo data da Piero Gobetti: "autobiografia della nazione", ovvero fenomeno, peraltro non inevitabile, ma, a determinate condizioni probabile, derivante dai mali e dai vizi sia degli italiani nella loro generalità sia delle classi dirigenti stesse. Quell'autobiografia non è stata completamente riscritta dalla Resistenza e dai partigiani, ma tutte le premesse e tutte le indicazioni per andare oltre, superare, eliminare gli aspetti più negativi della nazione e della sua incultura politica e sociale si trovano negli articoli della Costituzione italiana.
L'ottimo titolo *Il fascismo pop* (sottotitolo: *Da tragedia a commedia: il segreto che lo tiene in vita*) del capitolo 16 del libro di Sergio Rizzo e Alessandro Campi, *L'ombra lunga del fascismo. Perché l'Italia è ancora ferma a Mussolini* (Solferino, 2022) coglie un elemento cruciale, di cui è praticamente impossibile liberarsi, concernente la persistenza del fascismo nell'immaginario collettivo italiano. Non solo nell'immaginario, ma nella vita vissuta e nella coesistenza degli italiani si collocano le

conseguenze della limitatissima e sostanzialmente, poche eccezioni a parte, mancata epurazione. Da un lato, le Forze armate, la Chiesa cattolica, la burocrazia, le associazioni imprenditoriali, l'università non procedettero all'esclusione di quasi nessuno dei loro componenti che erano stati fascisti. Nel nuovo contesto di competizione e incertezza tutti gli apporti erano necessari e potevano servire per proteggere e promuovere interessi, preferenze, attività particolaristiche, e il numero giustificava le richieste di accesso alla sfera politica. Dall'altro, un po' dappertutto nel paese ciascuno aveva incontrato, conosceva, intratteneva relazioni con chi era stato fascista. Erano pochissime le famiglie nelle quali non c'era il classico zio fascista, un nonno, un fratello. Nei comuni, in particolare quelli medi e piccoli, tutti sapevano che il medico condotto, peraltro bravo nella sua attività, il farmacista, l'avvocato erano stati fascisti, un po' sopraffattori un po' prevaricatori, complici ma abbastanza raramente responsabili di violenze. Nella burocrazia, il compagno di stanza, servizievole nel suo lavoro, e il capufficio, pomposo, ma poco oppressivo, erano stati iscritti al Partito nazionale fascista, per convinzione e/o per convenienza. Qualche prete e qualche parroco avevano espresso sentimenti di vicinanza e persino gratitudine al fascismo per avere sconfitto quei comunisti nemici della religione. Nelle Forze armate gli ufficiali già fascisti furono, se prominenti, epurati e/o mandati in pensione, altrimenti rallentati nella carriera. Pur fascista, quell'imprenditore sapeva fare il suo lavoro, creava valore aggiunto, assumeva operai. Privarlo della sua azienda sarebbe stata una grave perdita per la comunità e per un sistema economico che cercava di riprendersi. Per i docenti bastò che si riciclassero cambiando il nome del loro insegnamento, i testi adottati e, quando non troppo complicato e esigente, i contenuti. Il resto lo fecero il pericolo comunista e l'ombra lunga di Stalin. Quel passato, come, in verità, quasi tutti i passati in vario modo importanti, non passa. Continua a insegnare molto.

Manzoniani e antimanzoniani

Eleonora Mazzoni

Entusiasmo e curiosità. Se dovessi sintetizzare in due parole l'atteggiamento che percepisco nel pubblico, ogni volta che presento il mio libro e parlo di Alessandro Manzoni, queste sarebbero le più appropriate. Ed è strano. Nessuno scrittore italiano ha storicamente avuto così tanti nemici come l'autore dei *Promessi sposi*. Basterebbe digitare su Google "antimanzoniani" e osservare quale lista infinita salti fuori, per rendersene conto. E se poco note sono le considerazioni di un certo professor Sinigaglia, insegnante milanese di liceo – che nel 1884 escludeva tra i libri raccomandati *I promessi sposi*, «non sempre accurato nelle forme grammaticali del linguaggio e per quella sprezzatura di stile che disavvezza i giovani da forme più classiche e forti, che meglio si possono apprendere dagli antichi o dai loro imitatori» – tutti conoscono, invece, l'ostilità di Carducci o di una nutritissima sfilza di altri intellettuali, "con un eccetera pur troppo lungo". Ma è soprattutto nei primi decenni del Novecento, nel momento di massima istituzionalizzazione di Manzoni, con il connesso obbligo scolastico, che venne operato il sommo tradimento nei suoi confronti, quando, con una funzione esclusivamente pedagogica, le pagine del suo romanzo furono utilizzate per indirizzare i ragazzi verso i buoni sentimenti. Una manciata di anni dopo, il Concordato introduceva come obbligatorio anche l'insegnamento della religione cattolica.

Manzoni nei suoi scritti si proponeva l'utile per scopo, il vero per oggetto e l'interessante per mezzo, non certo di educare masse di ragazzi. Ai buoni sentimenti, poi. Per poterlo fare, dunque, l'opera fu mutilata dell'inquietudine che conteneva. Il romanzo venne edulcorato, disinfettato, moralizzato, a volte addirittura purgato delle sue parti più pericolose, come la trasgressiva Monaca di Monza o il difettoso Don Abbondio.

Non solo. La *Storia della colonna infame*, cronaca neutra, senza un filo di invenzione, di quel «capolavoro d'autorità, di superstizione e di bestialità» che fu il famoso processo contro "gli untori", vittime innocenti dell'ingiustizia della giustizia, nella versione definitiva del 1840 venne staccata dalla carne dei *Promessi sposi*. Per diventare un libro a sé stante. Ma continuò a rimanere il suo ideale proseguimento, vanificandone così l'apparente lieto fine. Bene. Quell'opera documentaria, cruda e disadorna, prepotentemente drammatica, quasi disperata, sparì dalla circolazione, cadendo per decenni in un oblio assoluto.
Mi ha quindi dato un immenso piacere la notizia che in questo periodo si stiano moltiplicando le richieste, affinché siano inseriti brani tratti dalla *Storia della colonna infame* nelle antologie scolastiche. Credo che ad avvicinare entrambi i capolavori manzoniani ai lettori abbia giovato un evento collettivo imprevisto e devastante come il Covid-19. Salvatore Nigro e Silvia Moretti avevano già notato che *I promessi sposi* aveva mantenuto la sua complessità e la sua forza primordiale nei tempi difficili della Storia: era diventato, infatti, un prezioso compagno di viaggio durante la guerra, nelle carceri del fascismo, nei luoghi dell'esilio e del confino, insomma, nelle situazioni emergenziali. Come in occasione del Covid-19, appunto. La ritrosia ad accettare verità allarmanti, che arrivava a negare un contagio evidente, raccontata in dettaglio nei capitoli dedicati alla peste, di colpo in quei nostri mesi spettrali si era trasformata in una chiave di accesso per leggere il presente, con le lentezze burocratiche prima, poi l'odio nei confronti di coloro che raccomandavano precauzioni mediche e "volevano per forza che ci fosse la peste". L'ammissione a un certo punto di "febbri maligne" si sovrapponeva perfettamente alle nostre "influenze un po' più virulente del normale", infine anche noi, per il morbo ormai impossibile da negare, avevamo trovato a volte cause che, come gli untori o la "fatale congiunzione tra Saturno e Giove" di Don Ferrante, risultavano assurde o, perlomeno, bislacche e indimostrabili. Manzoni, fedele all'intelletto e amante della ragionevolezza, rispettoso nei confronti della scienza ma anche consapevole della nostra precarietà e mortalità, durante il lockdown è diventato a noi contemporaneo, è entrato nel "guazzabuglio" dei nostri cuori e nelle nostre case inchiavardate, per non uscirne più, neppure dopo, quando il virus ha lasciato il posto a una quasi guerra mondiale e a un conseguente impoverimento generale. Non scoraggiata dai ricordi magari

spiacevoli della giovinezza, la rilettura fatta nella maturità ha allora risuonato in una maniera del tutto nuova, inaspettata, inedita: ci siamo accorti che quel "secolo bestiale" che era il Seicento non parlava solo dell'Ottocento, ma dei nostri conflitti interiori e delle nostre irrequietezze, mentre, smarriti e "gente di nessuno", ci ritroviamo ancora adesso ad affrontare crisi, cambiamenti, battaglie dai contorni poco definiti. D'altronde «la poesia ha il compito di dipingere la natura umana», diceva Manzoni, interessato a occuparsi di temi che, invece di variare secondo i tempi, "siano d'ogni età".
Alcuni lettori mi hanno confidato il fastidio per il babelico apparato di note che in parecchie edizioni ingombrano le pagine dei *Promessi sposi*, riducono il testo a poche righe e poi lo analizzano, chiosano, vivisezionano, finendo per trattarlo come un cadavere. Mi hanno raccontato che preferiscono andare direttamente alla fonte, nonostante a tratti, abituati alla velocità e danneggiati nella concentrazione, possano trovare il romanzo difficile. Perché rimaniamo comunque avvinti dalla suprema capacità del suo autore di comprendere nei particolari la testa, la psicologia, le emozioni degli esseri umani, tanto che lui stesso nel *Fermo e Lucia* – genialmente e con fine ironia – ci anticipa, suggerendo di "saltare alcune pagine", se non "tutto il capitolo".
In una lettera del 1849 Manzoni consigliava a sua figlia Vittoria di far leggere alla sua nipotina *I promessi sposi*, appena fosse stata in grado di farlo, perché lo stupore e la disponibilità che hanno i bambini «è il mezzo di farglielo piacere per tutta la vita». Ecco. In giro sento lo stupore di riscoprire l'opera inquieta del "rivoluzionario" Manzoni. E la disponibilità a confrontarsi con il suo spregiudicato cristianesimo, intimamente connesso con l'eredità illuminista.
Ed è come se fossimo finalmente arrivati pronti a questo centocinquantenario della morte dello scrittore – dopo un centenario, nel 1973, da alcuni definito un "anti anniversario" – per aprire le gabbie create da interpretazioni troppo ideologiche o troppo pedanti, che hanno imprigionato un pensatore originale e poco etichettabile, relegandolo a lungo in squallide sagrestie e in conformismi a lui sconosciuti. Pronti a riconoscere i giudizi ingiustamente secchi e sprezzanti del passato, come ha fatto quest'anno "La civiltà cattolica". Pronti a un grande ritorno di fiamma.
Quando il 5 giugno del 1827 uscì *I promessi sposi*, infatti, ebbe da subito un enorme successo popolare, con quaranta edizioni piratate, sessantamila copie clandestine, traduzione

immediata in Francia e in Germania, dove fu recensito addirittura da Goethe. La stessa cosa successe con l'edizione definitiva del 1842, dopo essere uscito in centootto fascicoli settimanali, tenendo incollati per due anni i lettori ansiosi di leggere il seguito, corredato da quattrocento preziose illustrazioni del giovane Francesco Gonin, che utilizzava la silografia, una tecnica allora molto nuova, che il sempre avanguardistico Manzoni aveva immediatamente captato. Non andrebbe mai dimenticato che il più importante romanzo della letteratura italiana è un libro a "vignette", come le definiva lo stesso Manzoni nel suo epistolario. E che può essere incredibilmente apprezzato, se letto ad alta voce. Ci si impiegano tre quarti d'ora a capitolo. Sono quindi sufficienti soltanto venticinque ore per rileggere un libro politico ma non solo politico, intimo, personalissimo e, nello stesso tempo, universale, in grado di parlare alle persone di ogni strato sociale ed epoca. Un libro libero, dinamico e antidogmatico. Empatico nei confronti del mondo. Un libro di lotta e d'amore. Per tutti i tempi. Perché è un capolavoro che non ha ancora «finito di dire quello che ha da dire».

100

Cento Pasolini, cento Calvino

Paolo Di Stefano

La straordinaria coincidenza di grandi scrittori nati tra fine anni Dieci e inizio Venti del Novecento ci porta a riflettere sull'utilità dei centenari per la loro diffusione e la loro conoscenza. Per esempio, che cosa hanno prodotto, in ambito culturale ed editoriale, le celebrazioni di Pier Paolo Pasolini (2022) e di Italo Calvino (2023), che già erano tra i più pubblicati, letti, frequentati e tradotti? Difficile ma non impossibile uscire dai rispettivi cliché. Da una parte l'intellettuale dello scandalo, in genere identificato con il "corsaro" dalla vita spericolata, ritenuto vittima sacrificale del suo stesso scandalo o vittima designata del suo impeto di denuncia, colui che gettò il proprio corpo nella lotta. Dall'altra l'autore della leggerezza spesso fraintesa, del gioco visivo e un po' astratto, della ironica fantasia ariostesca, oltre che l'autore scolastico che ben conosciamo. Tramandati come due profili in antitesi, dalle opposte visioni letterarie e in fondo ideologiche nel confronto con la modernità. Tutto vero, ma si ha l'impressione che, rispetto al 1998, anno dell'uscita del discusso pamphlet di Carla Benedetti *Pasolini contro Calvino*, il tempo li abbia un po' avvicinati proiettandoli in un forse nebuloso, ma comune passato percepito anche troppo quale età da rimpiangere: accomunati, insomma, per la distanza che li separa da noi e che sentiamo aurea e abissale, come si potrebbero accomunare Dante e Petrarca per il solo fatto di essere vagamente trecenteschi.

Quali risultati dunque? Se guardiamo alla libreria, che rimane il termometro di un interesse non superficiale, non stupisce che Mondadori abbia registrato, nella prima metà dell'anno in corso, un buon 30% in più di vendite complessive dell'opera di Calvino. Del resto, come si diceva, si tratta di un autore ben radicato nelle scuole, soprattutto con *Marcovaldo* e con la *Trilogia*. Ma lo sforzo dell'editore milanese, dopo la colossale pubblicazione dei Meridiani in molti volumi, è stato comunque notevole nel riproporre titoli in nuove edizioni soprattutto economiche (Oscar Moderni di vario formato), con l'intento evidente di ampliare ancor più la platea del pubblico. Tra i volumi nuovi, si ricordano quello che riunisce i risvolti, quelli che mettono insieme i saggi sull'esperienza visiva (*Guardare*, a cura di Marco Belpoliti), i testi teatrali preparati con Toti Scialoja (*Il teatro dei ventagli*, a cura di Barenghi), la corrispondenza epistolare con Leonardo Sciascia (*L'illuminismo mio e tuo*, a cura di Barenghi e Paolo Squillacioti). Senza dimenticare, restando in ambito editoriale, i nuovi studi, tra i quali emerge la summa di Domenico Scarpa, *Calvino fa la conchiglia* (Hoepli), risistemazione complessiva dell'opera, della vita, delle idee. A ciò si sono aggiunti gli spettacoli teatrali (su tutti *Il barone rampante* diretto da Riccardo Frati al Grassi di Milano) e le mostre (la rassegna delle Scuderie del Quirinale inaugurata a Roma in ottobre, a cura dello stesso Barenghi, si concentra sul rapporto tra lo scrittore e le arti). Difficile non riconoscere in tante iniziative condotte a più livelli, compreso quello radio-televisivo, il pregevole tentativo di diffondere la conoscenza dello scrittore ampliandone al massimo grado l'immagine intellettuale. Discorso analogo per Pasolini, su cui nel 2022 le manifestazioni e le pubblicazioni sono state innumerevoli, ma soprattutto va notato che il centenario, al di là del sacrosanto ritorno alle questioni giudiziarie riferite all'assassinio di Ostia, ha saputo celebrare l'artista ben oltre i luoghi deputati (Udine, Milano, Bologna, Firenze, Roma, Napoli), promuovendone una memoria diffusa spesso estranea all'icona vulgata anche nelle province meno ovvie (Bolzano, Modena, Bari, Matera, Lecce), fino ai centri più piccoli, come Ortona, Soriano nel Cimino, Oristano, Ariola in Calabria, Rho, Racalmuto, sempre con iniziative non canoniche. E nel complesso raccogliendo ragguardevoli risultati di lettura o almeno di vendite (è Garzanti il detentore dei diritti), quasi raddoppiate rispetto al 2021 (dati Nielsen-GFK). Peraltro, con il successo inatteso della nuova edizione di *Petrolio,* l'ultima opera e la più complessa, curata da Walter Siti.

Uscendo dall'alone dei due fari del secondo Novecento, è opportuno un discorso più sfumato, che in alcuni casi riserva autentiche sorprese. L'investimento di rilancio di Giorgio Manganelli, con la sontuosa curatela di Salvatore Silvano Nigro per Adelphi, non ha dovuto attendere la ricorrenza del centenario, e questo è sempre il migliore dei modi per

diffondere la conoscenza non rituale di un autore. Nel 2022, tuttavia, il ricco catalogo manganelliano della casa editrice di Calasso ha registrato un buon 20% di incrementi nelle vendite, benché le più recenti uscite non fossero proprio "popolari", trattandosi di letteratura sulla letteratura, ovvero di due raccolte di recensioni. Va poi ricordato che nel corso dell'anno ha fatto colpo il memoir (auto)biografico della figlia Mietta, apparso per la Nave di Teseo. Per tutte queste ragioni, mai si è parlato e scritto tanto di Manganelli, scrittore di culto diventato personaggio anche grazie alla pubblicazione delle lettere d'amore (il carteggio con Ebe Flamini è uscito per Sellerio in coda al centenario).
Altro stupefacente risultato di un centenario è quello che riguarda Beppe Fenoglio, straordinario caso di scrittore molto amato dalla critica ma che ha tardato a imporsi presso il grande pubblico benché da decenni si sia andata consolidando la sua collocazione di primo piano nel filone della narrativa resistenziale. L'anno del centenario della nascita, il 2022, ha fruttato un aumento che neanche Pasolini e Calvino sono riusciti a ottenere, e cioè, come informa l'editore Einaudi, il 49% di copie in più rispetto agli anni precedenti. Da notare che da titolo a titolo la quota cambia. Per lo scrittore di Alba disponiamo di dati molto puntuali e significativi, per non dire stupefacenti: *Una questione privata* è salito da 19.000 copie l'anno a 26.000, registrando il 36-37% in più; *Il partigiano Johnny* si aggirava sulle 5.000 e ne ha vendute 7.000 (40% in più). Ma soprattutto sono stati riportati all'attenzione di librai e lettori titoli che vendevano pochissimo, per esempio *La paga del sabato*, che vendeva 800 copie e ne ha vendute addirittura 3.000. Va detto, tra parentesi, che fino a vent'anni fa il titolo di Fenoglio più venduto era il *Partigiano*, mentre dopo un periodo in cui *Questione* e *Partigiano* stavano più o meno appaiati, è avvenuto il sorpasso definitivo. In definitiva, quel che qui conta è l'indubbio impatto di un centenario che non è soltanto celebrazione accademica o rituale. Certo, si potrebbe immaginare che la fortuna di Fenoglio si inserisca nella temperie di accese discussioni, tra fronti opposti, sul significato e sul valore della guerra civile.
Stiamo comunque parlando di autori che non hanno mai conosciuto gravi cedimenti di interesse nei cataloghi delle rispettive case editrici e che dunque nelle occasioni celebrative riescono a vivere slanci che – stimolati da articoli, servizi televisivi, rassegne, manifestazioni più o meno spettacolari e diffuse – non si fondano sul nulla. Stesso discorso potrebbe

valere per l'impennata editoriale di Leonardo Sciascia nel 2021 e di Primo Levi nel 2019, aiutata da un forte ammirevole impulso mediatico (letture, documentari e ricostruzioni non di rado di ammirevole livello). Piuttosto, bisognerebbe interrogarsi sui tanti altri che, nonostante tutto, restano relegati nel limbo di un ingiusto semi-oblio: il caso di Mario Soldati è addirittura clamoroso se si pensa a quanti editori ci hanno creduto senza conseguire gli esiti auspicati.

Ovviamente la verifica dell'eventuale beneficio andrà fatta sul lungo termine. Ma per il momento i numeri smentiscono che l'anniversario si possa liquidare al motto, spesso ripetuto con una snobistica alzata di spalle, "passata la festa gabbato lo santo". Ci dicono piuttosto che la celebrazione, se non si limita all'esclusivo "ballo dei sapienti" di ambito accademico ma avvia un sistema di approfondimenti intelligente e plurale, ha conseguenze pregevoli e non banali specie quando si aggancia a un lavoro realizzato dagli editori, prima e dopo, con costanza e convinzione. Aspettare il centenario come un esplosivo giorno di festa è inutile, assecondarlo e accompagnarlo può essere prezioso a più livelli. Per il pubblico e per i fatturati (duraturi) dell'editore lungimirante.

Calvino a fumetti

Thea Rimini

Vorace lettore, da bambino, del "Corriere dei piccoli", Italo Calvino ha rivolto un'attenzione costante al fumetto arrivando a sperimentarlo nel racconto *L'origine degli uccelli*, che non a caso è stato pubblicato per la prima volta su "Linus" nel 1967. Negli anni la nona arte ha ricambiato quest'interesse con creazioni "parallele" o adattamenti delle opere calviniane. I testi prediletti sono stati finora *Le città invisibili*, opera ad alta traducibilità grazie alle sue atmosfere indefinite, e *Il barone rampante*, considerato un classico per ragazzi e quindi adatto alle vignette.

Tra i graphic novel che rivelano un'influenza calviniana, uno dei casi più interessanti è *Sandman* (1988-1996), la saga fantasy del visionario autore britannico Neil Gaiman (Bender 2000). Da uno scaffale della sua libreria, affastellate tra diversi volumi, fanno capolino proprio *Le città invisibili*. Già il regno del protagonista di *Sandman*, Morfeo, imperatore malinconico alla stregua del Kublai Khan calviniano, ha qualcosa delle città invisibili: sospeso in un luogo indefinito e andato in malora per la prolungata assenza di chi l'avrebbe dovuto governare, è tutto un susseguirsi di rovine avvolte nel grigiore della nebbia come Ersilia, città in bianco e nero, in cui «incontri le rovine delle città abbandonate» (Calvino, 1992, p. 422). Ma è l'episodio *Terre soffici*, nel volume *Favole e riflessi* (1993), a mostrare un ancor più evidente intertesto calviniano con un Marco Polo come protagonista che si ritrova prigioniero in un luogo imprecisato alla frontiera elastica, "soffice", tra sogno e realtà. Un po' come avviene a Pentesilea in cui «per quanto ti allontani dalla città non fai che passare da un limbo all'altro e non arrivi a uscirne» (Calvino, 1992, p. 492).

In tempi più recenti, *Le città invisibili* hanno sedotto anche uno degli autori più originali del panorama fumettistico nostrano, Manuele Fior – che peraltro ha illustrato anche la copertina del *Barone rampante* per la nuova edizione Gallimard-Jeunesse. L'isola di pietra, adagiata sull'acqua, che dà il nome al suo graphic novel, *Celestia*, ben figurerebbe nel catalogo calviniano. Al pari delle città di Calvino, Celestia porta il nome di una donna e ricorda la «città acquatica» di Smeraldina (ivi, 434). Non solo. Il protagonista di Fior è un giovane telepata che a Celestia ha trovato rifugio: deve fare i conti con un trauma sepolto nella memoria come succede a chi arriva a Fillide e «rincorr*e* ciò che non si trova fuori degli occhi ma dentro, sepolto e cancellato» (ivi, p. 435). A ben guardare, è l'ideale calviniano della leggerezza a farsi linea guida della poetica di Fior, del suo tratto lieve eppure capace di produrre intense risonanze.

Può essere invece considerato un interludio tra le suggestioni esercitate da Calvino sui fumettisti e gli adattamenti veri e propri *Se una notte d'inverno un narratore* (2016), «viaggio a fumetti nelle opere di Italo Calvino» realizzato da Gianluigi Pucciarelli e Redhouse Lab per la casa editrice Becco Giallo. In una cornice da noir americano degli anni Cinquanta, un uomo senza volto, con trench e cappello alla Dick Tracy, incarna il lettore di *Se una notte d'inverno un viaggiatore.* Stavolta, però, la serie di incipit, a fumetti, in cui s'imbatte è tratta dai romanzi di Calvino stesso (gli immancabili *Il barone rampante* e *Le città invisibili* ma anche *Il sentiero dei nidi di ragno, Il castello dei destini incrociati, Ti con Zero*) e ciascuno porta il titolo di una delle *Lezioni americane.* Al di là degli esiti ineguali della resa fumettistica, l'operazione resta interessante come proposta di una terza via, né adattamento né testo parallelo, per rileggere Calvino con le vignette.

In tempi di movimenti green, non stupisce che l'epopea di Cosimo, salito sugli alberi a dodici anni e mai più ridisceso, abbia avuto una certa fortuna. Negli ultimi tre anni, complice anche l'avvicinarsi del centenario calviniano, sono usciti *Le baron perché* (2020) dell'esordiente Claire Martin per la casa editrice francese Jungle specializzata in adattamenti a fumetti di opere letterarie, e *Il barone rampante* (2023) di Sara Colaone, fumettista di lungo corso e docente all'Accademia di Belle Arti di Bologna, per la collana Mondadori "contemporanea".

Basta confrontare le due copertine per rendersi conto delle diverse chiavi di lettura: il Cosimo di Martin è colto nell'atto di saltare da un ramo all'altro, quasi a rivendicare una libertà verso il testo fonte, mentre quello di Colaone si tiene a un ramo, suggerendo una maggiore adesione al romanzo.

Sforbiciando il testo di partenza e riducendo all'osso le didascalie, Martin punta sul disegno e rilegge con la sensibilità ambientale di oggi alcuni brani. L'inizio mostra un Cosimo animalista che critica il padre per aver catturato delle bestiole intrappolandole nella colla (episodio che compare, ma in modo ben diverso, nel settimo capitolo) e grande spazio viene dato al tema della salvaguardia delle foreste.

Anche per l'iconografia di Cosimo Martin sceglie di sacrificare il rigore filologico a favore di una maggiore accessibilità. Il suo Cosimo non porta né parrucchino né ghette e assomiglia al *Piccolo principe*, figura familiare all'immaginario dei giovani lettori. Nemmeno Viola rispetta il modello calviniano, non è bionda e il suo cavallo non è bianco, forse per evitarle ogni possibile connotazione principesca che oggi potrebbe apparire stereotipata.

La successione delle vignette è lineare, ma non per questo manca di ritmo: flashback iniziale, tavole a pagina intera in cui gli uomini quasi scompaiono tra la vegetazione, piccoli medaglioni in soggettiva quando Cosimo guarda attraverso il cannocchiale (un cervo, una foglia, Viola a cavallo). Nel romanzo, è la madre di Cosimo a far uso dello strumento per seguire i movimenti del figlio, qui è Cosimo che, divenuto tutt'uno con gli alberi, sembra aver bisogno di un filtro, la lente di un cannocchiale, per vedere la terra. In un efficace espediente visivo.

Più avvertito e con un bagaglio di nozioni storiche è il destinatario del *Barone* di Colaone. Il rapporto tra testo e immagine è invertito rispetto all'adattamento francese. Quello italiano è un "romanzo a fumetti": le parole hanno la meglio sul disegno (e nelle tavole è l'uomo a sovrastare la vegetazione al contrario di quanto avveniva oltralpe); e interi passi sono prelevati dal romanzo.

La predominanza del testo non produce però monotonia perché Colaone alterna diversi tipi di caratteri, scegliendone uno ad hoc per presentare ogni personaggio (goticheggiante per la Generalessa o arabeggiante per il cavaliere Carrega). Con uno stile più barocco rispetto alla *clarté* francese. In accordo con il rigore filologico, è mantenuto il multilinguismo (tedesco, francese, spagnolo, russo) e viene preservata la lingua calviniana senza alcun ammodernamento lessicale dei termini ormai desueti. È il modello utilizzato per le tavole a rinnovare il testo di Calvino: Colaone, come ha dichiarato in diverse interviste, ha cercato di rileggere il *Barone* come se fosse un manga.

La tavolozza predilige i colori desaturati, quasi a suggerire che il mondo che si sta raccontando non esiste più, come constata il narratore alla fine del romanzo di Calvino, o meglio esiste solo nella forma, sfumata, del ricordo. A quest'effetto contribuiscono anche la mancanza di una netta linea di contorno della vignetta e soprattutto il tratto del disegno di Colaone che identifica un volto ma non lo cesella, rifiutando il realismo fotografico. È come se i due adattamenti si ponessero in un contrasto chiaroscurale: sono le zone di luce, la vitalità gioiosa del romanzo, a essere messe in rilievo da Martin, mentre quelle di ombra, più dolorose e amare, trovano espressione nelle tavole di Colaone.
Se è vero che sono *Le città invisibili* e *Il barone* ad aver attirato l'interesse del maggior numero di autori di fumetti, anche *Il visconte dimezzato* è stato oggetto di un adattamento. È il 1972 e il giovane Michele Mari rilegge il romanzo di Calvino con un sofisticato e geometrico disegno a china con pennini Rapidograph (il fumetto sarà pubblicato solo negli anni Duemila). Sono gli episodi più violenti o più macabri e gotici a catturare l'attenzione di Mari, ma sempre conditi con una buona dose di umorismo (spesso vengono usate le onomatopee dei comics), in accordo con l'humour noir che caratterizzerà le sue storie. Ed è già presente il gusto per il pastiche, che contraddistinguerà lo stile del Mari adulto, con la citazione di alcune ottave dell'*Orlando furioso*.
Tutti elementi, questi, notati da Calvino che indirizza al giovane Mari una lettera riconoscente dopo aver ricevuto il suo manoscritto: «ho guardato con gran divertimento il fumetto del *Visconte*. Il tuo modo di raccontare per immagini è pieno di trovate visive molto spiritose ed efficaci. Mi piace molto la composizione della pagina. Il disegno lo trovo un po' duro, ma quello è il tuo stile, e certo serve bene al contrasto del bianco e nero. Anche la "sonorizzazione" fumettistica mi diverte molto. Mi rallegro molto del tuo lavoro e ti ringrazio» (Valtorta, 2019).
In effetti, il ruvido bianco e nero fa risaltare i dettagli macabri già presenti nel romanzo, con la differenza che in Calvino questi elementi sono inseriti nel flusso narrativo, mentre nel fumetto sono isolati nelle vignette, come se fossero "immagini-corpo" da cogliere nella loro materialità.
Che si tratti di suggestioni o di adattamenti, l'opera di Calvino ben si presta alle rivisitazioni dell'universo del fumetto grazie anche a quella decisiva componente "visiva" che gli è stata universalmente riconosciuta. Non sorprende allora

che tra la fine del 2023 e l'inizio del 2024 usciranno, sempre per Mondadori, due nuove versioni: *Il visconte dimezzato* di Lorenza Natarella e *Il cavaliere inesistente* di Sualzo e Silvia Vecchini. La fortuna di Calvino a fumetti è appena cominciata.

Bibliografia

Bender Hy., 2000, *The Sandman Companion: A Dreamer's Guide to the Award-Winning Comics Series*, Titan.

Calvino Italo, 1967, *L'origine degli Uccelli*, "Linus", 28, poi in *Ti con zero* (1967), ora in *Romanzi e racconti*, a cura di Mario Berenghi, Bruno Falcetto e Claudio Milanini, prefazione di Jean Starobinski, vol. 2, Mondadori, Milano.

Id., 1992, *Le città invisibili*, 1972, ora in *Romanzi e racconti*, a cura di Mario Berenghi, Bruno Falcetto e Claudio Milanini, prefazione di Jean Starobinski, vol. 2, Mondadori, Milano.

Calvino Italo, Colaone Sara, 2023, *Il barone rampante. Romanzo a fumetti*, Mondadori, Milano.

Fior Manuele, 2019-2021, *Celestia*, Oblomov, Quartu Sant'Elena.

Gaiman Neil, 1988-1996, *The Sandman*, DC Comics, New York.

Mari Michele, 2019, *La morte attende vittime*, Nero, Roma.

Martin Claire, 2020, *Le baron perché. D'après Italo Calvino*, Jungle, Parigi.

Pucciarelli Gianluigi, Redhouse Lab, 2016, *Se una notte d'inverno un narratore*, Becco Giallo, Padova.

Valtorta Luca, 2019, *Michele Mari: «il mio Visconte che piacque a Italo Calvino»*, "la Repubblica", 20 giugno.

“Lettore, fratello” La fisica narrata da Carlo Rovelli

Bruno Pischedda

«Ciò che vuoi comunicare non è il tuo sapere, ma il tuo stupore». Carlo Rovelli, *L'ordine del tempo*

Viene avanti spavaldo, con un sano gusto per le polemiche. Classe 1956, dunque non di primo pelo, Carlo Rovelli è un fisico teorico che insegna all'Università di Aix-Marseille; persegue insieme ad altri una particolare teoria, la Gravità quantistica a loop, e pochi anni orsono la rivista statunitense “Foreign Policy” lo ha indicato tra i cento migliori pensatori al mondo. Vanta di conseguenza numerose pubblicazioni specialistiche e qualche significativo passaggio per i marchi Mondadori e Raffaello Cortina; però è grazie alle edizioni Adelphi che nell'ultimo decennio ha conseguito uno straordinario successo, italiano e internazionale: oltre al recente *Buchi bianchi*, 2023, ci riferiamo a *Sette brevi lezioni di fisica*, 2014, grande successo in libreria, poi a *L'ordine del tempo*, 2017, trasposto vagamente da Liliana Cavani in una pellicola appena presentata al Festival del Cinema di Venezia; infine *Helgoland*, 2020, dedicato ad Heisenberg, alla teoria dei quanti. Stando alle cifre fornite dalla casa milanese, il primo testo, di 130 dense paginette, ha fruttato entro luglio di quest'anno 828.000 euro per traduzioni già stabilite in 18 lingue; tiratura di lancio 90.000 copie, ma subito incrementate, per un complessivo di 120.000 copie vendute in breve tempo sul mercato nostrano. Più in generale, facendo data al 2022, l'insieme della produzione rovelliana ha reso 3,6 milioni di euro per diritti ceduti in 47 paesi, di cui 1,2 milioni circa soltanto per le royalties.

Una pacchia, per l'editore che ha saputo accaparrarsi e valorizzare l'opera. E tanto più il fenomeno sollecita il nostro interesse, considerando che non siamo di fronte a un classico lavoro di divulgazione, no, perché non c'è molto di certo, di definitivo, da porgere in modo semplice al pubblico profano. Si tratta piuttosto di una ricerca tutt'ora in corso, anzi

di "un'avventura", che Rovelli stesso non sa esattamente dove potrà condurre. Di sicuro c'è il fascino della scoperta intellettuale: «Se mi seguite – è detto in uno dei titoli più ambiziosi –, vi porto dove io credo arrivi il nostro attuale sapere sul tempo, fino al grande oceano notturno e stellato di quello che ancora non sappiamo» (2017, p. 16).
Intuiamo subito con cosa dovremo confrontarci: lo stile di questi preziosi libretti è conciso e insieme fiorito, letterario. Talora, come in *Buchi bianchi*, si mostra anche capriccioso, se non idiosincratico: sparso abbattimento delle maiuscole dopo i punti fermi (Barthes? Insofferenza per l'autoritarismo del linguaggio?). Ma soprattutto è uno stile gremito di procedure intese a catturare il lettore e a non mollare più la presa su di lui; anzi a trasformarlo in una sorta di ulisside che non si limita alla routine quotidiana, ma che fa del proprio essere una missione di conoscenza. Dominano pertanto gli appelli reiterati al pubblico, al singolo astante colto nella sua posa più istituzionale e suppostamente paritaria: «mio colto lettore», «lettore, fratello» (2017, pp. 63 e 161); e di qui ecco le strategie di accompagnamento, quasi da mano nella mano: «Partiamo dunque verso i buchi bianchi». «L'orizzonte sarà la nostra porta d'ingresso»; «Ci siamo. Siamo alla soglia dell'orizzonte. Attraversiamola» (2023, pp. 19, 28, 43); oppure, con empito spericolato: «Tenetevi forte, ora si vola»; o infine, dopo passaggi particolarmente ardui: «Caro lettore, fai una pausa, e lascia che questa conclusione sia assimilata dai tuoi pensieri» (2017, pp. 41 e 43).
Si aggiungono a questa nutrita sequenza di interlocuzioni le formule esclamative: «Bingo!» (il vecchio Eureka! di Archimede; 2023, pp. 83 e 18), le apostrofi all'Altissimo: «buon Dio, mi piacerebbe se tu lo facessi: fai che i buchi neri finiscano col diventare bianchi» (2017, p. 117). E ancora le interrogazioni-risposta, le ricapitolazioni, le divagazioni di alleggerimento con i relativi rientri in tema, gli sparsi apologhi, le proposte di lettura semplificate: «La ricostruzione del tempo inizia qui, con due capitoletti, questo e il successivo, brevi e tecnici. Se li trovate un po' troppo ostici, saltate direttamente al capitolo 11». E il tutto con un marcato coinvolgimento emotivo da parte dell'autore, a ogni scoperta, a ogni tappa rilevante della ricerca: «Mi batte forte il cuore» – confessa Rovelli –, «Ricordo l'emozione di quel giorno»; «Sì, eravamo molto felici quella sera» (2023, pp. 17, 84 e 85). Momenti in cui non solo la scienza diventa spettacolo, ma giustifica l'entusiasmo di chi vi partecipa da protagonista.

Molte di queste procedure retoriche hanno un significato fàtico, vogliono accertarsi se di là dal testo c'è qualcuno in ascolto. E se strategica è la verifica del contatto, altrettanto decisivo è poi il dosaggio delle informazioni, delle spiegazioni, ossia lo stadio a cui esse devono fermarsi, in modo che il lettore *senta* di aver compreso pur senza entrare in dettagli. Di qui anzi nascono le scuse, quando davvero non si può fare a meno di complicatezze, o nei casi rari in cui intervengono formalizzazioni matematiche: «Perdonatemi la formula [dell'Entropia]: è l'unica del libro. È l'equazione della freccia del tempo, non potevo non scriverla, nel mio libro sul tempo» (2017, p. 31). Beninteso, lo sforzo cognitivo che attende chi sfoglia con attenzione i libretti del fisico veronese resta ingente. In contraccambio tuttavia interviene l'esperienza estetica, cioè una particolare contemplazione del Bello. E c'è poco da stupirsi, dal momento che il progetto coltivato dal nostro autore non è inteso solo a sanare il divario tra Arte e Scienza, rimediandone la storica incomunicabilità. Il progetto – magari in modo risaputo, neo-romantico – tende a risolvere questa stessa endiadi in equivalenza. Comprendere il linguaggio della natura, o della matematica, è certamente un lavoro; e di fronte, poniamo, a una celebre equazione di Riemann, non si esce senza sudore, senza tenacia d'intelletto, ma meno – assicura l'autore – di quanto necessario per cogliere la rarefatta eleganza che promana da uno degli ultimi quartetti concepiti da Beethoven: «in un caso e nell'altro il premio è la bellezza, e occhi nuovi per vedere il mondo» (2014a, p. 21).
Siamo così a un crocevia delicato, perché in gioco non c'è solo il *modo* con cui Rovelli porge il suo sapere, ci sono anche le concezioni rovelliane sottese a questo sapere. Punto primo: la specifica esperienza estetica che la scienza può fornire è sempre da ricondurre a una sorta di *renovatio* dello sguardo, a uno slancio diverso e nuovo nel considerare quanto ci circonda. Qui risiederebbe la sintesi possibile tra le due forme di attività: «Forse – è scritto – una radice profonda della scienza è la poesia», ossia «saper vedere al di là del visibile» (2017, p. 28). Ma non basta ancora, giacché al Bello, e al rinnovamento delle prospettive, si può approdare unicamente attraverso il Mistero, in una brillante combinazione di fantastico ottocentesco e razionalità teoretica. Consideriamo le espressioni seguenti, che pullulano trasversalmente in ciascun testo: «Questioni e misteri»; «strano profumo di incomprensibilità e di mistero»; equazioni che «restano misteriose» (2014a, pp. 11, 23, 29), «strati del mistero» (2017, p. 69).

Risuona senza sosta negli scritti che stiamo considerando un'ansia di assoluto, di oltrepassamento. Un'ansia, o desiderio implicito, che può valere da risposta alla diffusa crisi del razionalismo attuale-quotidiano. A contare, beninteso, non è la magnificenza del creato, l'immenso proporsi dell'universo o l'inconcepibile ricchezza dell'infinitamente piccolo: secondo assunti in senso lato religiosi. È anzi la bellezza tutta umana delle teorie che si sforzano di descriverli (matematicamente). E in modo, quasi, che all'equivalenza Arte-Scienza si possa sostituire la coppia Esperienza Estetica e Mistero.
La vastità di ciò che si occulta, e che vorremmo conoscere, domina incontrastata nel discorso di Rovelli; oltretutto con una curvatura espressiva che rende un sentore inequivocabilmente sublime. Del sublime – s'intenda – come stile e come argomento, giacché se la Scienza "è attività innanzitutto visionaria", solo il maestoso e l'infinità dei termini in uso possono offrirsi come valide sponde di rappresentazione (2014a, p. 31).
D'altronde un ulteriore elemento neo-romantico si può rinvenire in queste pagine. Vale a dire una aggiornata teoria del Genio: «giganti del pensiero» (Aristotele, Newton), «il puro genio» (Einstein) (2017, p. 72), «un giovanissimo genio tedesco» (Heisenberg), i «grandi uomini» (Bohr, ancora Einstein) (2014a, pp. 17 e 28). Tornano alla mente i "grandi individui cosmico-storici" concepiti da Hegel secoli orsono (*die grossen welthistorischen Individuen*). Personalità che per mezzo di una pura intuizione, oltrepassando ogni vincolo circostanziale, modificano durevolmente la nostra idea di realtà; anche se oggi la più parte delle acquisizioni e dei superamenti scientifici si ottiene grazie a numerosi e dislocati team di ricerca.
Già altri ha sollevato il problema, e Rovelli, in *L'ordine del tempo*, ne prende atto in una nota a fondo pagina: «La critica è giusta – dice –, l'unica mia scusante è che non sto facendo analisi storica dettagliata, né metodologia della scienza. Sto solo sintetizzando i passi cruciali» grazie a cui il nostro sapere progredisce (2017, p. 67). Ma intanto la teoria del Genio funziona, suggestiona; e tanto più ottiene udienza, quanto più si insiste sul lato teorico della Fisica, là dove non si può fare esperienza concreta di certi fenomeni, dove non valgono strumenti di rilevazione. Là, allora, «per vedere le cose in modo diverso» bisogna «immaginare, cambiare prospettiva» (2023, p. 54).
Ed è proprio in questo immaginare – sovvertendo l'ordine consueto delle credenze – che si annida il genio, la genialità.
Se tanto successo hanno ottenuto questi libretti – preziosi,

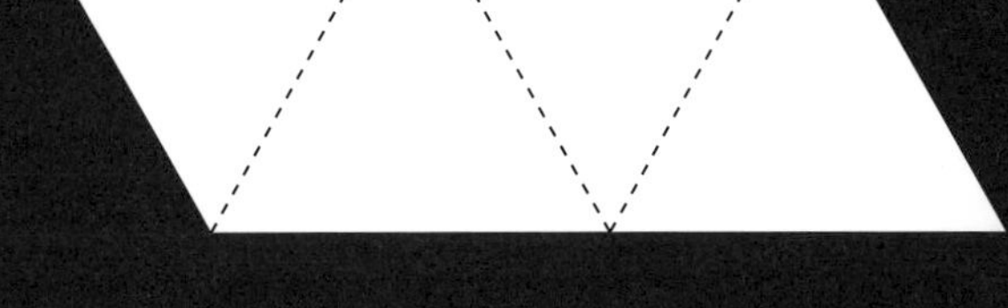

affascinanti – bisogna tornare del resto alla forma espressiva delle argomentazioni che vi sono contenute, cioè al modo analogico del ragionamento, alle tante similitudini, metafore e slittamenti protratti di cui si avvale il discorso. Prendiamo questa frase, che inaugura *L'ordine del tempo.* «La seconda parte [del presente libro] descrive quel che resta alla fine. Un paesaggio vuoto e ventoso che sembra aver perso quasi traccia di temporalità. Un mondo strano, alieno, ma il nostro mondo. È come arrivare in alta montagna, dove sono solo neve, roccia e cielo. [...] un mondo essenziale che riluce di una bellezza arida, tersa e inquietante» (2017, p. 15).
Paesaggi vuoti, mondi alieni: è questo che intendevamo come propensione al fantastico, come inclinazione al sublime. La retorica medievale chiamava simili procedure con il termine *transumptio,* ossia una catena di traslati che oltrepassa il singolo termine determinando una catena immaginosa, al confine con l'allegoria ma ancora aperta a molteplici suggestioni di significato.
Rovelli è perfettamente consapevole degli strumenti retorici che sta maneggiando; ed è comunque qui che la prassi euristica assume un tratto espressivo, gettando le basi per l'equivalenza Arte-Scienza. «L'Occidente – chiarisce nei *Buchi bianchi* – ha saputo usare efficacemente la creatività del pensiero analogico, per costruire concetti nuovi a ogni generazione, fino a lasciare in eredità all'odierna civiltà globale la magnificenza del pensiero scientifico». Però – aggiunge – «è l'Oriente che ha riconosciuto prima e con più chiarezza che il pensiero cresce per analogie, non per sillogismi». E se questa è la radice millenaria del sapere, a maggior ragione non va celebrata oltre misura la sua capacità di articolarsi in calcoli e formule. «Il pensiero scientifico fa buon uso della rigidità logica e matematica, ma questa è solo una delle due gambe che l'hanno portato al successo: l'altra è la creatività liberata dall'evoluzione continua della sua struttura concettuale, e questa si nutre di analogie e ricombinazioni». Per concludere: «Così funziona la scienza migliore. Così funziona, credo, anche l'arte migliore» (2023, pp. 57 e 58).
Siamo senz'altro fuori dalla dialettica crociana dei distinti, che tanto gravemente ha pesato sullo sviluppo della scienza italiana nella prima parte del Novecento. Ma ancora una volta Rovelli – pur restando nel campo delle ipotesi, delle teorie in attesa di conferma – trenta pagine più avanti riequilibra il discorso e si volge alla matematica. Siamo, una volta di più, in un momento apicale per le scoperte sue e del suo

sodale: «molte questioni – dice – rimanevano aperte quella sera. Dovevamo fare i conti precisi: ok le analogie, ma poi servono i sillogismi, *se no si vive di illusioni.* Dovevamo mettere giù le equazioni che descrivessero con esattezza la geometria del nostro spaziotempo» (ivi, p. 85).
Il corsivo è nostro, come si dice. E l'impressione, confrontando il brano uno con il brano due, è che Rovelli debba ancora affinare il rapporto che intercorre tra prassi euristica e formalizzazione teorica. Ci appare invece un vero professionista della comunicazione a stampa allorché prefigura il suo pubblico potenziale, scalandolo per tipologie funzionali. «Quando scrivo – dice, con sottile disquisizione di *gender* – ho in mente due lettori. uno non sa nulla di fisica: cerco di comunicargli il fascino di questa ricerca. L'altra sa tutto: cerco di offrirle prospettive nuove. Per entrambi riduco al succo», e, soprattutto, «non uso il gergo» (ivi, p. 101). Solo a questi patti egli ottiene il risultato eccezionale che abbiamo sotto gli occhi: rifondere cioè il tradizionale pubblico letterario con il più ristretto e specialistico pubblico della scienza. E solo, aggiungeranno in molti, a condizione di offrire le tante argomentazioni-racconti su una adeguata piattaforma editoriale. Adelphi, ovviamente; e in una collana così caratteristica come la "Piccola biblioteca" (che ci ricorda, oltretutto, quanto abbiano contato le universali, già in sede ottocentesca, per il proficuo contatto tra i due pubblici).

Bibliografia

Rovelli Carlo, 2004, *Che cos'è il tempo? Che cos'è lo spazio?*, Di Renzo, Roma.

Id., 2011, *Che cos'è la scienza. La rivoluzione di Anassimandro*, Mondadori Università, Milano.

Id., 2014a, *Sette brevi lezioni di fisica*, Adelphi, Milano.

Id., 2014b, *La realtà non è come ci appare. La struttura elementare delle cose*, Raffaello Cortina, Milano.

Id., 2017, *L'ordine del tempo*, Adelphi, Milano.

Id., 2018, *Ci sono luoghi al mondo dove più che le regole è importante la gentilezza. Articoli per i giornali*, Corriere della Sera, Milano.

Id., 2020, *Helgoland*, Adelphi, Milano.

Id., 2021, *Relatività generale. Una semplice introduzione*, Adelphi, Milano.

Id., 2023, *Buchi bianchi. Dentro l'orizzonte*, Adelphi, Milano.

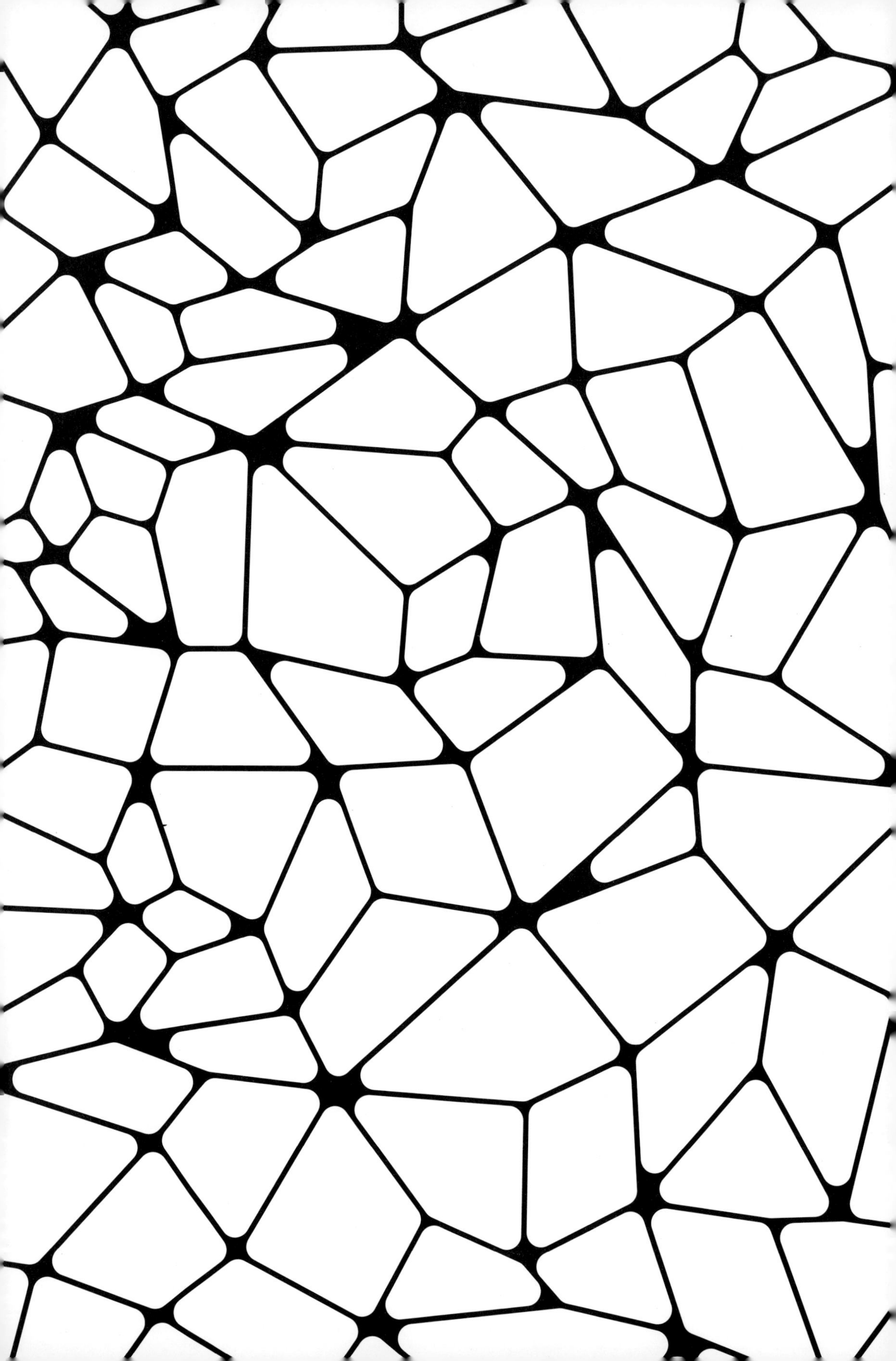

Molti sono i saggi su temi scientifici pubblicati negli ultimi dodici mesi. Ne proponiamo una selezione

La scienza narrata: una ricognizione

Agnese Codignola

David Quammen, *Senza respiro. La corsa della scienza per sconfiggere un virus letale*, Adelphi, 8 novembre 2022

Grazie alla pandemia, in molti oggi conoscono David Quammen. Il suo (bellissimo) *Spillover*, uscito nel 2017, è sembrato profetico, perché prevedeva ciò che sarebbe successo e, forse per la prima volta, accompagnava il lettore in avventurose spedizioni sul campo al seguito di quei pochi ricercatori che cercavano di capire a che punto eravamo, studiando i pipistrelli e altri animali negli habitat più improbabili, o in altri troppo vicini a noi. Quammen, nei lunghi mesi della pandemia, ha applicato lo stesso approccio, entrando virtualmente nei templi della ricerca virologica, seguendo giorno per giorno i vagabondaggi di Sars-CoV2, e concentrandosi sull'interrogativo cui ancora oggi è impossibile dare risposta: da dove è arrivato Sars-CoV2? Da una sfortunata serie di eventi che hanno dato vita a una tempesta perfetta nel mercato di Wuhan, o dalle maldestre mani di un ricercatore che ha lasciato uscire un virus geneticamente modificato che non avrebbe mai dovuto varcare la soglia del laboratorio in cui era stato creato? Gli oltre 90 ricercatori con cui Quammen ne ha parlato non gli hanno fornito una risposta. E del resto, secondo molti esperti, è semplicemente impossibile formularne una. Ma se non ci fossero di mezzo almeno decine di milioni di morti e uno sconvolgimento planetario, si potrebbe dire che questo è il vero valore aggiunto di *Senza respiro*. Perché la scienza non raggiunge quasi mai certezze assolute. Piuttosto, si avvicina per approssimazioni successive. E questo è esattamente ciò che Quammen racconta: il duro lavoro di chi, tra passi falsi e abbagli, cerca di ottenere qualche frammento di verità, non sempre riuscendoci.

Patrick Radden Keefe, *L'impero del dolore*, Mondadori, 13 settembre 2022

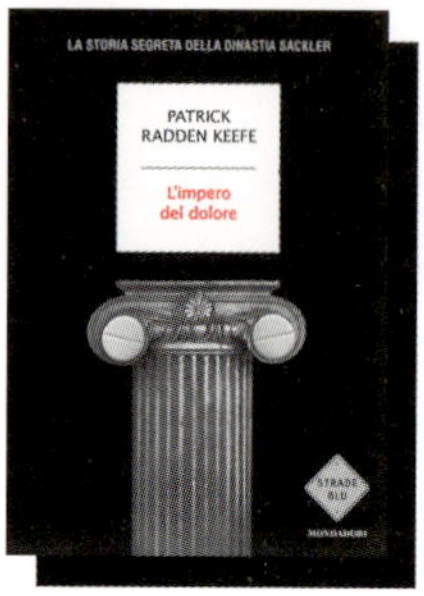

Anche se la crisi degli oppiacei in Europa non ha mai raggiunto gli abissi del Nord America, la storia di quanto accaduto e le dinamiche che hanno portato gli Stati Uniti ad avere oltre 100.000 morti all'anno per overdose da oppiacei sono comuni a numerose altre vicende poco commendevoli che hanno al centro big pharma. Per questo la vicenda della famiglia Sackler va letta (e vista la magnifica scrittura, è un piacere farlo).
Nati come modesti imprenditori farmaceutici, i Sackler iniziano la loro vertiginosa ascesa con il Valium, il capostipite delle benzodiazepine, per poi approdare velocemente all'ossicodone, un morfino-simile introdotto nel 1996, fino a 10 volte più potente della morfina, e assunto per via orale. Queste due caratteristiche, di per sé stesse vincenti, sono subito amplificate dalle pervasive (e colpevolmente distorte) campagne pubblicitarie rivolte prima di tutto ai medici. Parallelamente, i Sackler fanno ogni sforzo per celare le prove sempre più evidenti dell'induzione della dipendenza data da questi farmaci, non enfatizzando mai il nome dell'azienda (Purdue) e sostenendo, con decine di milioni di dollari, musei, università e istituzioni di mezzo mondo. La spregiudicatezza, la corruzione, il cinismo, la sistematica mistificazione della realtà hanno portato i Sackler a guadagnare decine di miliardi di dollari in pochissimi anni, ma anche, in seguito, al fallimento, facilitato anche da faide familiari degne delle migliori sceneggiature di Hollywood. L'azienda è fallita nel 2021, e gli eredi, nei prossimi anni, dovranno pagare 4,5 miliardi di dollari.
Nel frattempo, però, il vaso di Pandora è stato scoperchiato, altre aziende sono entrate nello stesso mercato con molecole ancora più potenti e devastanti come il Fentanyl e i derivati, fino a 10.000 volte più potenti della morfina. E nessuno ha un'idea chiara su come uscirne.

Peter Pringle, *Il genio dei semi. Nikolaj Vavilov, pioniere della biodiversità*, Donzelli, 2 giugno 2023

La scienza è sempre, anche, politica. Ma la vicenda umana e professionale di Nikolaj Vavilov, padre del concetto di biodiversità, pioniere di quello che oggi chiamiamo editing genetico e delle ibridazioni finalizzate a migliorare la resa e la resilienza delle piante, è qualcosa di più. È la cronaca di ciò che succede alla scienza quando il potere politico è una

dittatura retta da un'ideologia. Vavilov aveva un obbiettivo chiaro: sconfiggere la fame nella neonata Unione Sovietica, e nel resto del mondo. Per questo ha percorso cinque continenti in decine di spedizioni finalizzate alla ricerca delle piante più resistenti alle più diverse condizioni, riportando in patria milioni di semi, e dando vita, tra l'altro, a una delle prime banche genetiche del mondo, ancora oggi attiva. La sua indipendenza e il suo cosmopolitismo, tuttavia, non potevano reggere di fronte all'omologazione pretesa da Stalin. Caduto in disgrazia a favore di Trofym Lysenko, convinto sostenitore del lamarkismo e responsabile di progetti agricoli che saranno all'origine della catastrofe staliniana, Vavilov viene prima esiliato e poi imprigionato. Lui, che voleva sfamare il mondo, morirà di fame.
Pringle, anche grazie a documenti inediti quali il dossier della polizia su Vavilov, ripercorre la vita e il lavoro di un gigante del pensiero, sconfitto da ideologie antiscientifiche prive di qualunque fondamento, ma ricche di compiacenza verso il potere. La fine (di quelle teorie) è nota.

Kyle Harper, *Contagi. Le malattie e il corso della storia umana*, Einaudi, 2 maggio 2022

L'esigenza di capire la pandemia ha risvegliato l'interesse storico di molti autori: negli ultimi tre anni, i libri che ripercorrono la storia delle grandi epidemie e pandemie del passato sono decine. Ma quello di Kyle Harper, docente di lettere classiche dell'Università dell'Oklahoma, è probabilmente il testo definitivo, nelle sue oltre 500 pagine e più di 200 tra note e riferimenti. Harper ripercorre infatti tutta la storia dell'umanità attraverso le spaventose infezioni che l'hanno attraversata, plasmandola, con un approccio che, però, non è mai antropocentrico. Piuttosto, parte sempre da un principio fondamentale: i microrganismi evolvono come gli umani, e continueranno a farlo. Ma c'erano prima di noi e ci saranno anche dopo, perché evolvono in misura estremamente più rapida ed efficiente rispetto a noi. Inoltre, il sistema immunitario dell'uomo si è evoluto quando eravamo cacciatori-raccoglitori, vivevamo separati dai nostri simili e combattevano contro parassiti di animali selvatici, non allevati. Per questo non siamo e non saremo mai perfetti nel contrasto ai germi, e siamo destinati a combattere e a dover vigilare in eterno. Peste, malaria, vaiolo, colera, poliomielite, morbillo, tubercolosi e le altre circa mille malattie con cui ancora oggi ci confrontiamo, veicolate in innumerevoli modi, dalle zanzare alle acque reflue, dai pipistrelli ai cani domestici, dalle pulci ai treni affollati, e sulle quali, nei casi migliori, abbiamo ottenuto vittorie temporanee, hanno deciso migrazioni, religioni, leggi, ascese e cadute, segnando immani tragedie e inaspettate rinascite, in una coevoluzione sempre diversa, a seconda delle circostanze, ma che continua ancora oggi, sotto i nostri occhi. Perché, come scrive Harper, che analizza anche il Covid e la situazione attuale di alto rischio, «Il mondo è dei microbi. Noi ci viviamo soltanto».

Philip Lymbery, *Restano solo sessanta raccolti. Come raggiungere un futuro in armonia con la natura*, Nutrimenti, 17 marzo 2022
Di crisi climatica si occupano ormai numerosissimi saggi e testi di vario tipo, uniti dal tentativo di sensibilizzare l'opinione pubblica. Ma quello di Philip Lymbery fa storia a sé, innanzitutto per la biografia dell'autore. In più di 25 anni di impegno costante, il naturalista e fotografo britannico ha dato un contributo cruciale alla nascita della sensibilità verso il benessere animale attraverso l'associazione internazionale Compassion in World Farming, di cui è tuttora direttore esecutivo. Alcune delle leggi europee più avanzate sulle condizioni di allevamento si devono a lui, e al CIWF. Il suo primo libro, *Farmageddon*, ha svelato al mondo che cosa c'era dietro agli hamburger a un dollaro, ed è stato un best seller planetario. Ora, partendo dall'ammonimento delle Nazioni Unite sul numero dei raccolti rimasti (60) prima che la Terra diventi così sterile da non poter più assicurare la sopravvivenza della specie umana, Lymbery torna sul ruolo, devastante, delle attuali filiere rette da quella che chiama “Big Agriculture”, un insieme di pochissime aziende globali che, espandendo senza limiti le pratiche intensive di allevamento e agricoltura, stanno portando il pianeta verso la catastrofe, senza che l'opinione pubblica ne abbia una percezione realistica. Lymbery però crede che si possa ancora evitare la fine del pianeta, e spiega quali sono i modi alternativi per produrre cibo sufficiente per otto miliardi di esseri umani e per mangiare nel modo giusto, mentre la Terra versa in condizioni miserevoli. Siamo ancora in tempo, ma 60 raccolti non sono molti.

Daniele Rielli, *Il fuoco invisibile. Storia umana di un disastro naturale*, Rizzoli, 28 marzo 2023
Come nasce e come si diffonde una teoria del complotto, che spinge le persone a sovvertire la realtà, a credere a ricostruzioni che sfidano qualunque logica, a ignorare i fatti, e

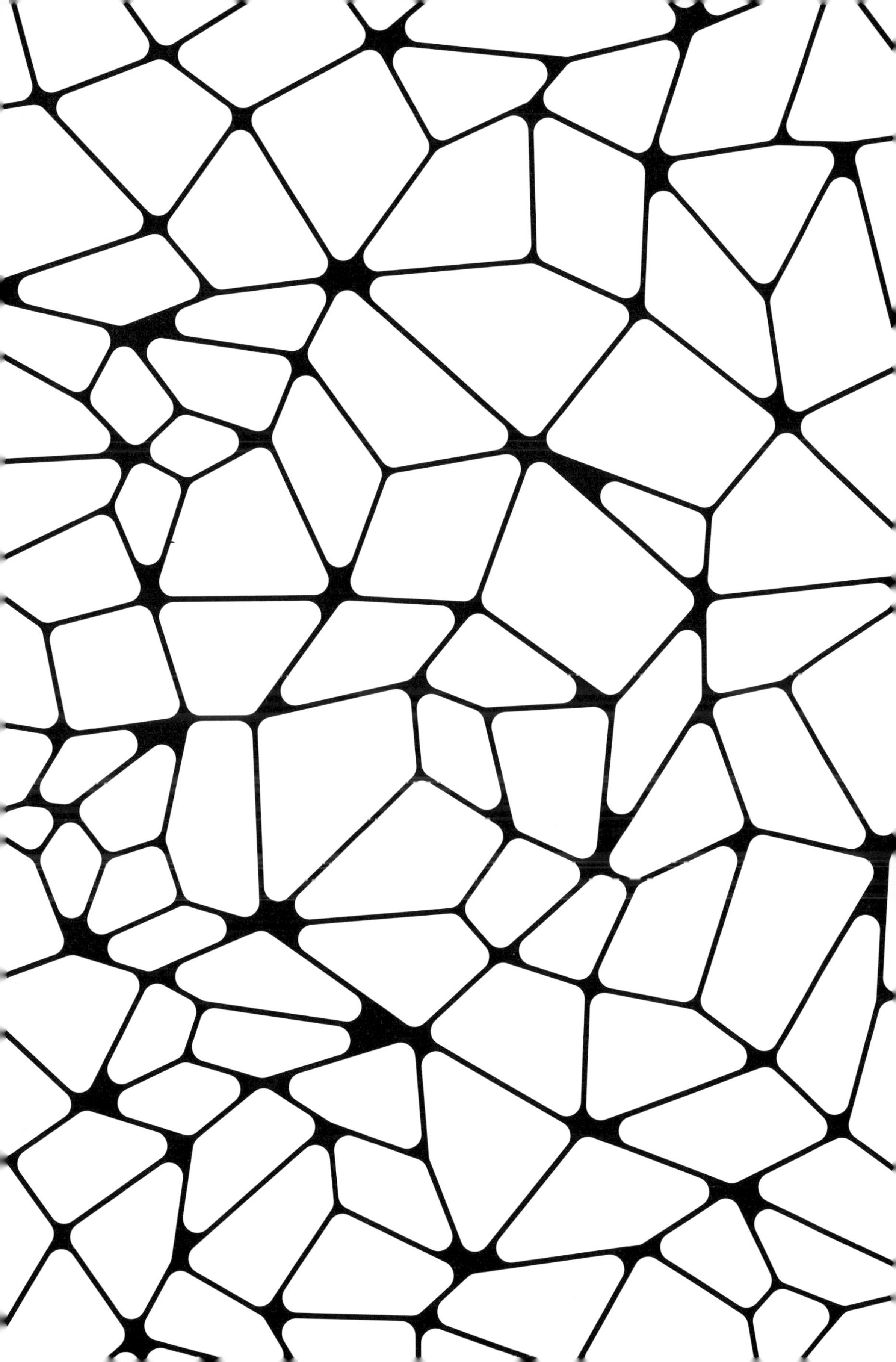

che esita in un disastro che stravolge e modifica per sempre, in questo caso, un'intera regione, la Puglia? Per capirlo, Daniele Rielli, scrittore salentino per parte di padre, e che alla crisi della Xylella deve la morte degli ulivi di famiglia, ha dedicato gli ultimi due-tre anni a parlare con decine di persone, dai più irriducibili negazionisti ai giornalisti, dai magistrati ai frantoiani, fino ai ricercatori che, per aver scoperto e dimostrato che cosa stava succedendo, e cioè che si stava diffondendo un batterio mai segnalato in Europa, la *Xylella fastidiosa* appunto, contro la quale non esisteva alcun tipo di rimedio, sono stati denunciati e hanno rischiato condanne penali. Il risultato è un racconto tragico ed empatico, che ricostruisce i fatti inserendoli in un contesto profondamente italiano. E che non esita a demolire i luoghi comuni sugli ulivi del Salento, alberi messi a dimora solo dal Settecento, e dedicati alla produzione di olio lampante fino al Novecento, con pratiche che rasentavano la schiavitù e distrutti dal batterio anche per le condizioni di incuria in cui giacevano, in gran parte abbandonati.
Il risultato è tutto in un numero: 21 milioni di ulivi morti (per ora).

Monica Gagliano, *Così parlò la pianta*, nottetempo, 30 settembre 2022

Chi non ha idea di che cosa sia una *fitobiografia*, né conosce *persone-piante* che scrivono storie insieme a persone-umane, o si è mai imbattuto nella scrittura *piantifica* non può perdere il libro di Monica Gagliano, direttrice del Biological Intelligence Lab dell'Università di Lismore, in Australia, e voce assolutamente unica (eretica, per sua stessa definizione) tra chi – e il numero è in aumento, dopo uno studio pioneristico del 2006 – ha capito che le piante sono dotate di un'intelligenza, e cerca di decrittarne i segreti. Perché Gagliano, che da anni consegna contributi scientifici fondamentali, qui chiede al lettore di seguirla nell'esplorazione di una foresta mentale, ancora prima che reale, sconosciuta ai più, ma capace di modificare il modo con cui si guarda il mondo, con un'apertura assoluta e definitiva alla natura. Tra autobiografia e progressi scientifici, senza trascurare un vivido racconto dell'ottusità di certa parte dell'accademia, l'autrice invita a incontrare le piante in quanto persone, come a lei è stato insegnato dai numerosi sciamani alle più diverse latitudini ma, soprattutto, a mettersi in ascolto, lasciando che sia l'intelligenza emotiva a captare i segnali che le piante costantemente ci inviano.

Carlo Rovelli, *Buchi bianchi. Dentro l'orizzonte*, Adelphi, 3 marzo 2023

Scrivere un libro su qualcosa che nessuno ha mai visto, e che forse non esiste, perché della sua esistenza, finora, ci sono solo indizi, e neppure tutti univoci, è un'impresa a dir poco ardua. Ma Carlo Rovelli non si è lasciato intimorire, non solo perché da sempre studia queste misteriose entità, ma perché la storia di quello che ha capito negli ultimi decenni sui buchi bianchi, fratelli cadetti (?) dei buchi neri, è un'epitome del pensiero e della ricerca scientifici, un percorso lastricato di errori, contraddizioni, testardaggini, gelosie, umori, intuizioni, illuminazioni, in un divenire che non conosce sosta. Ed è questo che a lui interessa raccontare.

Del resto, anche dei buchi neri si è a lungo dubitato, ma ora li possiamo ammirare in foto. Nel loro cuore oscuro tutto viene risucchiato. Ma che cosa succede dopo, visto che la materia non si annulla? Si giunge nei buchi bianchi? E che cosa sono, e come funzionano, se esistono? Ancora: in che modo le ipotesi cozzano, oppure soddisfano e accordano la relatività generale e la fisica quantistica? E infine, in tutto questo, cosa c'entra il momento in cui Dante incontra Beatrice nella *Commedia*? Chi conosce Rovelli lo sa: nei suoi libri, in fondo, non è importante capire gli aspetti scientifici. Il modo migliore di leggerli è lasciarsi prendere per mano, e percorrere la selva. Fin *dentro l'orizzonte.*

L'eccitazione e la macchina. IA, algoritmi e storie

Francesco Guglieri

Qual è l'estetica del presente? Ogni epoca possiede degli elementi distintivi, dettagli che ci permettono di datare una scena al primo istante, di collocare un'immagine in un secolo, un decennio, un periodo della storia. Dai capitelli dorici ai pantaloni a zampa d'elefante, dalla prospettiva rinascimentale agli sfondi dorati bizantini. Ecco, se dovessi scegliere un singolo elemento, una sola "atmosfera" che renda riconoscibile questi anni indicherei la tipica estetica delle immagini generate dall'intelligenza artificiale.

Da qualche tempo sono state rese utilizzabili anche dal grande pubblico di internet intelligenze artificiali – o meglio, reti neurali – capaci di produrre un output visivo (un'immagine) a partire da un input testuale (una descrizione fornita dall'utente). Ora, che il prodotto di tali elaborazioni sia definibile come "arte" è argomento troppo vasto per queste righe (nel caso foste interessati vi rimando alla discussione svoltasi in diversi luoghi della rete tra l'artista Lorenzo Ceccotti e il filosofo Francesco D'Isa), e poi non mi interessa ora: l'estetica di un'epoca non è per forza definita da qualcosa di "artistico".

Quello che mi colpisce è che in tutti i risultati ottenuti con questa tecnica (almeno per ora, in futuro chissà) c'è sempre "qualcosa che non torna". Un particolare strano, un elemento sfuocato, strisciato, incongruo, un occhio troppo lontano dall'altro, una mano con le dita troppo lunghe, un dettaglio non euclideo, cose così. Anche dietro all'immagine più tranquillizzante e pacifica, si insinua così sempre un elemento perturbante, misterioso, *weird*, strano, direbbero gli inglesi.

È la sensazione dell'essere guardati con gli occhi della macchina. Di essere osservati *dalla macchina*.

Ci pensavo sfogliando un'opera indubbiamente *weird* e perturbante, ma anche affascinante, torbidamente seducente.

Fastwalkers di Ian Manouach (D editore) è un fumetto scritto e disegnato da algoritmi GAN e GPT-3, reti neurali addestrate per l'occasione con immagini tratte da anime e da hentai. Cosa vuol dire? Vuol dire che Ian Manouach (artista che già ha lavorato al confine tra fumetto e arte contemporanea: *onepiece* è la raccolta in un monoblocco fisicamente illeggibile delle 25.000 pagine del manga di Eiichiro Oda; oppure la traduzione in lingua congolese di *Tintin in Congo*, famigerato episodio criticato per il suo razzismo del famoso fumetto franco-belga) e il suo staff hanno dato in pasto alla macchina migliaia di tavole e frame di manga, *anime* (cartoni animati giapponesi) e *hentai* (fumetti erotici giapponesi), e partendo da lì hanno fatto in modo che generasse delle immagini originali, che dessero vita a una storia. Ne è uscito questo strano libro di artista, un hentai futuristico, cyberpunk, morboso, cronenberghiano, che si muove in un territorio tra l'erotismo e l'inquietudine, l'eccitazione e la macchina.
Non so se le immagini generate dalle IA siano arte. Di certo però sono un sintomo: nel loro essere immagini senza oggetto (non rappresentano, nonostante tutti i loro sforzi, la realtà ma, con tutte le loro imperfezioni e smagliature, qualcosa che alla realtà allude ma che con essa non coincide) sono il sintomo del nostro desiderio di avere una rappresentazione del presente, qualcosa che gli dia ordine e senso. E la nostra costante impossibilità di raggiungerlo, questo senso, questa rappresentazione. Se, per definizione, il contemporaneo è ciò verso cui siamo ciechi (si veda *Che cos'è il contemporaneo* di Giorgio Agamben, nottetempo), perché siamo dentro al suo cono d'ombra, il contemporaneo di questo XXI secolo e di questi ultimi anni è ancora più opaco e imprendibile.
Mattia Salvia in un breve ma sagace libro dal titolo *Interregno. Iconografie del XXI secolo* (Not) ricorda un episodio di qualche anno fa. Quando nel 2019 ci fu l'"estate nera", o meglio rossa, dei grandi incendi che sconvolsero l'Australia, la California e altre regioni, i nostri feed e timeline erano invasi da immagini dei disastri particolarmente inquietanti: tutte virate al rosso, sembravano uscite da *Blade Runner 2049*, i colori infernali nonostante non ci fosse nessuna postproduzione. Si capì presto che quell'effetto era causato dagli obiettivi degli smartphone e delle macchine fotografiche che non erano progettati per "aspettarsi" dei cieli come quelli anneriti dagli incendi, o una luce come quella filtrata dalle fiamme e dalle nubi. Insomma, le nostre macchine non erano preparate per vedere l'apocalisse.

Il libro di Salvia è interessante e vale la pena di leggerlo per due motivi principali. Il primo è che parte da una consapevolezza che abbiamo avuto tutti almeno qualche volta in questi anni: non si capisce più un cazzo. *È tutto troppo.* Le crisi si succedono sempre più velocemente, siamo immersi in una centrifuga ansiogena insostenibile in cui tragedia e farsa, ironia e dramma si susseguono senza soluzione di continuità, anzi in contemporanea, in cui le crisi sono sistemiche e interconnesse, lontane e vicine, quasi intime, entrandoci nei cervelli in ogni istante attraverso i social media. Non solo ciò che un tempo sembrava indicibile oggi è diventato dicibile (con il potere stesso, pensiamo a Trump o ai fascio-sovranisti nostrani, che si incarica di questa funzione "profanante"), ma anche ciò che sembra irreale (e quindi impossibile) è reale: da Capitol Hill presa d'assalto dagli sciamani a città in quarantena come nei film di fantascienza. E quindi eccoci tornati a un problema di rappresentazione. E se l'unico modo per averne un'immagine, per quanto frammentata, assurda, contraddittoria fosse guardare i meme?
Questo è il secondo aspetto interessante del libro di Salvia. Come un piccolo Warburg dell'assurdo contemporaneo, Salvia parte da un archivio di meme e immagini diventate "iconiche" (raccolte in questi anni nel suo progetto online *Iconografie*), frammenti di viralità che abbiamo visto tutti – più o meno consapevolmente – in questi anni: dal covfefe di Trump al ranocchio Pepe simbolo dell'Alt-Right e poi utilizzato anche dai talebani per trollare (?) l'Occidente, dallo "Stonk man" che glossa le bolle cripto-finanziarie al cagnotto che dice «Va tutto bene» mentre intorno la stanza è in fiamme. Sono schegge di "spirito del tempo": da sole incomprensibili, mute, ma che insieme possono restituire appunto un'immagine.
E l'immagine risultante è quella della "fine della fine della Storia". Lungi dall'essere approdati nella "timeline sbagliata" (come recita un altro meme, che scherza con l'ipotesi che siamo scivolati in un universo parallelo in cui tutto va a rotoli), forse quello che era, per così dire, sbagliato, o comunque un abbaglio, era il periodo di relativa pace degli anni Ottanta e soprattutto Novanta: «la pax americana nata con la fine della Guerra Fredda ha prodotto i suoi seppellitori, e lo stesso processo che tanto a lungo ha arricchito l'Occidente – globalizzazione, delocalizzazione selvaggia della produzione e finanziarizzazione dell'economia – si è oggi rovesciato nel suo opposto». Siamo al «ritorno stabile del caos sistemico»,

come scriveva l'economista Giovanni Arrighi nel 2009. O, detto altrimenti, in quel periodo che Gramsci definiva di interregno: un tempo abitato dai mostri, sospeso tra un passato che non vuole ancora morire e un futuro che non può ancora nascere.
Alex Hochuli, George Hoare, Philip Cunliffe ne scrivono più diffusamente proprio in *La fine della fine della Storia* (Tlon editore): quella che Fukuyama aveva definito "fine della Storia" era un'età postpolitica, in cui i conflitti erano silenziati, la politica era mera gestione di tecnicalità, e più o meno vaste fasce di ceto medio occidentale avevano trovato una sistemazione confortevole all'ombra dell'ordine liberale. Nel momento in cui la coperta dello "shadow welfare" goduto grazie al basso costo della manodopera globale viene meno, sempre più ampie porzioni di popolazione vengono esposte a diseguaglianze violente e alla paura del declassamento e dell'impoverimento. Producendo una rabbia che viene facilmente incanalata prima dai populismi poi, almeno in Italia, da quello che lo studioso Gilles Gressani ha definito "tecnosovranismo". Ma in questo ancora una volta l'Italia è un laboratorio, un crogiolo in cui viene forgiato il futuro. Sorpresa: la fine della fine della storia coincide con l'italianizzazione della politica su scala globale.

F. Guglieri, *Alla fine della fine della storia c'è un porno generato da un computer*, "Domani", 28 novembre 2022

crono

logia

ottobre 2022

06 | 10

Annie Ernaux vince il **Premio Nobel** per la Letteratura 2022.

03 | 10

Cento anni fa nasceva **Raffaele La Capria**, Premio Strega con *Ferito a morte* nel 1961. Lo scrittore, tra le voci più significative della letteratura italiana del Novecento, si è spento a Roma a giugno del 2022.

L'Orma di Ernaux

Paolo Di Paolo — Una cabala scintillante: arrivi al decennale di attività, decidi di festeggiarlo fissando per tempo sul calendario una data, il primo venerdì di ottobre. Tutto è pronto per stappare uno spumante con gli amici. Il pomeriggio prima arriva però una grande notizia: se non impensabile, di sicuro inattesa. O quasi. Annie Ernaux vince il Premio Nobel per la Letteratura. La festa del primo venerdì di ottobre per i dieci anni dell'editore L'Orma diventa la festa dell'editore che ha fatto riscoprire in Italia la grande scrittrice francese. Puntando su di lei a partire dal 2014 – casa editrice appena fondata – e traducendo vecchi titoli come *Il posto*, facendo conoscere i più recenti come *Gli anni*. «Pochi minuti dopo l'annuncio – racconta Lorenzo Flabbi, fondatore dell'Orma con Marco Federici Solari e traduttore di Ernaux – i telefoni hanno cominciato a squillare senza sosta. Non riuscivamo ancora a mettere a fuoco l'accaduto e dovevamo stare dietro a decine di richieste di interviste». Al primo annuncio (in svedese) dell'Accademia, non hanno esultato: «Per un attimo abbiamo pensato che, per essere certi, bisognasse richiedere il Var, come in una partita di calcio, rivedere l'azione». Ma a differenza di Gurnah o Tokarczuk, i cui nomi hanno messo in difficoltà i giornalisti di mezzo mondo, il nome di Ernaux è risuonato indubitabile e trasparente. Nelle liste dei bookmaker circolava già da un po', e Flabbi confessa di averci sperato soprattutto l'anno scorso. Quest'anno era partito senza illusioni; e per distrarsi si è dedicato a un'impresa di "bricolage editoriale": la realizzazione di elegantissimi espositori in legno per la fortunata collana dei "Pacchetti" – libri formato postale, da affrancare e imbucare – sbarcata anche in Francia ("Les Plis") con notevole fortuna. All'Orma si lavora in squadra, senza ruoli o gerarchie troppo rigide: gli editori possono improvvisarsi falegnami e occuparsi del progetto grafico, lavorano alle traduzioni; i redattori sono allenati alla duttilità.

La scommessa di Flabbi e Federici Solari ha coinciso con un desiderio di cambiare vita. Un francesista e un germanista con esperienza di libraio decidono di fondare un marchio a partire dalle loro passioni letterarie. «Siamo partiti – raccontano – da una sorta di lista della spesa: un elenco di nomi di autori a noi cari, di aree linguistiche di nostro interesse. Scrittrici e scrittori tradotti poco, o dimenticati dall'editoria italiana. Uno dei primi è stato Hoffmann. Ben presto, insieme al recupero di Julien Gracq, è arrivata Ernaux. Ci sembrava quasi

impossibile che fosse fuori catalogo e che un romanzo come *Il posto*, quello da cui siamo partiti nel riproporla, non fosse mai stato pubblicato in Italia». Nella scrittura di Ernaux, nel suo lavoro spietato di scavo in sé stessa, nel cuore etico-politico della sua narrazione autobiografica, Flabbi ha colto una perfetta coincidenza «con la nostra idea di letteratura, con ciò che pensiamo debba essere la dialettica tra visione e azione in uno scrittore». All'indomani del premio, c'è stato con Ernaux uno scambio di vocali WhatsApp commossi. «E molti cuoricini». Parlano della scrittrice francese come di un'amica («È raro che sia tanto stretto e affettuoso il rapporto fra un autore e un suo editore straniero»): capace di ascolto, cordiale («il passaggio da Madame Ernaux a Annie è stato fulmineo»), generosa e timida. «Prima di un incontro pubblico è presa dall'ansia di non essere adeguata: cosa devo dire? E alla fine: sono andata bene?». Questo non le toglie un'aura naturale di carisma, da «profeta affabile». Scherzando, ma nemmeno troppo, i due editori dicono che questo Nobel cambierà più la loro vita che quella di Ernaux: d'altra parte, il prenotato del nuovo romanzo in uscita a novembre, *Il ragazzo*, si aggira intorno alle trentamila copie e circa centomila sono le copie degli altri titoli in catalogo che rientrano nelle librerie. Faccio l'avvocato del diavolo e chiedo come reagirebbero alla proposta di acquisizione di Ernaux da parte di un grande editore (così fu per Herta Müller, passata dopo il Nobel da Keller a Feltrinelli). Silenzio. Risata liberatoria. «Mai, per nessuna ragione al mondo! Sarebbe come sottrarre a noi stessi ciò in cui abbiamo sempre creduto. Anche e soprattutto quando non ci credevano gli altri».

P. Di Paolo, *Annie d'Italie, un Nobel di casa a Roma*, "la Repubblica", 23 ottobre 2022

In sala *Il colibrì* di **Francesca Archibugi**, dal romanzo di **Sandro Veronesi** (Premio Strega 2020), tradotto in 25 lingue: la storia di Marco Carrera (interpretato da Pierfrancesco Favino), dagli anni Settanta fino a un futuro prossimo. Il libro, parallelamente, torna in classifica per qualche settimana.

14|10

Alessandro Cattelan lancia ***accēnto***, la sua casa editrice. L'intento è quello di porre l'attenzione – mettere l'accento, appunto – su giovani talenti (in Italia e nel mondo), ma anche ridare spazio a titoli meno recenti della letteratura mondiale ingiustamente scomparsi o mai arrivati ai lettori. Il direttore editoriale è Matteo B. Bianchi.

17|10

Al cinema *La stranezza* di **Roberto Andò**. La commedia incontrerà il favore del pubblico e verrà premiata da 4 David di Donatello: «Né Andò né Moretti si arrendono alla rigida struttura narrativa che governa l'intera galassia della serialità, contagiando anche il cinema», T. Marchesi, "Domani".

27|10

A marzo, **Paolo Nori** aveva commentato così la decisione della Bicocca di annullare il suo corso su Dostoevskij: «Che un'università italiana proibisca un corso su un autore come D. è una cosa che io non posso credere».

14|10

Esce *Tutto chiede Salvezza*, serie Netflix, regia di Francesco Bruni, tratta dall'omonimo romanzo di **Daniele Mencarelli**, Premio Strega Giovani nel 2020. Il libro torna in classifica per qualche settimana.

22|10

Aleksandr Kabanov, *La lingua russa non è colpevole*: «Questi versi li ho scritti decenni prima della guerra russo-ucraina, altri sono molto recenti. Parlano tutti della guerra, dell'amore e del mondo che verrà, un mondo in cui finalmente le persone capiranno una volta per tutte che una lingua, a qualsiasi cultura o nazione appartenga, non è mai colpevole. La colpa è sempre delle persone, dei parlanti di quella lingua. E quelle persone hanno dei nomi e dei cognomi ben precisi».

M. Gli ultimi giorni dell'Europa di **Antonio Scurati**. Il terzo capitolo del ciclo romanzesco di Scurati, incentrato sulla figura di Benito Mussolini, uscito a settembre, continua a farla da padrone in libreria (insieme a *Mussolini il capobanda*, di Aldo Cazzullo).

novembre 2022

13|11

«Diventare grandi per questa generazione non è stato un passaggio, tantomeno una meta. Bensì una realtà fin dall'inizio, una condizione a cui adattarsi»: *Data di nascita*, a cura di **Teresa Ciabatti** inaugura la **collana "I pavoni"** (Solferino) da lei stessa diretta.

18|11

100 anni dalla morte di Marcel Proust. «Nell'infanzia abbiamo un rapporto con il tempo che ci dimentichiamo, poi, da adulti: l'infinità delle sere in cui aspettiamo che qualcuno salga a darci un bacio e non arriva nessuno, e noi dal letto in cui dovremmo dormire sentiamo le voci e le risate, il tintinnio dei bicchieri della cena dei grandi, giù, in giardino. Da adulti dimentichiamo quell'intensità – a meno di non essere Proust», I. Gaspari sulla prima puntata del suo podcast *Chez Proust*, dedicato all'autore.

08|11

Gian Marco Griffi vince il Premio Mastercard con *Ferrovie del Messico* (Laurana editore). Caso editoriale e libro di punta della casa editrice, approdato anche al Premio Strega. Più volte premiato dalle *Pagelle* di D'Orrico: «Voto 110 e lode», il giudizio del critico.

15|11

100 anni di Giorgio Manganelli. Diverse iniziative omaggiano lo scrittore, tra queste: il numero della rivista "Riga" a lui dedicato che riprende e amplia l'analoga monografia del 2006 (Quodlibet), *Filologia fantastica. Ipotizzare, Manganelli* (Argolibri), nel quale Andrea Cortellessa riunisce una parte dei suoi studi sull'autore. Da fine settembre del 2023 fino al 7 gennaio 2024, al Museo di Roma in Trastevere anche la mostra evento: *Illustrazioni di libri inesistenti.*

20|11

50 anni dalla morte di Ennio Flaiano. Giornalista, scrittore, sceneggiatore, autore di *Tempo di uccidere*, romanzo Premio Strega nel 1947. «Il vincitore riluttante. Mai fidarsi delle foto, sono ingannevoli, nient'altro che aforismi. I fotografi rincorrono il più grande maestro della fuga, il tempo, prendendogli quello che possono, in ogni dettaglio, fino a scorgervi un racconto, una logica, una ragione che non sia soltanto quella del caso», T. Pincio, *Diario di un'estate marziana*, Giulio Perrone editore, 2022.

dicembre 2022

Novanta anni di Guanda. Federica Manzon viene nominata direttore editoriale, a dicembre.

10|12

SNAPORAZ

Nasce la rivista on line “**Snaporaz**”, di Pier Francesco Ferrero e Filippo D’Angelo, condirettore editoriale Gianluigi Simonetti.

14|12

100 anni dalla nascita di Luciano Bianciardi, lo scrittore della *Vita agra*. Insegnante, bibliotecario, giornalista, traduttore, commentatore sportivo, promosse un furgone-biblioteca itinerante chiamato *Bibliobus* per alfabetizzare i lavoratori della provincia e scrisse con Cassola un’inchiesta sui minatori della Maremma. Nel 1957 pubblicò l’ironico libello *Il lavoro culturale*, seguito da *L’integrazione* (1960).

21|12

Muore **Alberto Asor Rosa**. «“E se scrivessi il mio coccodrillo per *Repubblica*? Potrei inaugurare un filone inedito...”. Gli piaceva scherzare e provocare, quando ancora stava bene. Si poteva aspettare da Alberto Asor Rosa qualunque invenzione, inesauribile sperimentatore di un’ampia varietà di scritture, tra critica letteraria, critica filosofico-politica e creazione narrativa», S. Fiori, “la Repubblica”.

Fabbricante di lacrime di **Erin Doom** è il libro più venduto del 2022. A maggio la scrittrice svelerà la sua identità nel programma *Che tempo che fa*, condotto da Fabio Fazio.

gennaio 2023

01|01

140 anni dalla pubblicazione di *Le avventure di Pinocchio*. Storia amatissima dai bambini di tutto il mondo e grande classico scritto da Carlo Collodi (pseudonimo del giornalista Carlo Lorenzini), pubblicato la prima volta in episodi sul "Giornale dei bambini" tra il 1881 e il 1882, esce come libro (Paggi) nel 1883.

10|01

Esce ***Spare. Il minore*** (Mondadori), il memoir del **principe Harry**, duca di Sussex, pubblicato in contemporanea mondiale.

21|01

Muore **Pino Roveredo**, "lo scrittore degli ultimi", Premio Campiello nel 2005 con *Mandami a dire* (Bompiani).

24|01

Nasce "**Calibano**", la rivista di effequ e del Teatro dell'Opera di Roma.

29|01

La prima intervista a **Hanif Kureishi**, in esclusiva mondiale, dopo l'**incidente a Roma che lo ha reso temporaneamente tetraplegico**. «Mi piacerebbe poter camminare, andare a spasso il pomeriggio come facevo con la mia compagna e con il mio cane Cairo. Certo, non poter camminare genera una grande frustrazione. D'altro canto, queste difficoltà mi hanno regalato una nuova creatività e la vita in ospedale mi fornisce continuamente spunti e argomenti per il mio blog», dall'intervista a C. Picozza, "la Repubblica".

febbraio 2023

01|02

Nasce "**Lucy sulla Cultura**", rivista multimediale diretta da Nicola Lagioia.

Lucy

13|02

30 anni della casa editrice Il Castoro, marchio di riferimento nell'editoria per bambini e ragazzi, editore italiano della serie-bestseller *Diario di una Schiappa* di Jeff Kinney.

15|02

Compie 80 anni lo scrittore **Domenico Starnone**, il suo ultimo libro è *L'umanità è un tirocinio* (Einaudi). «All'improvviso senti che il futuro non ti preoccupa più».

18|02

Esce *La città della vittoria* (Mondadori), **Salman Rushdie**.

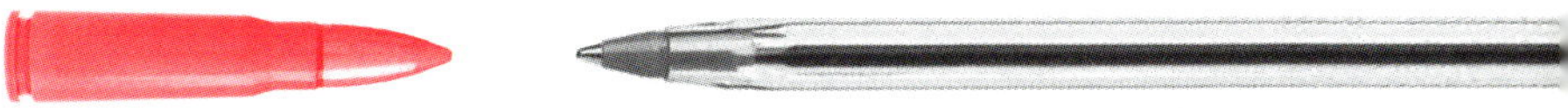

Le nostre armi sono le parole

Roberto Saviano — RS *Quello che succede agli scrittori, ad alcuni scrittori, è di diventare dei simboli. Salman Rushdie è riuscito in molti casi a sottrarsi a questo ruolo, permettendo alla sua letteratura di continuare a frequentare la creatività, il mito, la fantasia, l'epica. Nonostante ciò, un pezzo di mondo ha continuato a vederlo come un simbolo. In qualche misura anche io mi sono trovato negli anni a essere percepito come tale. Sono stato portato a processo dalla premier italiana, dal ministro delle Infrastrutture e dal ministro della Cultura. La mia domanda è: perché gli scrittori diventano simboli e spesso, addirittura, capri espiatori?*

SR «Per prima cosa, Roberto, mi congratulo con te per i tuoi nemici. È importante per ciascuno avere i nemici giusti. Quello che dici è vero, gli scrittori spesso servono come simboli. Ero preoccupato che Amos Oz, ad esempio, diventasse una sorta di scrittore nazionale per Israele. È molto difficile portare questo peso perché da scrittore, quello che vuoi è sederti nella tua stanza ed essere te stesso. Ci sono scrittori che hanno parlato assai bene di questa divisione tra il sé pubblico e il sé privato. In *Borges e io* c'è il gigante pubblico che è Borges e poi c'è lui, seduto a casa, a malapena in grado di vedere mentre cerca di pensare a cosa fare. Ero amico del grande romanziere tedesco Günter Grass che una volta mi disse: "Ho la sensazione che ci siano due persone, il Günter che sta a casa, la persona che i miei amici e la mia famiglia conoscono, che è l'autore dei miei libri. E poi c'è il Grass che fa guai in giro per il mondo". Ovviamente, qualcosa del genere è accaduto anche a me, a causa della natura insolita dell'attacco che ho subito. È raro che un processo storico mondiale trovi poi sfogo su un solo essere umano. Normalmente, gli eventi storici mondiali sono grandi e coinvolgono molte persone, invece nel mio caso è come se mi fossi trovato con una montagna capovolta sulla mia testa, e questo ha fatto di me un simbolo. Si è aggiunto poi il recente attentato che ha in qualche modo rinnovato quell'idea di me. Ho fatto un grande sforzo per non essere considerato un simbolo. Ho provato solo a essere vero, a essere una persona piuttosto che un'idea, perché le idee non scrivono buoni libri. Le persone scrivono buoni libri. Ma nonostante tutti i miei sforzi, vivo comunque questa divisione tra una parte di me che sa che la battaglia c'è e non è finita, e l'altra che sta in una stanza e cerca di fare sogni interessanti. Devo trovare il modo per essere entrambe le persone. Preferirei essere la persona seduta nella stanza a fare sogni, ma il mondo ha altri progetti per me e, in una certa misura, devo rispettarlo».

RS *Ma perché sempre gli scrittori?*
SR «Perché sono voci individuali che parlano, voci che nessuno può arrivare a possedere e controllare. Non un movimento politico, non un gruppo ideologico o una corporazione. Voci individuali che rispondono solo a sé stesse. Ecco una definizione di libertà: dici quello che hai da dire, non perché qualcuno ti stia facendo pressione per farlo, ma perché è quello che pensi sia giusto. Nel corso della storia, i governi autoritari hanno avuto tanta paura di quelle voci perché non possono arrivare ad appropriarsene. Noi scrittori non abbiamo eserciti, non abbiamo armi, tranne le parole. Eppure quelle parole sembrano molto pericolose per chi le vuole controllare. Uno degli aspetti più importanti del potere è che vuole definire la narrazione delle nostre vite; gli scrittori rifiutano quel controllo e offrono la loro narrazione: questo ci rende pericolosi».

R. Saviano, *Le nostre armi sono le parole. Perciò i potenti temono i libri*, "la Lettura", 23 aprile 2023

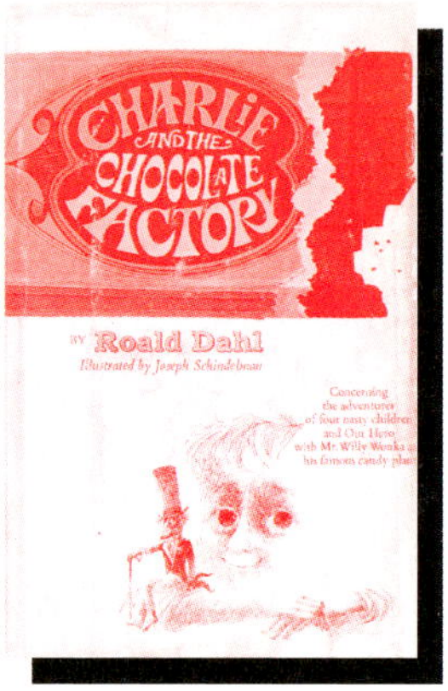

Censura e **Roald Dahl**: l'editore Puffin Books, d'accordo con gli eredi dello scrittore, ha deciso di riscrivere le sue opere, togliendo i riferimenti potenzialmente offensivi su genere, razza e peso. La notizia ha fatto indignare anche Salman Rushdie. In Italia, Pierdomenico Baccalario lancia una petizione: «I libri sono opere d'arte e vanno mantenuti nella versione originale».

20|02

20|02

Compie 80 anni **Franco Cordelli**. «Negli ultimi due anni, mi entusiasmo se rileggo *Il giardino dei Finzi-Contini* o *Il dottor Zivago*. Mi piace – lo dico con una parola terribile – la semplicità della loro prosa, che è tutt'altro che semplicità naturalmente, è una misura. Sono scrittori che non hanno mai bisogno di stupire», P. Di Stefano, "Corriere della Sera"

Omero e il Costanzo Show

Luca Doninelli —— Fu per scommessa che scrissi il romanzo *Talk Show*. Andò così. Durante una telefonata con Aurelio Picca dissi che, a mio parere, un vero narratore, un narratore per così dire di razza, dovrebbe saper avvincere il lettore anche mentre racconta qualcosa di assai poco avvincente: «Per esempio?», domandò Aurelio. E qui mi scappò detto: «Anche raccontando una puntata del "Costanzo show"». Fu una boutade, alla quale però mi affezionai immediatamente. Cosa succederebbe, mi chiesi, se raccontassi una puntata del "Costanzo show" al modo in cui Omero racconta una battaglia nell'*Iliade*? Se lo trattassi come un fatto epico? L'idea mi piacque talmente che dopo tre giorni avevo già scritto *Talk Show*, tuttora uno dei miei libri che amo di più. Il racconto comprende una puntata immaginaria dello show, con ospiti immaginari (anche se molti credettero di riconoscervi questo o quello), mai nominati, inserzioni pubblicitarie (i famosi "consigli per gli acquisti") e il trailer di qualche film – il che non è vero, perché il "Costanzo show" non ne conteneva. Dal libro Costanzo non uscì male, anzi. Lo stesso Costanzo mi elesse come il migliore tra i suoi antipatizzanti, anche se non ho mai provato nessuna antipatia per lui. So che si arrabbiò un po'. Qualcuno mi chiese se mi sarebbe piaciuto essere suo

Muore il giornalista Maurizio Costanzo.

24|02

ospite, ma sapevo che sarebbe stata una trappola e declinai.
Fu piuttosto la tv come tale a uscire male dal libro. Scegliendo di raccontarla prescindendo dal mezzo tv, semplicemente come una successione di eventi nel corso del tempo, senza nemmeno essermelo proposto misi in evidenza il suo vuoto pneumatico. Guardare due ore di tv è come passare due ore in apnea: due ore che altri gestiscono in nostra vece, e ai quali cediamo una quota della nostra libertà. So bene che la tv non è solo questo, ci mancherebbe. Però è anche questo, ed è buona norma non dimenticarlo.

Esce ***Lezioni*** (Einaudi) di **Ian McEwan**. «C'è molto di me in Roland. È la persona che sarei stata se non avessi fatto lo scrittore. Non volevo fare un lavoro. Ho sempre desiderato farmi trascinare dalla corrente, facendo una cosa o l'altra ai margini», A. Manguel, *Robinson* di "la Repubblica".

28|02

26|02

Muore **Curzio Maltese**. Giornalista, scrittore, politico e autore televisivo italiano. Storica firma della "Repubblica", era passato a "Domani". Come autore televisivo ha collaborato con Corrado Guzzanti nella realizzazione del programma "Il caso Scafroglia". Ha inoltre collaborato con altri autori, come Maurizio Crozza ed Enrico Bertolino. Ha ideato e scritto due documentari, rispettivamente su Renzo Piano e Paolo Conte, per Canal+ Italia. Il suo ultimo libro è *Azzurro. Stralci di vita* (Feltrinelli, 2023).

marzo 2023

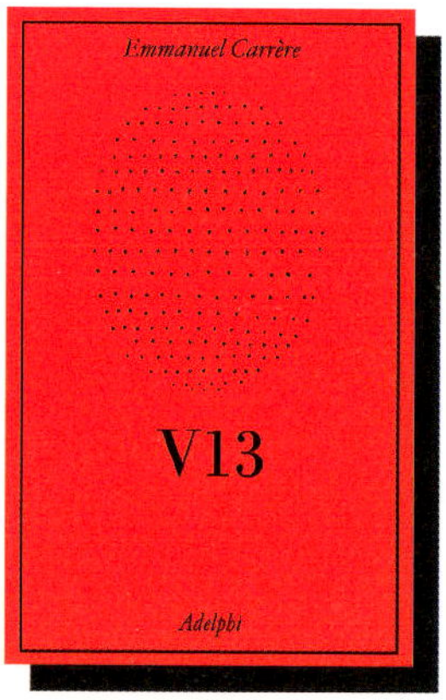

14|03

Esce, in Italia, *V13* di **Emmanuel Carrère**.

28|03

Esce, in Italia, *Capolinea Malaussène* di **Daniel Pennac**.

12|03

160 anni dalla nascita di **Gabriele D'Annunzio**.

27|03

Muore il giornalista **Gianni Minà**. «Mi hanno sempre attratto persone capaci di andare controcorrente, anche a costo dell'isolamento, della solitudine. Persone capaci di raccontare storie, di mostrare visioni altre. E inevitabilmente hanno acceso la mia curiosità, perché, come diceva il mio amico Eduardo Galeano, "il cammino si fa andando", non sai mai dove queste storie ti possano portare. È il bello della vita, tutto sommato».

30|03

Alla Camera di Commercio di Roma, conferenza stampa che annuncia la selezione della dozzina del **Premio Strega**.

PREMIO STREGA

aprile 2023

03|04

Annalena Benini viene nominata direttrice del **Salone Internazionale del Libro di Torino**. Giornalista e scrittrice, dal 2001 è al "Foglio", dove scrive di cultura e per il quale dirige la rivista "Review", cura la rubrica *Lettere rubate* e l'inserto *Il Figlio*, che è anche un podcast. Ha pubblicato *La scrittura o la vita. Dieci incontri dentro la letteratura* (Rizzoli, 2018). Per la Rai ha scritto e condotto *Romanzo italiano* e *Pietre d'inciampo*. Per Einaudi ha curato l'antologia *I racconti delle donne* (2019) e ha in pubblicazione *Annalena* (2023).

06|04

80 anni del ***Piccolo Principe*** di **Antoine de Saint-Exupéry**.

27|04

Netflix annuncia l'uscita della serie tv ***Il gattopardo***.

30|04

Il duca di **Matteo Melchiorre** (Einaudi, 2022) vince la XXXIX edizione del **Premio Nazionale di Narrativa Bergamo**.

maggio 2023

01|05

100 anni dalla pubblicazione del romanzo ***La coscienza di Zeno*** di Italo Svevo.

07|05

Zerocalcare vince la XIX edizione del **Premio Tiziano Terzani** con *No Sleep Till Shengal* (Bao Publishing).

18|05

Inizia la XXXV edizione del **Salone Internazionale del Libro di Torino**, l'ultima diretta da Nicola Lagioia. I numeri sono lusinghieri: 215.000 visitatori, la giornata più frequentata, con record assoluto di presenze, è quella del sabato. Il tema dell'edizione è stato *Attraverso lo specchio*.

19|05

Muore Martin Amis, scrittore, saggista, sceneggiatore britannico. Il suo ultimo libro è *La storia da dentro* (Einaudi, 2023).

21|05

50° anniversario della morte di Carlo Emilio Gadda. Escono, per l'occasione, la nuova edizione del *Giornale di guerra e di prigionia*, a cura di Paola Italia e, a cura di Giorgio Pinotti, quella di *Quer pasticciaccio brutto de' via Merulana*. Per Carocci esce, sempre curato da Paola Italia: *Il Gaddabolario. Duecentodiciannove parole dell'Ingegnere*.

Esce ***Guerra*** di **Louis Ferdinand Céline**.

26|05

Dossier **Albero della vita Onlus**, ***La povertà educativa in Italia***. «Secondo l'indagine di FADV, che ha coinvolto 450 ragazzi, beneficiari del programma nazionale di contrasto alla povertà "Varcare la soglia", attivo a Milano, Perugia, Genova, Napoli, Catanzaro e Palermo, solo il 17% pratica regolarmente sport e il 43% non possiede a casa libri adatti alla propria età e al proprio livello di conoscenza. Il 53% non è mai stato al cinema nell'ultimo anno e il 78% non ha partecipato a visite al patrimonio artistico, culturale e ambientale», L. Capponi, "Avvenire".

29|05

24|05

Premio Letterario internazionale Mondello, vincono: Ada D'Adamo con *Come d'aria* (Elliot), Valeria Parrella con *La fortuna* (Feltrinelli), Francesco Pecoraro con *Solo vera è l'estate* (Ponte alle Grazie) per la sezione Opera italiana; Giuseppe Patota con *Lezioni di italiano. Conoscere e usare bene la nostra lingua* (Il Mulino), per la sezione Opera critica.

27|05

100 anni dalla nascita di **don Lorenzo Milani**. In libreria: Francesco Niccolini, Luigi D'Elia, Sandra Gesualdi, *La scuola più bella che c'è. Don Milani, Barbiana e i suoi ragazzi*, Mondadori. • Vanessa Roghi, *La lettera sovversiva. Da don Milani a De Mauro, il potere delle parole*, Laterza. • Riccardo Cesari, *Hai nascosto queste cose ai sapienti. Don Lorenzo Milani, vita e parole per spiriti liberi*, Giunti Editore. • Michele Gesualdi, *Don Lorenzo Milani. L'esilio di Barbiana*, San Paolo Edizioni. • Adolfo Scotto di Luzio, *L'equivoco don Milani*, Einaudi. • A cura di Adele Corradi, José Luis Corzo e Federico Ruozzi, *Duecento lettere di don Milani nel centenario della nascita*, EdB.

31|05

Muore **Luca Di Fulvio**, scrittore e drammaturgo, autore di *La scala di Dioniso* (Mondadori, 2006) e *La gang dei sogni* (Mondadori, 2008).

giugno 2023

06|06

Esce in libreria ***ELP*** di **Antonio Manzini**. Sarà primo nella classifica dei libri più acquistati tra 19 giugno e il 16 luglio 2023. Il vicequestore Rocco Schiavone guarda con simpatia, mista al solito scetticismo, ai gesti clamorosi dei disobbedienti dell'ELP che liberano eserciti di animali d'allevamento in autostrada, incuriosito dal loro segno di riconoscimento che si diffonde come un contagio tra ragazze e ragazzi.

07|06

PREMIO STREGA

Proclamazione della cinquina del Premio Strega a Benevento. Rosella Postorino, *Mi limitavo ad amare te* (Feltrinelli); Ada D'Adamo, *Come d'aria* (Elliot); Maria Grazia Calandrone, *Dove non mi hai portata* (Einaudi); Andrea Canobbio, *La traversata notturna* (La nave di Teseo); Romana Petri, *Rubare la notte* (Mondadori).

13|06

Muore **Silvio Berlusconi**.

04|06

IA e letteratura. Si anima il dibattito con diversi interventi sui giornali e in rete. «Chissà cosa direbbe, quanto alle mani e al gesto, il gran teorico del piacere del testo, Roland Barthes, che vede e pratica la scrittura come una sfida sensoriale, un corpo a corpo con la parola». *Elvira Seminara*, "l'Espresso".

07|06

Dal 7 all'11, le date fiorentine del festival ***La città dei lettori*** che coinvolge, ormai, tutta la Toscana.

{la città dei *lettori*}

Un'icona, un'installazione, un romanzo

Ida Dominijanni — [...] Quando parliamo di berlusconismo, ognuno/a di noi sa che parliamo anche di qualcos'altro, di un nocciolo che rimane per molti versi insondato, che ha sedotto e plasmato la società italiana e attorno al quale si annoda tuttora il rapporto tra l'immaginario collettivo e lo spettro di un leader da tempo finito eppure tuttora incombente. Per mettere a fuoco questo nocciolo è mancata a lungo, e tuttora manca, la giusta distanza, in una società divisa verticalmente tra l'ammirazione prona e il disprezzo altero nei confronti di Berlusconi («Ci alziamo troppo di fronte alla sua presup posta bassezza. Ci abbassiamo troppo di fronte alla sua presupposta altezza», scrisse profeticamente Alberto Abruzzese nel 1994). Tanto meno ha aiutato questa messa a fuoco il moralismo giustizialista di cui si è nutrito un vasto fronte antiberlusconiano, pago di liquidare come escrescenza immorale e illegale un fenomeno che rinvia a trasformazioni antropologico-politiche irriducibili al trentennale duello tra l'ex premier e le procure (36 processi, cento avvocati al lavoro e una sola condanna definitiva tra assoluzioni, archiviazioni, prescrizioni e amnistie). Se dall'imponente bibliografia sull'avventura biografica e politica del Cavaliere si sottraggono i troppi titoli che la riducono a colore e folklore, tre sono gli approcci critici più ricorrenti. Il primo approccio imputa a Berlusconi la sua radicale anomalia (conflitto d'interessi, leggi ad personam, attacchi reiterati alla costituzione) rispetto alla norma e alla normalità liberaldemocratica, alla faccia della "rivoluzione liberale" da lui sbandierata agli esordi. È un approccio depistante, che riporta al modello liberaldemocratico classico la controrivoluzione prettamente *neo*liberale che Berlusconi ha guidato in Italia e che da mezzo secolo in qua demolisce la liberaldemocrazia in tutto l'Occidente, sottomettendo la vita individuale, le relazioni sociali e l'architettura istituzionale al codice della merce e del mercato, all'etica dell'autoimprenditorialità e della concorrenza, a una concezione della libertà svincolata dalla responsabilità e dalla legge.

Il secondo approccio insiste giustamente sulla potenza dell'impero televisivo di Berlusconi nella costruzione del consenso politico, ma rischia di sottovalutare la valenza seduttiva di una operazione programmatica di trasposizione della realtà in *reality* e *fiction* che prima del voto ha cambiato la testa e la pelle di un popolo ridotto a *audience*, dalla capacità di discernere tra vero e falso alla sensibilità estetica. Il terzo punta il dito sullo sfondamento della proposta berlusconiana nel blocco sociale nato sulle ceneri del fordismo (piccola impresa, partite iva, lavoro cognitivo e creativo) e privo di ascolto e rappresentanza a sinistra, ma non spiega come questo radicamento originario si sia immediatamente trasformato in un consenso trasversale, nazionale e interclassista, base rocciosa di un populismo che Berlusconi ha inaugurato e che dopo di lui ha solo cambiato forma e interpreti. Nessuno di questi tre approcci, infine, spiega fino in fondo l'installazione così duratura dell'icona di Berlusconi nell'immaginario italiano, una installazione che al di là della fascinazione per il *self-made man* di successo e per il *tycoon* miliardario chiama in causa il rapporto tra le identificazioni collettive, consce e inconsce, e il profilo della leadership politica.

Un capo post-edipico

L'esperimento berlusconiano andrebbe più precisamente collocato all'incrocio fra tre tendenze: la già menzionata controrivoluzione neoliberale; il cambiamento del regime del vero e del falso, del visibile e dell'invisibile, del dicibile e dell'indicibile innescato dalla mediatizzazione della sfera pubblica; e la trasformazione dell'ordine simbolico che nella letteratura psicoanalitica va sotto il nome di eclissi della legge del padre, con le relative conseguenze sul declino dell'autorità e della legalità, e nella letteratura femminista va sotto il nome di fine del patriarcato, con le relative conseguenze sul ruolo della virilità, sulle relazioni tra i sessi e sullo stato complessivo del legame sociale. Collocata all'interno di questa trasformazione dell'ordine simbolico, l'icona di Berlusconi acquista il profilo più preciso e più inquietante di un leader post-edipico e post-patriarcale, che non incarna la legge ma il godimento e la trasgressione, e che tenta di ripristinare il ruolo perduto di una virilità vacillante seducendo le donne con l'arma ricattatoria del potere e della ricchezza. Uno specchio riflettente ideale per un paese che con la legalità ha sempre avuto un problema e che con la libertà femminile non ha mai fatto i conti.

I. Dominijanni, *Dopo Berlusconi. Il lutto che resta da fare*, "Internazionale", 14 giugno 2023

N.2

luglio 2023

13|06

Muore **Cormac McCarthy**.
Il 2 maggio era uscito, in Italia, ***Il passeggero*** (Einaudi), 16 anni dopo *La strada*, Premio Pulitzer per la narrativa nel 2007.

01|07

Muore **Viktorija Amelina**, scrittrice e attivista ucraina rimasta ferita nel bombardamento di Kramatorsk.

02|07

100 anni dalla nascita di **Wislava Szymborska**, poetessa polacca Premio Nobel per la Letteratura nel 1906. A Genova, dal 15 giugno, la mostra *Wisława Szymborska. La gioia di scrivere*, al Museo d'arte contemporanea Villa Croce, curata da Sergio Maifredi.

06|07

Ada D'Adamo vince il Premio Strega con *Come d'Aria* (Elliot). Ritira il premio Alfredo Flavi, il marito della scrittrice scomparsa ad aprile.

11|07

Muore lo scrittore ceco **Milan Kundera**.

Nessuno ha creduto nel romanzo quanto lui

Francesco Piccolo — In questi tempi di battaglie a favore o contro, di judo morale diventato lo strumento principale della vita pubblica, in cui gli scrittori sono convinti di dover avere un ruolo civile e lo impongono a discapito di un pensiero originale, Kundera ha insegnato a essere liberi, a essere autonomi, a essere individui. *A essere singolari*, per prendere a prestito un verso di Patrizia Cavalli. Non accodarsi né essere a capo di una coda, ma restare ostinatamente solitari e rifiutare i ruoli di eroi o di vittime. Se scegli di scrivere romanzi, parli da dentro i tuoi romanzi – dire soltanto attraverso la letteratura, e non avere altro compito che essere profondi, vivi, necessari. In questi tempi di rigidismi, puritanesimi e militanze cieche, Kundera era e rimane una presenza insostituibile per affermare l'estraneità dalla lotta in favore di un po' di lucidità (per tutti noi) o di totale lucidità (per lui). [*L'insostenibile leggerezza dell'essere*] era solo uno dei tanti capolavori della sua produzione, ma effettivamente il più bello. In Italia ne avevamo accolto prima la popolarità, attraverso una trasmissione televisiva come "Quelli della notte" di Renzo Arbore, in cui Roberto D'Agostino spiegava cos'era il kitsch teorizzato in quel libro [*L'insostenibile leggerezza dell'essere*], e la gente andava a comprare migliaia di copie senza sapere di cosa si trattasse – anche io, quando l'ho letto la prima volta, in quell'anno, non ci avevo capito niente, e continuavo a dire che era un capolavoro, ma non sapevo perché.

Anche Antonello Venditti cantava una canzone con il titolo del libro, e diceva «non ti solleva Milan Kundera». Quindi sembrava a tutti uno scrittore popolare. È stato invece ostico e ostile, serio e dal pensiero potente, scrivendo libri anche comici o addirittura sarcastici, oppure romanzi filosofici.
C'era qualcosa in lui di molto speciale, che si può provare a sintetizzare così: se aveva una caratteristica era quella di mettere a disagio, di non farti ritrovare in una posizione comoda, rassicurante. Non ti faceva fare sì con la testa mentre lo leggevi, perché approvando cosa leggi approvi in realtà te stesso. No, anzi. Molte volte, leggendo il libro di un autore, capita che questi ne esca ridimensionato; solo qualche volta, invece, accade che sia il lettore a uscirne ridimensionato; è raro, ma è questo il caso. Ogni libro di Kundera ti ridimensionava. E lui teorizzava, a proposito del romanzo: «La vertigine potremmo anche chiamarla ebbrezza della debolezza. Ci si rende conto della propria debolezza e invece di resisterle, ci si vuole abbandonare a essa. Ci si ubriaca della propria debolezza, si vuole essere ancora più deboli, si vuole cadere in mezzo alla strada, davanti a tutti, si vuole stare in basso, ancora più in basso». A un certo punto ha cambiato lingua, dal ceco al francese, una cosa inaudita per uno scrittore, per non sentire più la sua voce tradotta in una lingua che ormai conosceva bene perché la viveva quotidianamente da anni.
Di conseguenza, come capita a ogni grande scrittore, hanno tentato di denigrarlo, sminuirlo. Hanno tentato

PRA
A
VÍTĚZÍ

di dire che la sua opera uscendo dal suo paese si era inaridita. Ma è perché erano stupiti da tanta nitidezza e autonomia di pensiero. Alla fine, adesso, anche per Kundera, come succede ad Agnes e Paul nell'*Immortalità*, l'ospite è arrivato a casa. E la risposta che dà ai due, preoccupati, su "cosa c'è là" è la risposta che Kundera aspettava anche per sé stesso: «Ognuno là è la propria opera. Ognuno, per così dire, inventa se stesso. Ma è difficile spiegarlo. Non può capire. Lo capirà un giorno».
Lo capiremo un giorno anche noi. Ma Kundera lo aveva già capito da tempo, e aveva già lasciato che l'opera lo sostituisse. Aveva minacciato il mondo intero di non azzardare l'uso di parole che non stessero nella sua opera, parlando di lui. Nemmeno nelle interviste – anche quelle aveva disconosciuto.

Nasce Feltrinelli Gramma, marchio diretto da Giuseppe Russo. **Federica Magro** viene nominata direttrice editoriale di Rizzoli: «Vorremmo essere il polo che attrae gli autori di qualità».

18|07

E adesso che l'ospite l'ha portato via, sappiamo che lì dove è andato, e per noi che restiamo qui, Milan Kundera è la sua opera, i suoi libri, i suoi romanzi. Non c'è stato forse nessuno che abbia creduto al romanzo quanto lui, alla sua forza nello staccarsi dalla cronaca e creare un pensiero originale, piccolo o grande che fosse. È una grande perdita; ma allo stesso tempo, ci ha preparati dicendoci che non abbiamo perso nulla di lui. Che tutto quello che ci spettava lo abbiamo avuto. Il resto non ci riguarda: è morto un essere singolare, appunto, non lo scrittore.

F. Piccolo, *Milan Kundera, quel che resta è l'Immortalità*, "la Repubblica", 13 luglio 2023

17|07

Premio Bancarella. Vince **Francesca Giannone** con *La portalettere*, Editrice Nord.

19|07

Muore **Andrea Purgatori**, giornalista, sceneggiatore, saggista e attore italiano, noto per le inchieste e i reportage su casi scottanti del terrorismo internazionale e italiano, tra cui la strage di Ustica. «Sgretolare questo muro di gomma è possibile, tutto questo per arrivare al cuore di quel segreto inconfessabile che da 40 anni copre ciò che davvero accadde pochi secondi prima delle 9 di sera di quel venerdì 27 giugno 1980», da una puntata di "Atlantide", *Ustica, 40 anni di bugie*, 24 giugno 2020.

Niccolò Ammaniti
vince il Premio Viareggio Rèpaci.

31|07

21|07

Esce il film *Barbie* al cinema. «E tutte andiamo a farci i selfie vestite da Barbie, come abbiamo sempre sognato di fare, ma ci voleva il *pinkwashing* (eh sì) di Hollywood per legittimarci a farlo. In verità Barbie è stata femminista sempre, per questa semplice ragione: in mano alle bambine diventava qualsiasi cosa. La trasformavamo a nostro piacimento, scrivendole addosso, tagliandole i capelli, imbruttendola, imbellettandola, e facendola, ogni giorno, diversa. Era una tavolozza d'identità. Ora è una bambola femminista, non so se sia un ossimoro, ma so che non è un male. Forse neanche un bene. E quindi, di nuovo, è solo un mezzo nelle nostre mani», S. Sciandivasci, "La Stampa", 23 luglio.

La scrittura: una compagna fedele

Cristina Taglietti — Soltanto Niccolò Ammaniti può pensare alla scrittura come a una badante. Ci arriva partendo dalla consapevolezza degli anni che passano e dalla seconda vittoria al Premio Viareggio Rèpaci, conquistato per la prima volta nel 2001 con *Io non ho paura*, forse il più noto e amato tra i suoi romanzi. Il bis è arrivato la settimana scorsa per *La vita intima*, una storia apparentemente molto distante da quel longseller e, in generale, dai temi più battuti dello scrittore. Niente ragazzini alle prese con le sfide della crescita a cui Ammaniti ha spesso rivolto il suo sguardo acuto ed empatico, ma una donna bellissima dell'alta borghesia romana, Maria Cristina, moglie del presidente del Consiglio, da tutti considerata solo un involucro di lusso, senza anima né personalità. Il premio corona un ritorno alla scrittura a otto anni dal precedente romanzo, *Anna*, e a "la Lettura" Ammaniti racconta che cosa è cambiato da allora.

Aveva messo da parte la narrativa per percorrere nuove strade lavorando come regista e sceneggiatore a due serie, Il miracolo *e* Anna. *Molti lettori cominciavano a chiedersi se avrebbe mai ricominciato a scrivere...*
«Per un attimo ho davvero pensato che la mia esperienza con la scrittura fosse conclusa, forse avevo spinto troppo con *Anna*, una storia apocalittica dentro cui avevo messo tutte le mie paure. È stato il romanzo che mi è costato più fatica e quando l'ho finito ho pcnsato: voglio vivcrc, voglio fare altre cose. *La vita intima* mi ha davvero riportato al romanzo che, dopo tutto, c la mia originc. È lì chc torno. Invecchiando, una compagna fedele come la scrittura mi tranquillizza, mi dà forza, mi rilassa. Il cinema vorrei continuare a frequentarlo, ma è un rapporto molto conflittuale perché è tutto complicato: ottenere i finanziamenti, trovare le situazioni giuste, risolvere problemi. Bisogna sempre sapersi adeguare, inventarsi ogni giorno una nuova idea che ti permetta di superare uno scoglio. È il bello del cinema, lo so, ma è estenuante. Io vorrei recuperare una dimensione più intima e sento che la letteratura è quella che mi può accompagnare nella vecchiaia: è così, una specie di badante (ride)». [...]

Come sono stati questi primi sei mesi della Vita intima*?*
«È stato strano. Intanto perché quando è uscito erano passati otto anni in cui avevo fatto altro. Con la serie *Anna* ero entrato in una dimensione più sociale, ma quella solitudine che la scrittura impone l'ho riconquistata in poco tempo. Per scrivere *La vita intima* ci ho messo circa un anno, un tempo veramente stretto per i miei standard. Quando è uscito non avevo nessuna idea, mi sembrava una storia che comunque mi avrebbe messo in discussione con i miei lettori».

Perché? Perché non ci sono i ragazzini, ma una donna protagonista?
«C'è sempre questa tendenza a dire: va bc' ma dcllc donnc gli uomini chc capiscono? E invece tutti possono scrivere di tutto, se ne sono capaci. Per fortuna si possono anchc racconta re i cani, come ha fatto Jack London, quindi non credo che sia un problema. Forse più che il fatto di raccontare una donna, in origine ha spiazzato la scelta di ambientare la storia in un mondo altolocato, ricco, politico. All'inizio Maria Cristina sembra molto superficiale, lentamente si approfondisce, diventa più umana e il lettore a quel punto aderisce al personaggio. Mi sembra che in questo momento storico la letteratura tenda ad essere letteratura degli ultimi, di chi fa fatica, qui invece è il contrario, è il romanzo

di un'alta borghesia. Ma era necessario per raccontare questa storia».

I lettori l'hanno accolto molto bene, il libro è stato a lungo nei primi posti della classifica.
«C'è una cosa che ho notato e che mi è successa con tutte le cose che ho fatto nell'ultimo periodo, anche con i film. Appena esce un lavoro nuovo in rete c'è questa specie di smania di commentare e spesso arrivano prima quelli che tendenzialmente o detestano te o detestano il libro. Chi è incazzato ha più necessità di dirlo subito rispetto a chi invece gode di quello che ha letto. Poi comunque mi sono arrivati moltissimi riscontri positivi ed è stata una grande gioia, anche perché io mi sentivo di dovere qualcosa ai miei lettori. Speravo, forse in modo un po' naïf, che proponendo cose diverse come le serie sarei riuscito a traghettarli da una parte all'altra, ma non è così, perché sono esperienze completamente difformi e un lettore ti può seguire, ma comunque c'è sempre un leggero tradimento nel momento in cui tu usi un altro mezzo».

Che tipo di lettori ha trovato negli incontri?
«Non ho fatto tantissime presentazioni, una decina in tutto, però sono state veramente di grande soddisfazione, un abbraccio inaspettato, come al Salone di Torino. E ho avuto anche una percezione molto bella: tanti giovani! Molti si sono avvicinati anche grazie a libri come *Io non ho paura* e *Io e te* che vengono dati da leggere nelle scuole».

C. Taglietti, *Ammaniti. La letteratura è la mia badante*, "la Lettura", 6 agosto 2023

agosto 2023

Muore la scrittrice Michela Murgia.

10|08

Sarà impossibile dimenticarla

Nicola Lagioia — C'è una Michela Murgia "in luce" (quella che vuole smascherare i potenti a suon di logica) e c'è una Michela Murgia ombrosa, ancestrale, lunare, ctonia, una "forza del passato" che viene a chiedere conto del presente.

Anche la prosa cambia. Si fa a propria volta sinuosa, oscura, più tradizionalmente letteraria. «Quando la vecchia si era fermata sotto la pianta del limone a parlare con sua madre Anna Teresa Listru, Maria aveva sei anni ed era l'errore dopo tre cose giuste. Le sue sorelle erano già signorine e lei giocava da sola per terra a fare una torta di fango impastata di formiche vive, con la cura di una piccola donna. Muovevano le zampe rossastre nell'impasto, morendo lente sotto i decori di fiori di campo e lo zucchero di sabbia. Nel sole violento di luglio il dolce le cresceva in mano, bello come lo sono a volte le cose cattive». *Accabadora* diventa un caso letterario. Poi un best seller. Vince il Campiello. Viene tradotto in tutto il mondo. È un libro amato da centinaia di migliaia di lettori. È uno dei romanzi italiani più celebrati degli ultimi anni. È il momento più alto della Michela Murgia scrittrice, ma è sufficiente a respingere chi oggi vorrebbe sminuirne i meriti (a fare uno scrittore basta un libro notevole. Raffaele La Capria insegna. Proprio *Ferito a morte*, tra l'altro, fu osteggiato da molti contemporanei). Del resto, certi attacchi, oltre un determinato grado di veemenza (che i mediocri confondono con la "sincerità"), si disinnescano da soli: se il tempo è il supremo giudice delle opere letterarie, basterà in fondo aspettare perché lo scrittore che tanto detestiamo ne venga incontestabilmente ridimensionato; un eccesso di accanimento è invece sempre sospetto, ed è spesso una prova. Quelli che stroncavano *Il Gattopardo*. Quelli che stroncavano *La Storia*. Quelli che stroncavano *Il nome della rosa*. Quelli che stroncavano *L'amica geniale*. Solo che poi le opere sono ancora tutte lì, lette da milioni di persone, studiate nelle università di mezzo mondo, mentre gli stroncatori spesso li ricordiamo solo per quello.

È tuttavia dopo *Accabadora*, all'apice del successo come romanziera, che Michela Murgia compie una scelta che pochissimi capiscono e che altri (io tra questi, all'epoca) non condividono: quella di abbandonare i panni della "scrittrice pura" e di utilizzare la letteratura (volutamente imbastardendola, semplificandola, facendone persino a volte uno strumento di persuasione) per fare politica. Escono libri come *Ave Mary* (di nuovo il cristianesimo, e la questione femminile), *L'ho uccisa perché l'amavo (falso!)* (quest'ultimo scritto con Loredana Lipperini). Si apre al tempo

stesso una delle stagioni più difficili per Murgia. La scrittrice tenta la strada della politica istituzionale. Si candida alla presidenza della Regione Sardegna, e perde.
Più che la competizione, Michela Murgia aveva l'agonismo (forse anche più dell'antagonismo) nel sangue. La sconfitta alle elezioni sarde è un duro colpo, c'è forse qualche comprensibile sbandamento. È però da questa caduta che Murgia rinasce per l'ennesima volta, ed è, per così dire, la trasfigurazione decisiva. È qui che comincia a usare i social in modo programmatico ed efficace (e a volte eccessivo, spericolato), che lavora in televisione, che conduce trasmissioni radiofoniche, che interviene sulle prime pagine dei quotidiani, che diventa un'intellettuale di enorme visibilità, che parla a ragazze e ragazzi a cui attraverso i soli libri non sarebbe arrivata, che catalizza l'attenzione sulle questioni del femminismo, dell'intersezionalità, della famiglia queer, è qui che diventa una guida per molte e molti, un oggetto d'odio per altre e altri, che risulta divisiva, insopportabile, oppure provvidenziale. È qui, soprattutto, in un modo per me incredibile, che viene identificata come una sorta di nemico pubblico (la parola non è avversario) da alcuni leader politici di destra, e dai loro galoppini.
A questo punto chi vuole sminuire Michela Murgia comincerà a dire che non è più una scrittrice ma una pop star, non un'intellettuale ma un'influencer. Il dato singolare è che a muovere queste critiche sono a volte scrittori e intellettuali che (non avendo alle spalle un'opera di rilievo, né lettori, al massimo qualche direttore di giornale) esistono quasi solo sui social. [...] I social sono il territorio della contraddizione e del rischio assoluto. Sono anche il gioco dove il banco vince sempre. [...] non sono stati progettati per ospitare dibattiti di spessore, ma sono il luogo in cui molti dibattiti che aspirano a essere influenti si sono disgraziatamente trasferiti. Chi si lamenta che "non ci sono più gli intellettuali di una volta" ha in mente il mondo in cui vivevano Pasolini, Calvino e Morante. È una lamentazione spesso frutto di meschinità: se pretendo che Pasolini venga fuori da un tempo che non potrà produrlo, è solo per screditare le persone di valore – ovviamente diversissime da quelle del passato – che il presente può invece produrre, le stesse che temo mi tolgano spazio, facendo piazza pulita della mia mediocrità (per fare un esempio lontano da Murgia, quando *Troppi paradisi* e *Il contagio* di Walter Siti furono lodati da chi ne colse la novità, alcuni detrattori di Siti – parodizzando in modo involontario *Midnight in Paris* – li stroncarono furiosamente all'urlo di "mica siamo di fronte a Pasolini! Mica siamo di fronte a Moravia!", non capendo che la cosa interessante

era proprio quella, il fatto cioè che Siti fosse un'*altra cosa*).
Il mondo di Moravia, Morante e Pasolini, appunto, è stato spazzato via molti anni fa. Sono saltate la scuola, l'università, la politica per come le conoscevamo, sono saltati i giornali e i mediatori tradizionali. È un mondo, per certi versi, più selvaggio, contraddittorio e inospitale. Ma è in questa giungla che Michela Murgia ha allestito un efficace, eccessivo, rischiosissimo (e spettacolare: nel bene e nel male) esperimento. È esistita in rete come nessuno prima in Italia, sui temi che ha affrontato. Si è mossa sì con consapevolezza, però tra codici e algoritmi in continua trasformazione. Se essere intellettuali significa rischiare (di risultare insopportabili, inopportuni, indigeribili, scandalosi, rompicoglioni, divisivi; come se avere a che fare con Elsa Morante fosse facile. Come se fosse facile avere a che fare con Pier Paolo Pasolini, con Carmelo Bene, con Luciano Bianciardi, con Oriana Fallaci), chi lo è stato più di lei? Se significa dare alla propria lotta e alla propria continua polemica nuove forme espressive, chi ci è riuscito di più? Se significa avere coraggio (non solo di dire cose impopolari ma anche, inevitabilmente, cercando una verità, di prendere una o più sonore cantonate, di vedere la propria logica collassare su sé stessa), chi ne ha pagato le conseguenze come lei? Se significa restare soli nell'occhio del ciclone (un leader politico che attacca uno scrittore ha un apparato a proprio servizio; uno scrittore ha solo sé stesso), chi ne ha pagato il conto come lei? Se significa gestire il potere che deriva dall'avere un grande pubblico intrattenendo con il potere vero un rapporto complicato, allora intellettuale è stata Michela Murgia, i cui rapporti con gli editori, le radio, i giornali e le tv che le hanno dato spazio sono spesso stati a dir poco spigolosi. Se essere intellettuali significa arrivare a infastidire un presidente del Consiglio, un ministro dell'Interno, usando solo le parole, come vogliamo chiamare una così? E se a quel presidente del Consiglio diamo più fastidio di quanto riescono a dargliene i partiti d'opposizione? Che paese è quello il cui governo trova negli intellettuali, più che negli altri leader politici, i propri veri avversari? Una cosa del genere sta succedendo in Germania, in Francia, in Gran Bretagna? Quale cartina di tornasole è stata, per l'Italia, Michela Murgia? (Nessuno che non lo abbia provato sa davvero come ci si sente – e cosa si rischia di diventare, nella tempesta di hater e fan – quando un leader politico dà ordine di attaccare uno scrittore; ma è anche lo sforzo d'astrazione, e di immedesimazione, a farci umani). Infine, se da un certo punto in poi essere intellettuali ha significato in questo paese fare del proprio corpo uno strumento di lotta,

di spettacolo, di attrazione, di repulsione, di irritazione, la pietra dello scandalo, quello è stato il corpo di Michela Murgia. [...]
Bisognava essere d'accordo con Murgia quando diceva che, in un sistema patriarcale, i maschi sono portatori di una colpa originaria? Bisognava essere d'accordo con Pier Paolo Pasolini quando proponeva di abolire la scuola dell'obbligo? Bisognava essere d'accordo con Carmelo Bene quando sosteneva che, in un paese di pusillanimi, l'unica persona degna d'interesse era Totò Riina? Bisognava essere d'accordo quando Oriana Fallaci attaccava l'Islam? E quando lo faceva Michel Houellebecq? E quando Jean Genet faceva l'apologia del giovane criminale? E quando Aldo Busi parlava della sessualità dei ragazzini? E quando Jean Baudrillard definiva l'11 settembre "la madre di tutti gli eventi"? Perché non essere d'accordo non ci basta? Di cosa abbiamo davvero paura?
Ho frequentato Michela per diciassette anni. Ricordo momenti di confidenza. Ricordo anche incomprensioni, poi ancora vicinanza. C'è stata di recente una lunga passeggiata a piedi, da Flaminio a Trastevere, nella notte di Roma. Non è stato un rapporto facile. Molte persone con cui ho avuto un rapporto facile le ho già dimenticate.

N. Lagioia, *Le persone facili si dimenticano, Michela Murgia no*, "Lucy", 23 agosto 2023

Muore **Francesco Alberoni**. Professore di Sociologia all'Università di Milano, ha studiato in particolare la formazione e la dinamica dei movimenti collettivi (*Movimento e istituzione*, 1977). Tra le sue opere: *Innamoramento e amore* (Garzanti, 1979), bestseller tradotto in tutto il mondo.

14|08

27|08

Il mondo al contrario, libro autopubblicato del generale **Roberto Vannacci**, compare in vetta alla classifica dei libri più venduti, guidata da *Tre ciotole* di **Michela Murgia**.

Il libro del generale e il paracadute

Marino Sinibaldi — Perché un libro fa (ancora) tutto questo casino? Perché insomma affermazioni che girano un po' dappertutto e sono altrove normali (che non vuol dire, generale, «di tutti» e nemmeno «della maggioranza»: significa semplicemente che ci stanno, insieme ad altre) diventano, stampate su un libro, drammatiche, pesanti, influenti? Evidentemente l'oggetto, perso molto del suo valore materialmente economico e persino la centralità simbolica che lo connotava in un universo culturale passato, resta una specie di totem. Un mix di autorevolezza e sacralità (largamente esagerata la prima: quello del generale non è l'unico libro pieno di fesserie; del tutto infondata la seconda: il libro è un oggetto laico e felicemente banale) che sopravvive a ogni rivoluzione tecnologica. L'esito, semplice e inspiegabile, che siccome sono finiti in un libro, frasi e pensieri hanno assunto una serietà che non gli avremmo attribuito altrove.
È una vicenda che si ripete: già ai tempi dell'enorme successo del best seller di Rizzo e Stella, *La casta*, ci si meravigliò che temi e notizie già presenti sui giornali assumessero un peso e una popolarità inimmaginabile. E perfino contro Saviano è stato usato l'argomento che non tutto era inedito e originale in *Gomorra*. Ma la cosa interessante (per me affascinante) è proprio come qualcosa (un dato, un fatto, una narrazione) funzioni, se diventa un libro.
Questo significherebbe anche giudicare il libro del generale come fosse un libro, ma non voglio divagare o infierire. Il problema non sta nel fatto che è autopubblicato: per me non fa più nessuna differenza. Ma nel fatto che scrivere un libro un minimo di responsabilità dovrebbe comportarla – specie se ci si esibisce come guerrieri in campo contro il facile dilagare dei diritti individuali. Qui manca ogni elaborazione, ogni riflessione che non sia la pura e semplice affermazione di una opinione e una posizione. L'esito è una serie di pensierini affiancati uno all'altro, senza un legame nemmeno stilistico – tanto che si è ipotizzata una scrittura collettiva: il generale insomma ha scritto un libro con la stessa irresponsabilità e impreparazione con cui noi ci lanceremmo con il paracadute. Il libro genera questo desiderio e questa tentazione, il paracadute no (spero di non parlare solo per me). E però l'esito non è l'irrilevanza. Ed è interessante, magari allarmante, preoccupante ma interessante, come prodotti "culturali" abbiano questa capacità di addensare umori: un recente caso musicale [la canzone *Rich Men North of Richmond*, del cantautore semisconosciuto Oliver Anthony, circolata per merito di politici e sostenitori di destra, N.d.R.] molto istruttivo può aiutare a capire meglio cosa con questo libro sta succedendo.

Fino all'effetto più peculiare di ogni libro, che è quello di generare conseguenze diverse tra tutti e imprevedibili per ciascuno: a me sta suscitando un soprassalto di speranza, il più raro e prezioso dei sentimenti politici. Intanto sul futuro del libro (ci tengo molto). E poi sul futuro degli eventuali lettori di queste pagine che con le loro libertà e i diritti pacificamente riconosciuti se la spasseranno, ci scommetto, leggendo che cose incredibili pensava di neri, donne e gay un oscuro generale. Ammesso che ci sia un futuro, naturalmente.

M. Sinibaldi, *Perché un libro fa (ancora) casino?*, "Il Post", 24 agosto 2023

settembre 2023

A settembre escono in anteprima su "la Lettura" tre capitoli di *Abel* (Feltrinelli) di **Alessandro Baricco**, in libreria a novembre.

30|08

Inizia la 80ª Mostra Internazionale del Cinema di Venezia, apre ***Comandante*** di **Edoardo de Angelis**. La regista **Liliana Cavani**, premiata con il Leone alla carriera, porta sullo schermo ***L'ordine del tempo*** dal libro omonimo del fisico Carlo Rovelli.

01|09

A Pomigliano si tiene **FLiP**, Festival di letteratura indipendente, dal 1° al 3 settembre.

Martina Donati è la nuova direttrice editoriale della narrativa italiana e straniera di Sperling&Kupfer, Piemme, Frassinelli.

02 | 09

Finale del **Premio Campiello**, a Venezia. Benedetta Tobagi con *La resistenza delle donne* (Einaudi) si aggiudica la LXI edizione. Riconoscimento alla carriera per la scrittrice Edith Bruck.

16 | 09

Firenze Rivista, nel capoluogo toscano, dal 22 al 24 settembre, si tiene la Biennale delle riviste e dell'editoria indipendente.

22 | 09

02 | 09

50 anni dalla morte di **J.R.R.Tolkien**. «Tanto si è detto e scritto sull'autore del *Signore degli Anelli*, il geniale creatore dell'universo di Arda, ma oggi si può forse ricordare Tolkien semplicemente e prima di tutto come un uomo profondamente fedele a un ideale estetico che lo ha portato a individuare nel mito la via poetica privilegiata per osservare la realtà in maniera più autentica e piena», F. Marzella, "Avvenire".

14 | 09

Le mie poesie non cambieranno il mondo: in sala il documentario su Patrizia Cavalli, diretto da Annalena Benini e Francesco Piccolo, presentato a Venezia.

16 | 09

Anniversario della morte di Mahsa Amini. Per Rizzoli lizzard esce *Donna Vita Libertà* di Marjane Satrapi. Il libro racconta la vicenda di Mahsa Amini a fumetti, dando voce alla protesta delle donne iraniane sorta dopo la morte della studentessa, arrestata dalla polizia di Teheran perché non indossava correttamente il velo.

ottobre 2023

Il **Premio Nobel per la Letteratura 2023** è stato assegnato allo scrittore, poeta e drammaturgo norvegese **Jon Fosse**, «per le sue opere teatrali e la prosa innovativa che danno voce all'indicibile».
Così dal sito del Nobel: «La sua immensa opera scritta in norvegese Nynorsk e che abbraccia una varietà di generi è costituita da una vasta gamma di opere teatrali, romanzi, raccolte di poesie, saggi, libri per bambini e traduzioni. Sebbene oggi sia uno dei drammaturghi più rappresentati al mondo, è diventato sempre più riconosciuto anche per la sua prosa».

05|10

03|10

Esce *Vita mia* (Rizzoli) di **Dacia Maraini**, il romanzo in cui racconta la prigionia in un campo di concentramento in Giappone. Negli stessi giorni la scrittrice riflette su "Repubblica" sui venti di guerra che soffiano nel mondo.
«Chi l'ha vissuta sente un brivido freddo passare lungo la schiena. Il mondo intero sembra invaso da voglie di rivincita: si risvegliano come funghi dopo la pioggia rancori sopiti, odii nuovi e aggressività finora apparentemente tenute sotto controllo. La parola guerra viene dal germanico medioevale *werra* che voleva dire mischia, scontro. Strano che in Italia si sia preferita la parola germanica a quella latina, *bellum*, da cui però derivano le parole bellicoso e belligeranza. È talmente potente la parola, sia nel suono latino che in quello tedesco, da essere penetrata in tutte le metafore che riguardano le contese, gli scontri, gli antagonismi, anche solo simbolici o immaginati. La nostra lingua è impregnata dal concetto di guerra», "la Repubblica", 28 settembre 2023.

05|10

Vivian Lamarque vince la prima edizione del **Premio Strega Poesia** con *L'amore da vecchia.*

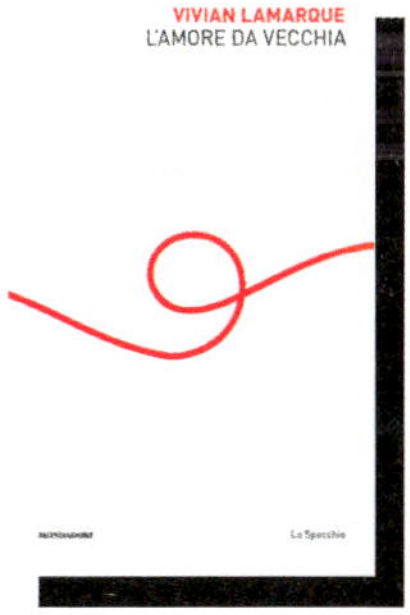

ciò ch
raccon

e *non*
tiamo

McCafé
McDrive
CONFCO

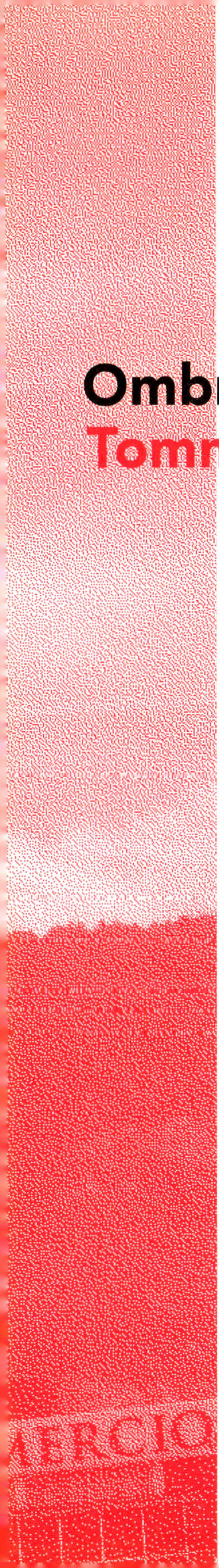

Ombre, periferie

Tommaso Giagni

Qualche anno fa mi capitò di sentire una persona con esperienza editoriale dire che i romanzi italiani che hanno mercato all'estero, oltre a quelli che in Italia hanno avuto un successo di vendite, sono quelli che raccontano l'Italia *per come la si immagina*. Non so se sia davvero così, ma il concetto è interessante: elementi ricevuti dal passato verrebbero perpetuati da una reiterazione, in un cerchio opprimente o rassicurante a seconda delle sensibilità. Se così fosse, lo scarto tra tangibile e immaginato si approfondirebbe storia dopo storia. Sarebbe come pensare di fare un'esperienza conoscitiva guardando vecchie cartoline.
Limitandoci al mercato italiano, ma ampliando il discorso alle narrazioni in generale, ho l'immagine di un corpo che avrebbe bisogno di movimento, potrebbe benissimo camminare per conto suo e invece si appoggia pigramente ai sostegni che incontra – agli stereotipi. Il lavoro non sembra essere la ricerca di un'inquadratura propria, ma l'aumento di contrasto in postproduzione: il bianco prende un candore accecante e il nero diventa nero inferno, come il colore degli spray nelle rastrelliere dei ferramenta.

Mi sono trasferito in Trentino da quasi tre anni. Quando informai il mio commercialista, a Roma, mi disse subito: «Riémpite la panza de mele».
Su via Brennero a Trento, superato di qualche decina di metri un magnifico negozio di ferramenta e utensili, inizia una città molto diversa dalle cartoline con gli edifici cinquecenteschi e le montagne sullo sfondo. Una città che vive negli interstizi dei centri commerciali, dei centri direzionali, dei centri servizi, accanto alle macchine in coda in direzione del Brennero.
In quest'area dalle dimensioni aumentate che – con una vaghezza da metropoli – si indica abitualmente come «Trento

Nord», tutto è *centro* o *center*, mi accorgo camminando in un pomeriggio di tarda estate. Ci sono il Music Center che è un negozio di strumenti musicali, l'Aquarium Center che vende acquari, il Medical Dental Center, svariati centri commerciali. Chiamarli così deve servire soprattutto a compensare la distanza dal centro della città. Una distanza che è molto forte nella percezione e scarsa in realtà: tra la piazza del Duomo e l'inizio di questo regno di ipermercati, autonoleggi, negozi di cucine e salotti, palazzi d'uffici e complessi residenziali ammorbati dall'odore dei fast-food, ci sono meno di due chilometri. Eppure, i piccoli quartieri che compongono Trento Nord risultano remotissimi.

Chiunque abbia una storia da raccontare e debba convincere un finanziatore che ci investa, si trova a doverla riassumere. All'autore viene richiesta una performance, un'esibizione di sintesi che può decidere del finanziamento all'opera. Gli capiterà più avanti di dover riassumere la storia anche agli addetti stampa che dovranno promuoverla. Quando la sintesi non restituirà pochi concetti chiari, si dirà che l'opera "è difficile da comunicare".

Nell'unico e piuttosto sfortunato talent show che la televisione italiana ha dedicato alla scrittura letteraria, *Masterpiece* (Rai 3, 2013), i concorrenti dovevano spiegare *di cosa parlava* il loro romanzo in un minuto d'orologio, a bordo di un ascensore che intanto saliva i piani. Potrà essere sembrato un eccesso per intrattenere il pubblico televisivo, una prova da *Giochi senza frontiere*, invece non lo era affatto. Il culto del pitch viene officiato negli uffici delle case editrici e delle produzioni e il suo ruolo è determinante per capire – in Italia, oggi – quali narrazioni trovano spazio e quali sono penalizzate.

È facile raccontare Trento come un luogo che rompe i misuratori della qualità della vita ed è profumato dall'aria che scende dalle cime. Trento però è *anche* questi chilometri che percorro a piedi, zigzagando tra via Brennero e via dei Solteri, fino al groviglio di strade sopraelevate che già guarda ad altri comuni.
Ci abita chi non può permettersi le zone-bene della città. Non a caso incontro un negozio di abbigliamento e giocattoli di seconda mano per bambini, per esempio, o una grande scritta «Missione risparmio» davanti al supermercato Coop (invece le Coop del centro non la espongono). Essendo scarsa la distanza reale dal centro e molto più bassi i prezzi degli affitti, si mostrano qua e là accenni di gentrificazione il Vegan Bistrot, il fruttivendolo biologico. Comunque, da fuori, si viene qui essenzialmente per lavorare, per fare acquisti o sbrigare pratiche all'agenzia delle Entrate o negli uffici della Provincia. È un luogo di transito e quasi solo automobilistico, si incontrano pochissime persone sui marciapiedi, per certi aspetti pare un contesto urbano statunitense.
I marchi di McDonald's, Aldi, Burger King, Lidl si slanciano da terra come la fiaccola della statua della Libertà, con la surrealtà del fungo dell'Eur in *L'eclisse* di Antonioni. Il centro commerciale Top Center sembra fatto di regoli colorati dell'infanzia, ha la stessa persuasione nascosta: lì per riuscire a insegnare, qui per riuscire a vendere. Col suo colore arancione allucinato il castoro di Obi invita a entrare nel paradiso del fai-da-te e vince, agilmente, sullo scoiattolo simbolo del festival dell'Economia di Trento, nell'aiuola di una rotonda ipertrafficata, con la curva depressa della coda.
Quello che manca nelle narrazioni di oggi in Italia è uno

sforzo: raccontare le zone d'ombra di ciò che nell'immaginario è in piena luce, come le colline verdi e soleggiate di Trento. E, specularmente, raccontare i punti luminosi che pure scintillano nei luoghi stigmatizzati. L'inatteso apre spazi, mentre il *ton sur ton* – nero su nero, bianco su bianco – è una soluzione che conferma invece di aggiungere. Niente di progressivo. L'immaginario è un punto di partenza di cui non ci si può accontentare, è lo status quo: per superarlo bisogna rovesciarlo, mandarlo in cortocircuito, buttarlo giù come la statua di un tiranno.

In parallelo, quello che manca sono le sfumature che rendono difficile la sintesi. *Less is more*, ma condensare è ridurre. Anche gli autori che sfruttano gli stereotipi come se camminassero sui pali affioranti da una palude sanno di non andare lontano dalla palude, e che i personaggi più riusciti, le trame più appassionanti, sono quelli che non mortificano la complessità umana.

Un negozio che si chiama «Mio negozio» annuncia di vendere «prodotti asiatici, latini, africani». I continenti si concentrano in pochi metri quadri come gli stranieri nelle stanze di Trento Nord. Stranieri, meridionali e studenti: la sacra trinità dei margini, ancora. Mi trovo davanti uno studentato che ha il nome accogliente di Nest, "nido" in inglese. Su due balconi di via Pranzelores, uno di fronte all'altro, le bandiere del Napoli calcio continuano mesi dopo a festeggiare lo scudetto. Discount, sedi di Confartigianato e Confcommercio, rivenditori di ceramiche, sushi con formula all you can eat. Subito alle spalle di una steakhouse riconosco i blocchi grigi e bianchi di un complesso residenziale dove mi capitò di essere ospite, appena arrivato a Trento, di una famiglia del Corno d'Africa. Cammino tra rampe di cemento e tralicci dell'alta tensione, oltrepasso un bar che ha nell'insegna lo slogan di una torrefazione: «Lucaffè... e vivi la vita».

Su un tratto di via Brennero si alza la polvere di cantieri in costruzione. Tutt'intorno, a circondarli senza però poterli nascondere, c'è una serie di pannelli dove sono stampate immagini di alberi e prati. La natura è una riproduzione fasulla, accanto alla carreggiata ingombra di auto, all'altezza di una fermata dell'autobus dove due giovani parlano lo spagnolo del Sudamerica, e l'aria è puzzolente di polvere – altro che montagna, altro che boschi di abeti e larici – e anche questo è Trento.

MIO NEGOZIO 适我食品店
di Hu Ling
Prodotti ASIATICI - LATINI - AFRICANI
Macelleria e Ortofrutta

Presentare (libri) stanca

Vincenzo Latronico

Ogni anno, quando è primavera, lettrici e lettori da tutta Italia sciamano al Salone del Libro di Torino, in cerca di libri da comprare. Nel 2022 erano 170.000, record della direzione di Nicola Lagioia, e non hanno acquistato solo libri e biglietti d'ingresso: il Salone porta fatturato ad albergatori e tassisti, agli autisti di Uber, ai gestori degli Airbnb. Guadagna anche il settore alimentare: i chioschi Autogrill in fiera col contratto in esclusiva che vendono focaccine alle code chilometriche di affamati, le costosissime primizie di Eataly a pochi passi da lì, i ristoranti prenotati da settimane. E poi, ovviamente, tutto il resto: i cartongessisti che allestiscono gli stand, i magazzinieri che li stoccano fra un anno e l'altro, gli spacciatori di Borgo Dora, gli ambulanti dei Murazzi, artisti di strada guardie giurate gelatai parcheggiatori escort. A Torino tutti intercettano qualcosa dell'indotto economico del più grande evento editoriale italiano, che all'ultima stima – 2017, quando i visitatori erano meno – superava i 30 milioni di euro.
Quasi tutti. Non lo intercettano gli autori.
L'ingiustizia è talmente scandalosa che l'abbiamo rimossa, e nessuno si permette di nominarla neppure fra sé e sé – io stesso mi sento maleducato a farlo: la manifestazione col giro d'affari più importante dell'editoria italiana non ne concede neppure una briciola ai lavoratori che sono alla base di tutto il settore, i produttori della materia prima che tutto il comparto poi seleziona raffina impacchetta distribuisce vende: i testi. Questo risulta persino più paradossale se si considera che, oltre ai testi, producono la materia prima della manifestazione stessa: ben pochi dei 170.000 visitatori verrebbero a Torino solo per visitare un megamarket di libri in una ex fabbrica di automobili. Il pubblico viene (e paga biglietti viaggi primizie hotel) per gli eventi, che sono tantissimi e che,

miracolosamente come pani e pesci, diventano ogni anno di più senza che il budget cresca di una virgola, perché resta zero. Degli oltre 4.000 partecipanti agli oltre 1.500 incontri del Salone di quest'anno, esclusi (immagino) pochi famosissimi, quelli che riceveranno un cachet sono: esattamente nessuno. Se nel settore chiedi perché, alzano le spalle. È sempre andata così.

Sempre, ma non *ovunque*. Da un paio di mesi è uscito un mio romanzo in Germania; è stato uno shock scoprire che, per ogni presentazione, sarei stato pagato, così come chi lo presentava con me.

Questo, ovviamente, è appagante da un punto di vista etico: presentare il proprio romanzo può essere considerato promozione (anche se un reading fatto bene è a tutti gli effetti una performance da preparare, come un piccolo concerto), ma presentare quello altrui è lavoro che richiede studio, talento, concentrazione. Ma soprattutto, questo trasforma completamente la struttura del settore: se gli eventi costano, se ne faranno meno (Berlino ha il triplo degli abitanti di Milano e, a occhio, meno della metà delle presentazioni di libri); essendocene meno, la qualità media è più alta, e il pubblico più folto. Inoltre, se presentare un libro è un modo di guadagnare, si cercherà di farlo bene: ci sono moderatori di professione, che si sono costruiti una reputazione in grado di attirare pubblico anche da autori sconosciuti. Questo fa bene a tutti: in Germania nessuno sapeva chi ero, ma al lancio del mio romanzo sono venute più di cento persone.

Lo so, lo so: questo discorso puzza di uno snobistico "oh ma lo sai che in Svezia", che ammette come unica risposta "amo' non siamo in Svezia". Naturalmente in Italia tutto costa meno che in Germania (tranne gli appartamenti!) e lo stesso dovrebbe valere per i cachet. Ma *meno* non significa *zero*.

Il problema – anche andando al di là dell'ingiustizia – è l'inflazione: se gli eventi sono gratis si moltiplicano a dismisura, diluendo il pubblico, abbassando la qualità e generando una sorta di corsa agli armamenti fra editori, che con costi marginali minimi (il personale è già lì, i libri pure) mirano logicamente a occupare ogni calendario possibile. E in una specie di *mise-en-abîme* si moltiplicano anche i contenitori di eventi: quello che ho detto del Salone vale ovviamente anche per Book Pride a Milano e Genova, Più Libri Più Liberi e Libri Come a Roma, Testo a Firenze...

Qualche mese fa la scrittrice Espérance Hakuzwimana ha deciso di annullare le presentazioni che aveva in programma

– dopo averne fatte quasi quaranta in tutta Italia – perché si sentiva «distrutta», fisicamente ed emotivamente, dalla «continua sensazione di dover qualcosa a qualcuno». Ci hanno perso tutti: lei, in energie, serenità e tempo, e il pubblico che ha perso degli eventi che non erano solo promozione libraria ma un vero e proprio seminario antirazzista sui problemi dell'adozione e dell'inclusione. Uno può dire: be', se le presentazioni avessero avuto un costo ne avrebbe fatte di meno. Ma gli eventi a costo zero un costo lo hanno comunque – Hakuzwimana lo ha pagato – solo che non ricade sull'editore né sul pubblico. Un cachet obbligatorio eliminerebbe quella sensazione di dover sempre qualcosa, e farebbe organizzare solo gli eventi per cui c'è richiesta del pubblico o interesse dell'editore.
Proviamo a immaginare una rassegna in cui – per decreto autocratico della direzione, per sindacalizzazione dei relatori, per lucesullaviadidamaschizzazione delle case editrici – sia obbligatorio un cachet per ogni relatore. Gli eventi sarebbero di meno. Anche il pubblico? Probabilmente no: so per triste, ripetuta esperienza che moltissimi di quegli eventi si svolgono di fronte a tre, cinque, otto persone, spesso fermatesi nella sala vuota solo perché i bar hanno pochi posti a sedere. Troverebbero altri eventi, che sarebbero più pieni. Non solo: i relatori sarebbero probabilmente più preparati, per essere richiamati in seguito; il pubblico avrebbe probabilmente un'esperienza più appagante. Il costo per gli editori sarebbe superiore? Sì e no; i relatori oggi non prendono cachet ma necessitano di treni alberghi pranzi, e eliminarne la metà libererebbe fondi per pagare i superstiti. E se anche gli editori dovessero spendere qualcosa in più, il compenso ai relatori dovrebbe essere considerato non comprimibile, necessario: al pari di treni, panini, spedizioni e alberghi, tutte cose senza cui un evento letterario non è possibile. Ma neanche senza relatori lo è.
Naturalmente questo è un esercizio mentale ottimista e vano. Siamo in quello che in teoria dei giochi si chiama *equilibrio inefficiente*: una situazione in cui le cose potrebbero essere migliori per tutti ma nessuno ha la possibilità, da solo, di cambiarle. Un singolo editore che cominciasse a pagare cachet potrebbe fare meno eventi degli altri; una singola relatrice che li esigesse sarebbe chiamata meno spesso. Ma in mancanza di una federazione sindacale (e però sindacalizzare gli scrittori è come federare i gatti) o di una tirannide illuminata dalla Pareto-efficienza non vedo proprio come le cose possano cambiare; anche se, una volta vista, l'ingiustizia delle

circostanze attuali è impossibile da dimenticare, e risulta persino amplificata da quanto sia naturalizzata, da quanto diamo per scontato che non possa che essere così. Quando ho fatto una battuta a riguardo sui social, una giornalista famosa per quanto ama fatturare ha ribattuto sarcastica, «cos'è, all'estero per le presentazioni ti pagano?». Certo! Le ore di lavoro si pagano; o si dovrebbero.
La prima versione di questo articolo era una poesia giocosa e sferzante che ricalcava un famoso componimento di Ernesto Ragazzoni, scritta nella speranza che divertendo aiutasse a federare un po' più di persone attorno a quest'idea. È evidente che se la mia speranza di cambiamento è appesa a una poesia, la mia speranza è poca.

A Torino, col Salone
Tutto il mondo letterario
Ogni anno va, con l'intenzione
di sbarcare un po' il lunario.
Vende copie l'editrice
Dai banchetti, dagli stand;
L'ente fiera, ben felice
Fa il proforma e clicca send.
Tassinari e ristoranti
Fanno incetta di contanti.
Quel weekend, dal Po alla Stura
Tutta la città fattura;
Solo io per le mie ore
Lucro in crediti d'onore:
Perché io sono l'autore
Triste autore
Cupo autore
Magro autore
Relatore
Vende bibite e dolcetti
L'Autogrill monopolista;
O li vende Farinetti,
A chi ha un gusto più elitista.
Cartongessi, magazzini:
Tutto frutta bei soldini.
Solamente le mie ore
Pagan crediti d'onore:
Perché io sono l'autore
Triste autore
Cupo autore
Magro autore
Relatore
Certo, se pubblico un tomo
E lo voglio presentare
Parlo gratis, perché è promo:
Vender copie è guadagnare.
Ma se invece è un libro altrui,
Parlo io e guadagna lui!
Mentre io per le mie ore
Incasso crediti d'onore:
Perché io sono l'autore
Triste autore
Cupo autore
Magro autore
Relatore
Presentar saggi e romanzi
Rende ricca la città:
Non si trova un po' che avanzi
Per pagare chi lo fa?
Dovrò ancor tornar tapino
Dal salone di Torino?
Quel weekend, dal Po alla Stura
Tutta la città fattura:
Perché solo le mie ore
Valgon crediti d'onore?
Rimarrò sempre l'autore
Triste autore
Cupo autore
Magro autore
Relatore?

Postilla
Questo articolo è uscito sul "Post" il 17 maggio 2023, a ridosso del Salone del Libro di Torino. Nella vasta e a tratti accesa discussione che è seguita ho messo a fuoco alcune cose che non avevo capito, o espresso, abbastanza bene (fra le moltissime conversazioni, fisiche o digitali, particolarmente illuminanti sono state quelle con Mario Capello e Martina Testa).
Innanzitutto: non credo – benché le mie parole possano lasciarlo intendere – che nel settore culturale abbia senso pensare a una conversione diretta fra tempo e denaro, come potrebbe praticarla un elettricista o un'avvocata. Questo non è per una qualche unicità spirituale dell'attività letteraria, ma piuttosto per la sua natura, per dir così, ecologica. La vita culturale di un paese, di una città o anche solo di una persona è un lago in cui affluiscono bestseller e fanzine, grandi eventi sbigliettati e conversazioni carbonare sotto i portici di una libreria. Appiattire ogni conversazione pubblica sotto l'etichetta di "un tanto all'ora" non renderebbe giustizia a questa molteplicità, risultando in una professionalizzazione che finirebbe per lasciare spazio solo alle realtà più immediatamente commerciali – che ci sono, e sono importanti e vitali, ma non sono tutto. L'analogia più evidente è con la pratica della scrittura, anch'essa contesa fra la necessità di essere pagati e l'eterogeneità dei contesti in cui esiste: ha senso esigere che una traduzione, un articolo di giornale commissionato siano pagati a pagina; esigere qualcosa di simile anche per i romanzi, le poesie, i blurb ai libri degli amici (e i tweet? E gli SMS? Dove ci si ferma?) sarebbe ridicolo ma soprattutto controproducente, risulterebbe in brutti romanzi, nessuna poesia. Un ecosistema fertile garantisce che chi vi contribuisce possa sostenersi, senza che ciò debba scaturire uniformemente da ogni singolo contributo: gli eventi gratuiti generano conversazioni e contatti che rendono possibili quelli a pagamento, un po' come (si spera!) i romanzi mai terminati o quelli usciti e ignorati fecondano il terreno da cui sorgono i capolavori.
Il punto è tutto in quel "si spera": se si accetta che chi non può pagare non lo faccia (non per carità, ma perché non tutto ciò che ha valore ha valore commerciale), è necessario che chi può sì. Questo è molto, molto difficile in un panorama come quello che si vede attualmente in Italia, in cui gli eventi sono a) tantissimi; b) gratuiti (il pubblico non paga, chi parla non viene pagato) c) mediamente di bassa qualità (a prescindere dal livello dei partecipanti: ma senza produzione audiovisiva, spesso senza scaletta, e così via.) Questi tre aspetti si

sorreggono a vicenda in quello che, appunto, chiamavo un equilibrio inefficiente: non è possibile cambiarne uno solo lasciando immutati gli altri, ma non è pensabile di cambiarli contemporaneamente tutti e tre. E allora che si fa, eh?
Nei sei mesi che sono trascorsi dall'uscita di questo articolo ho scoperto però che l'equilibrio è meno resistente di quanto pensassi. Due librerie mi hanno detto che stanno studiando modi per trovare fondi per pagare chi anima i loro eventi; una terza li ha trovati. Qualche settimana fa ho presentato il mio ultimo libro in un festival letterario; nello stesso spazio, la sera, si è tenuto un breve spettacolo intorno a *La residenza delle donne* di Benedetta Tobagi, che aveva appena vinto il Premio Campiello. "Un breve spettacolo intorno" è una dicitura brutta e opaca, ma non saprei bene come altro definirlo: per un'ora, sulla scena, si sono alternate letture delle parole delle partigiane riportate nel libro di Tobagi (recitate da Anna Bonaiuto e accompagnate alla fisarmonica da Giulia Bertasi); canzoni partigiane; e brevi spiegazioni di raccordo in cui l'autrice ricostruiva i temi del suo libro; alle loro spalle scorrevano immagini della Resistenza. È stato illuminante, commovente, splendido. Che cosa è stato? Le tre donne sul palco non stavano facendo una presentazione letteraria, ma neanche una pièce di teatro. È inconcepibile che un evento del genere non sia pagato (e infatti, correttamente, lo era); a paragone con esso, è concepibilissimo che la mera presentazione di un volume non lo sia (e infatti la mia, correttamente, non lo era). Il pubblico, numerosissimo, ne è uscito (me compreso) con più voglia di comprare il libro che dalla migliore delle presentazioni – paradossalmente, proprio perché non era un evento promozionale ma uno spettacolo autonomo con un evidente lavoro di preparazione artistica e storiografica alle spalle. Una produzione come questa abitua il pubblico a ricevere qualcosa di più, e gli organizzatori a dare di più perché ciò sia possibile: è un raro caso in cui vincono tutti. So che un festival che inaugurerà a fine 2023 la prima edizione vuole dare più spazio a eventi di questo tipo. Non è una soluzione universalmente replicabile, non si adatta a ogni libro a ogni spazio a ogni voce: ma, credo, può essere un'aggiunta importante all'ecosistema di cui facciamo parte, un nuovo fiume nel lago.

I gatti di Odessa

Daria Bignardi

Non ho ancora tolto dal cellulare l'app dell'allarme per gli attacchi aerei. Ogni tanto suona, come stamattina in metropolitana. Anche se sono tornata dall'Ucraina il 3 gennaio continuo a leggere le notizie che arrivano da lì come prima cosa. Evgenij Golubovskij, lo scrittore 86enne col quale ho trascorso l'ultimo pomeriggio dell'anno, mi aveva avvertita: «Odessa non si dimentica».
La mattina che sono partita da Milano i siti italiani scrivevano: «Ultim'ora, pioggia di missili in Ucraina».
Nello Scavo, il giornalista dell'"Avvenire", che lì è di casa, mi aveva scritto: «Qualche scheggia, niente di che. Vedrai: c'è una guerra vera e una percepita, come la temperatura».
Poi aveva consigliato di scaricare Telegram e una serie di app, avvisando che circolavano anche "immagini forti". Ho capito che sarebbe stato un Capodanno singolare, e non solo perché stavo andando in una zona di guerra.
Mentre bevevo l'ultimo caffè casalingo scaricando app in cirillico, mi sono messa a sfogliare un libro appena arrivato: l'autobiografia di Michelangelo Pistoletto, 90 anni a giugno, intitolata *La formula della creazione*. Iniziava così: «Una cosa di cui non si può fare a meno è credere. Fin da bambino io ho cercato in cosa credere [...] ho condotto la mia ricerca su cosa credere attraverso la via dell'arte».
Pistoletto, che ha visto le prime bombe inglesi su Torino nel '40 e poi «quelle angloamericane ben più terribili nel '43», ricorda che a scuola gli avevano insegnato «ad aver fede in Dio con la dottrina cristiana e in Mussolini con la dottrina fascista». Lui invece credeva nella formula della creazione, e forse anche io.
Mentre scaricavo Telegram inseguivo per casa mia figlia in partenza per la montagna, chiedendo se aveva messo in valigia abbastanza calze e maglioni, fino a che non si è rivoltata dicendo «Basta mamma, non sto andando in guerra!».

Nemmeno io stavo andando in guerra. Ma in un paese in guerra sì, in effetti.
Come per ogni viaggio, ho deciso quali libri portare solo quando tutto era pronto, per godermi la scelta. Alla fine ho preso un discorso di Svetlana Aleksievič del 2013 intitolato *Perché sono scesa all'inferno?*
Aleksievič, che nel 2015 vinse il Nobel per la Letteratura col suo racconto sulla dissoluzione dell'"impero rosso" – come chiama lei la rivoluzione, i gulag, la guerra e Černobyl – l'ho incontrata due volte.
La prima presentai il suo libro *La guerra non ha un volto di donna* ad Alba, al Festival "Collisioni", poi andammo a pranzo. Non parlava inglese e chiacchierammo attraverso la sua traduttrice dal russo. Tra le altre cose mi disse che dopo il Nobel si sentiva sballottata ovunque e aveva voglia di fermarsi ma non sapeva bene dove perché era nata in Ucraina, cresciuta in Bielorussia e aveva vissuto in Russia, ma quel che scriveva aveva fatto arrabbiare tutti. La seconda, tre anni fa, a Milano, poco prima del Covid e della guerra, e mi raccontò che per il suo prossimo libro stava facendo interviste sul tema dell'amore. Mi sembrò un'idea geniale. Non so cosa sia stato di quel progetto: nell'ultima sua dichiarazione, letta pochi mesi fa, diceva che stava scrivendo della guerra. Del resto in *Perché sono scesa all'inferno?*, a chi le chiede se le persone a cui ha dato voce si esprimano davvero così bene, risponde: «Le persone non si esprimono mai così bene come quando sono innamorate o vicine alla morte».

Ho deciso di partire per Odessa anche se l'accredito del Ministero della Difesa ucraino non è ancora arrivato.
Igor, l'autista odessita che viene a prendermi all'aeroporto di Chișinău, in Moldavia, dice subito che Darya è russo e che mi chiamerà Daryna, o Dasha, in ucraino. Poi ridacchiando mi preannuncia «Un Capodanno romantico sotto i missili».
È accompagnato da sua moglie Valentina, una giovane signora snella con la quale cinguetta per tutto il viaggio. I due, che hanno un figlio grande abbastanza per lo snowboard, non abbastanza per la guerra, tubano come colombi. Arriviamo alla frontiera in due ore e mezza di strada fiancheggiata da querce, pioppi, ciliegi, noci e campi di terra nera, la famosa *černozëm*, nota per la sua fertilità. Se non fosse per il cielo limpido e la terra nera sembrerebbe di essere in Pianura Padana.
Non c'è quasi nessuno in giro fino a che non arriviamo a Palanca, un paese affollato di piccoli negozi di generatori,

trapani, biciclette e vetri per le finestre. Poco dopo arriviamo al confine, un pugno di container, sbarre e guardie nel freddo e nel silenzio della campagna.

Igor mi avverte di prepararmi ad aspettare un tempo indefinito. Davanti a noi c'è una giovane famiglia – lui con barba lunga da hipster, lei coi capelli corti e rasati ai lati, il bambino con uno zainetto rosso – che oltrepassa la frontiera a piedi, e una coppia di trentenni – in piumino, sneakers e tuta nera griffati – che fumano sigarette elettroniche. Igor dice che quei vestiti sono imitazioni, ma a me sembrano autentici. Dalla parte ucraina arrivano parecchie macchine, sembrano cariche di famiglie che vanno da qualche parte per Capodanno.

Dopo un'ora di attesa senza che davanti a noi ci sia nessuno, tre militari in tuta mimetica ci controllano a lungo i passaporti, ispezionano il baule della macchina e alla fine la sbarra si alza e possiamo passare.

Alla sbarra ucraina aspettiamo solo mezz'ora. Dentro al container azzurro una donna della quale vedo solo le mani, con unghie lunghe e dipinte di nero che spuntano dalla giacca militare, porge i nostri passaporti a un altro soldato che ispeziona la macchina, apre il mio sportello, mi indica, chiede qualcosa a Igor e alla fine ci restituisce i passaporti e ci lascia passare. Dopo poche decine di metri superiamo un altro checkpoint e siamo in Ucraina e proprio in quel momento, che sarebbe stato già abbastanza emozionante così, Igor rialza il volume che aveva abbassato al confine e sento uscire dalla radio – giuro – il suono di *The Red Viburnum in the Meadow*, la canzone patriottica cantata dalla rock star ucraina Andriy Khlyvnyuk e arrangiata dai Pink Floyd. Igor si volta per raccontarmene la storia, che fingo di non sapere per dargli soddisfazione.

Dopo il confine le scritte sono solo in cirillico. Alla nostra sinistra scorre il fiume Dnister e sulla sponda si intravede qualche pescatore in tuta mimetica che pesca con la canna. Attraversiamo il villaggio di Mayaki: altri negozietti, bancarelle di patate, mele, peperoni e pomodori, altri soldati. Poi fin quasi a Odessa la pianura è ancora più piatta e deserta, tranne poche casupole, davanti a una delle quali c'è la prima vecchia signora col grembiule e il fazzoletto in testa di questo viaggio. Sta prendendo l'acqua da un pozzo di ferro dipinto di verde, probabilmente in casa non ce l'ha.

La prima cosa che vedo di Odessa è un passaggio a livello chiuso davanti a un treno azzurro che ci passa veloce davanti.

Ora che gli aerei non possono volare, i treni ucraini sono il mezzo più sicuro per spostarsi, li usa Zelensky, li hanno usati i capi di Stato in visita: non si sono mai fermati. Tanto che la *Lonely Planet* quest'anno ha inserito la linea Chisinau Kiev tra i percorsi interessanti consigliati, per quando finirà la guerra.
Proprio accanto al passaggio a livello, in mezzo al traffico, c'è una torretta gialla con le tendine di pizzo alle finestre, probabilmente casa del guardiano quando i passaggi a livello non erano computerizzati. Chissà chi ci abita adesso, magari sempre lui, o lei, come il capo delle guardie del carcere dell'Asinara che è rimasto a vivere sull'isola anche quando il carcere ha chiuso.
La seconda cosa che noto è un fattorino di Glovo vestito da Babbo Natale, in motorino. Siamo ancora in periferia e i condomini moderni si alternano alle casette a due piani coi tetti di tegole rosse, ma tutti, tutti i balconi di tutte le costruzioni, sono verandati. Odessa è una città di verandine. Migliaia di verandine che permettono di affacciarsi in strada anche d'inverno: «Perché agli odessiti piaceva stare fuori, non chiusi in casa», mi racconteranno.
Adesso invece quando viene buio in giro c'è così poca luce, per via dei problemi d'energia delle centrali bombardate, che in strada di gente ce n'è poca e chi esce rincasa presto, perché dalle undici di sera scatta il coprifuoco ma già dalle dieci i militari controllano i documenti.
Molti locali e molti negozi sono chiusi, quelli aperti hanno davanti un generatore che romba. Imparerò che il suono delle sere di Odessa è quello dei generatori, piccoli o grandi, che permettono un po' di illuminazione e riscaldamento. Da un certo punto della notte in poi si spengono anche quelli e cala il buio totale.
Ma è ancora pieno giorno quando arrivo al mio albergo, che sta sulla via Aleksandrovskiy, un tempo via Stalin, larga strada alberata con due controviali e al centro un mercatino di legno che una volta era il Vecchio Mercato e ora vende caffè e cappuccini, spumanti e panettoni italiani, liquori, detersivi, generatori, pesci affumicati, cover per smartphone e libri in cirillico.
Sulla scrivania della mia stanza sobria e luminosa trovo un foglio che dice:
«Cari ospiti! Il team del nostro hotel sostiene il programma nazionale di consumo consapevole di elettricità. Più consapevole è l'uso e più stabile sarà il sistema energetico. Uniti fino alla Vittoria!».
È la prima delle tante frasi patriottiche in cui mi imbatterò.

Odessa è una città bellissima. È Milano e Parigi e Torino col mare, più elegante, misteriosa e ovviamente più orientale. In yiddish si diceva: *Ades iz kleyn-Pariz*, Odessa è una piccola Parigi, e la risposta era: *Pariz dolzhen u Odessy botinski chistit*, Parigi dovrebbe lustrarle le scarpe, a Odessa.
Cammino nel centro storico tra palazzi settecenteschi e ottocenteschi carichi di colonne, stucchi, cariatidi leggere e telamoni muscolosi, fregi di conchiglie, pesci e tranci di vite. La mia meta è piazza Caterina II, dove stamattina tra molte polemiche hanno rimosso la statua alta tre metri della fondatrice di Odessa e degli altri quattro fondatori: due russi, un fiammingo, un napoletano, come nelle barzellette. Per arrivarci passo davanti alla statua di Isaac Babel', l'autore dei formidabili *Racconti di Odessa* che secondo Hemingway erano i racconti meglio scritti del mondo. Babel', che fu fatto fucilare da Stalin nel '40, abitava lì di fronte, al quarto piano. Qualcuno gli ha messo in grembo un calzino a righe bianche e nere, forse perché proprio lì accanto sotto a un tendone si distribuiscono vestiti ai rifugiati.
Purtroppo non potrò vedere la mitica scalinata Potëmkin del film di Ėjzenštejn (e di Fantozzi), perché è chiusa da cavalli di frisia e sorvegliata dai militari. Penso che d'ora in poi assocerò sempre l'angoscia della celebre scena della carrozzina che sobbalza sui 192 gradini a tutte le angosce di questa città, dal pogrom russo che massacrò centinaia di ebrei nel 1905 allo sterminio nazista e romeno di decine di migliaia di cittadini ebrei tra il 1941 e il 1944, all'incendio doloso alla Casa dei Sindacati dove morirono 42 odessiti filorussi nel 2014, fino a queste transenne e ai sacchi di sabbia che coprono l'altra statua simbolo della città, quella del Duca di Richelieu, il suo pri mo governatore.

Quando cala la sera vado a cena con Anna Golubovskaja, l'autrice delle foto di questo racconto. Ho conosciuto Anna attraverso le ipnotiche fotografie della mostra *Qui Odessa, cronache da una città che trattiene il respiro*, che ha inaugurato quest'estate alla Fondazione Stelline di Milano insieme allo scrittore italo-odessita Eugenio Alberti Schatz. Quando è scoppiata la guerra la sua unica figlia è dovuta partire per la Polonia, ma Anna ha voluto restare a Odessa con suo padre, che non si muoverà mai dal suo appartamento pieno di prime edizioni poetiche e di bellissimi quadri del Novecento e privo di luce e riscaldamento.
Mangiamo pollo e crostini al ristorante di Roberto Armaroli, emiliano sposato a una architetta odessita, arrivato qui otto

anni fa dalla Crimea che, ci racconta, è bella come la costiera sorrentina. Ne è venuto via nel 2014, quando l'hanno presa i russi. Dopo cena Roberto offre un limoncello che neanche a Sorrento l'ho bevuto così buono.

Anche Marina, che ha ventiquattro anni, si ricorda della Crimea. C'è stata in gita da bambina. «E ce la riprenderemo», dice quietamente, sorseggiando una cioccolata calda. Con Marina e Anna, cugine e coetanee, faccio colazione la mattina del 30 dicembre. Sono le nipoti odessite di una mia conoscente che vive in Italia e hanno accettato di incontrarmi in un caffè vicino all'albergo. Anna, che è incinta di otto mesi e mezzo, si è sposata da poco con Sasha, che faceva il muratore ma adesso è soldato. Non ho il coraggio, guardando la sua pancia tonda, di chiederle se si sono sposati per la pensione, nel caso lui morisse. Anche Marina è sposata, con Max, che gestisce insieme a lei un negozio di abbigliamento on line. Entrambe sono laureate: Anna fa la maestra, Marina insegnava Educazione fisica. Minute e graziose, capelli lunghi e lisci, dimostrano ancora meno della loro età. La prima cosa che mi

raccontano è che la mattina del 24 febbraio, quando il presidente Zelensky alla tv ha annunciato l'attacco russo, il fratello di Marina, che abita in Moldavia, le ha proposto di raggiungerlo finché le frontiere erano aperte, ma lei e Max non se la sono sentiti: «Crediamo nei nostri militari e nel nostro paese. Anche il nostro Presidente poteva andare in America o in Inghilterra ma non lo ha fatto, è rimasto qui con noi».
In aprile Anna è rimasta incinta, in maggio Marina si è sposata. Doveva farlo prima del Covid, aveva rimandato per una faccenda legata ai testimoni, che nel rito ortodosso devono essere sposati in chiesa.
«Vorremmo che la guerra finisse subito, ma niente sarà più come prima. Noi con gli amici abbiamo sempre parlato russo, ora ci sforziamo di parlare ucraino, perché a sentire il russo, o a leggere Tolstoj, ci vengono in mente i morti, i feriti, e stiamo male».
Marina racconta che sua suocera è nata in Russia e che la sua sorella, che vive lì, le ha scritto «Vergogna, hai tradito il tuo paese» e le ha chiesto «Volete diventare tutti gay come in Europa?».
Qui chiunque – e sono in 41 milioni – ha un parente russo col quale prima della guerra era in contatto e ora ha interrotto i rapporti.
Marina pensa che i russi siano rimbecilliti dalla propaganda della tv, che non pensino, non si informino. «Prima che la Russia ci invadesse volevamo andare a conoscere i parenti russi di Max, ora non è più possibile. Eravamo un paese aperto a tutti, un crogiolo di lingue e nazionalità, soprattutto noi di Odessa: questa aggressione ci ha fatto diventare nazionalisti».
Anna dice che a suo figlio insegnerà a parlare solo l'ucraino. Non sa ancora come lo chiameranno, prima vogliono vederlo, sperando che non mandino Sasha al fronte prima che nasca.
Chiedo a entrambe cosa pensano dei pacifisti e di quelli che chiamano nazisti gli ucraini. Marina risponde «Ognuno ha la sua opinione, ma come possiamo sapere che se l'Ucraina facesse concessioni la Russia poi non distruggerebbe i nostri paesi e le nostre città come ha fatto a Kherson e nel Donbass?».
Anna, con un sorriso da Gioconda, dice: «Preferisco non rispondere. Sono troppo incinta per non essere ipocrita».
Marina si arrabbia: «L'Ucraina, e specialmente la regione di Odessa, è sempre stata multiculturale. Il nostro presidente è ebreo. È da pazzi pensare che qui comandino dei nazisti!».
Dopo averle salutate vado al lungomare di Langeron, a vedere il Mar Nero. La spiaggia è minata, ma la celebre

passeggiata di legno è frequentata da famiglie con bambini e da ragazzi. E da gatti. Gatti bellissimi, soffici, tondi, gatti neri e rossi e bianchi e tricolori che giocano attorno ai cavalli di frisia. Gli odessiti amano i gatti, li nutrono, gli hanno costruito sul lungomare delle casette di legno coi dosatori di mangime e i gatti sono così sazi e pigri da ignorare i passerotti che ripuliscono gli avanzi.
Mentre suona il mio primo allarme aereo sto giocando con un gattone tigrato.
Mi guardo in giro ma nessuno sembra far caso alla sirena. Nonne con bambini per mano, fidanzati abbracciati, ragazze coi capelli fluttuanti continuano a passeggiare, e così faccio anch'io.

Il mio brindisi dell'ultimo dell'anno, con la famiglia di Anna e mio suocero Adriano Sofri che di Odessa è diventato frequentatore, lo faccio – anzi ne facciamo parecchi e guardandoci sempre negli occhi – alle quattro del pomeriggio, a casa del padre di Anna, che ha acceso due lunghe candele su un tavolino coperto da una tovaglia rossa. Ci offrono uva, mandarini e una buonissima meringa.
L'ultima notte dell'anno – ovviamente senza l'ombra di botti e fuochi artificiali – la passerò nella mia stanza d'albergo. Gli allarmi saranno parecchi e sulle mie app di Telegram leggerò molti messaggi come: «Gli orchi hanno sganciato altri 59 Shahid (i droni iraniani kamikaze) ma la nostra gloriosa contraerea li ha abbattuti uno per uno!».
La mia conoscente ucraina che vive in Italia, alla quale telefono per raccontare l'incontro della mattina con le ragazze, mi raggela: «E della corruzione non ti hanno parlato? Del fatto che per non essere mandati al fronte i soldati danno le bustarelle al comandante? Guarda che in prima linea a morire ci vanno soprattutto i poveracci, i contadini, quelli di cui a nessuno importa. Chi ha un minimo di soldi scappa, o corrompe per sopravvivere. È facile fare i patrioti con la pelle degli altri!».
«Auguri anche a te», le rispondo. So che sta dicendo la verità, una verità, e che le verità sono tante. Ma non voglio pensarci in questo momento, mentre sul telefono arriva il messaggio di Igor che fa gli auguri e scrive «Brinda alla nostra vittoria, Dashenka».
Il primo giorno dell'anno Anna Goluboskaya mi invita ad andare con Adriano al porto che era delle imbarcazioni da diporto e ora aspetta che passi la lunghissima nottata di Covid, guerra e mare minato. Andiamo a trovare un

leggendario comandante di lungo corso di nome Viktor che aspettando si sta ricostruendo una grande barca di legno. Viktor ha 83 anni, è alto, ebreo, bellissimo, coi baffi e i capelli bianchi e folti. Ci accoglie affettuosamente e sistema un tavolino di legno sul molo, pressoché a pelo d'acqua, per un picnic di Capodanno a base di vodka e insalata russa.
Qui l'insalata russa si chiama insalata Olivier, da un cuoco Olivier di origine francese che la inventò al ristorante Hermitage di Mosca, mentre in Italia dicono che sia nata nell'Ottocento quando il cuoco di corte del Regno di Savoia – in onore dello zar in visita – inventò un piatto di verdure russe con una panna che ricordasse la neve. In Polonia poi l'insalata russa si chiama italiana, quindi non se ne esce. Comunque è buonissima, e la finisco insieme alla vodka per non lasciar bere Viktor da solo, visto che Anna deve guidare e Adriano non beve. Viktor ha toccato tanti porti italiani, e sostiene che dal porto di Odessa a Rimini con la sua barca potrebbe arrivare in una settimana, attraverso il Bosforo e il Mar di Marmara. Promette che quando finirà la guerra lo farà, ma oggi, il primo giorno dell'anno, sul mare, al sole, nessuno ha voglia di parlare della guerra. Ci saluta dopo un paio d'ore di chiacchiere e ricordi alzando il pugno destro a quarantacinque gradi, come fanno qui. Anna mi dice che per gli anziani è un gesto abituale e non ha un significato politico, anche se probabilmente viene da lì.
Poi Anna propone un giro in auto per la Moldavanka, il quartiere ebraico che cento anni fa, nei *Racconti di Odessa* di Babel', era dominato dall'irresistibile Benja Krik, il Re della malavita. Le dico che dei quattro racconti il mio preferito è *Liubka il Cosacco*, con l'ostessa Liubka – detta il Cosacco per il suo carattere rude – che cerca di conciliare maternità e affari. «Come tutte», commenta Anna Golubovskaya, mentre il sole tramonta sul primo giorno del 2023, probabilmente non troppo diverso da quello che cento anni fa «pendeva dal cielo come la rossa lingua di un cane assetato» sopra l'ostessa Liubka, il Cosacco.

D. Bignardi, *I gatti di Odessa, reportage sull'Ucraina del 2023*, "Domani", 13 gennaio 2023 lett

ure

Ada D'Adamo
Come d'aria
Elliot edizioni

pagine 144
isbn 9788892762459
Premio Strega 2023

Daria è la figlia, il cui destino è segnato sin dalla nascita da una mancata diagnosi. Ada è la madre, che sulla soglia dei cinquant'anni scopre di essersi ammalata. Questa scoperta diventa occasione per lei di rivolgersi direttamente alla figlia e raccontarle la loro storia. Tutto passa attraverso i corpi di Ada e Daria: fatiche quotidiane, rabbia, segreti, ma anche gioie inaspettate e momenti di infinita tenerezza. Le parole attraversano il tempo, in un costante intreccio tra passato e presente. Un racconto di straordinaria forza e verità, in cui ogni istante vissuto è offerto al lettore come dono.

L'incipit
«Sei Daria. Sei D'aria. L'apostrofo ti trasforma in sostanza lieve e impalpabile. Nel tuo nome un destino che non ti fa creatura terrena, perché mai hai conosciuto la forza di gravità che ti chiama alla terra. Gravità, che ogni nato conosce non appena viene al mondo. Gravità che il danzatore trasforma in arte quando dalla terra spicca il volo e quando alla terra torna, per cadere e di nuovo rialzarsi. Tu non sai lo splendore quotidiano dello stare in piedi, la "piccola danza" che muove ognuno nell'apparente immobilità del corpo verticale. Né immagini il mistero del peso che si trasferisce da una gamba all'altra e origina il passo. Altra è la gravità che ti riguarda: "condizione che desta preoccupazione o annuncia pericolo". Condizione che sempre accompagna i documenti che ti definiscono: "handicap grave", "ipovisione di grado grave", "grave compromissione", "contributo disabili gravissimi"[...]
Che la terra – la vita su questa Terra – ti sia lieve, mi auguro per te, ogni giorno. E all'auspicio segue l'azione, ché solo sperare non basta.
Sei Daria, sarai D'aria».

Scrivono del libro

«Raccontando di sé e di sua figlia Daria affetta da oloprosencefalia, una patologia cerebrale gravissima che di norma viene diagnosticata nella prima fase della gravidanza quando si può ricorrere all'aborto terapeutico, D'Adamo racconta la verità sulla cura. Lo fa esprimendo con forza, chiarezza e poesia quanto la cura sia una maledizione di fatica, di impossibilità e un'esperienza d'amore illimitato, dicendo quindi del connubio impossibile tra il desiderio di liberarsi di tale fardello e quello di garantire la miglior vita possibile alla persona malata».
Laura Marzi, "il manifesto", 8 luglio 2023

Ada D'Adamo, nata a Ortona nel 1967, si è diplomata all'Accademia Nazionale di Danza e laureata in Discipline dello Spettacolo. Ha scritto diversi saggi sulla danza e il teatro. È morta nel 2023 nella sua casa di Roma, pochi giorni dopo la candidatura del suo memoir *Come d'aria* al Premio Strega. Alla sua memoria è stato istituito, nell'ambito della Festa della Danza di Roma, il Premio Ada D'Adamo, conferito a chi meglio interpreterà la fusione tra esperienza artistica e funzioni sociali.

→
Parliamo di Vite vere alle pp. 17-25

Michela Murgia
Tre ciotole
Mondadori

pagine 144
isbn 9788804774891

S'innamorano di una sagoma di cartone o di un pretoriano in miniatura, odiano i bambini pur portandoseli in grembo, lasciano una donna ma ne restano imprigionati, vomitano amore e rabbia, si tagliano, tradiscono, si ammalano. Sono alcuni dei personaggi del nuovo, strabiliante libro di Michela Murgia, un romanzo fatto di storie che si incastrano e in cui i protagonisti stanno attraversando un cambiamento radicale che costringe ciascuno di loro a forme inedite di sopravvivenza emotiva. "Una sera ti metti a tavola e la vita che conoscevi è finita". A volte a stravolgerla è un lutto, una ferita, un licenziamento, una malattia, la perdita di una certezza o di un amore, ma è sempre un mutamento d'orizzonte delle tue speranze che non lascia scampo. Attraversare quella linea di crisi mostra che spesso la migliore risposta a un disastro che non controlli è un disastro che controlli, perché sei stato tu a generarlo. In stato di grazia, come la grande narratrice di *Accabadora*, Murgia scrive per tutti noi un libro estremamente originale che rimanda a una costellazione di altri grandi libri: *Il crollo* di Fitzgerald, *Lo zen e il tiro con l'arco* di Herrigel e *L'anno del pensiero magico* di Didion.

L'incipit

«"Lei ha una nuova formazione di cellule sul rene". Il medico parlava con tono così lieve che per un istante lei pensò che l'annuncio fosse qualcosa di cui rallegrarsi. A causa della mascherina bianca, di quell'uomo gentile sulla sessantina vedeva solo metà del volto e nei primi minuti della visita aveva creduto che fosse la metà giusta. Ora non ne era più così sicura. Oltre il paravento di plexiglas che sulla scrivania offriva a entrambi ulteriore protezione dal virus onnipresente, gli occhi del dottore la sfuggivano al punto che non riusciva a dirne con certezza il colore. Per ripicca cercò a sua volta di rendere il viso illeggibile. Dalle finestre ampie dell'ospedale di Monteverde entrava una luce galvanica che nel pieno del giorno splende con quella forza solo su Roma. Era convinta che a emanarla fossero le braci segrete dell'impero, quello vero, ancora covanti sotto alle rovine di tre civiltà troppo più deboli per spegnerle del tutto. In quella luce si sorrisero cauti e il medico, forse illuso di essere stato capito, continuò.

"In termini tecnici si chiama neoplasia perché vuol dire proprio 'nuova formazione di cellule'"».

Scrivono del libro

«Senza mai esprimere la propria opinione, e anzi talvolta mettendo in scena opinioni che sappiamo contrarie alla sua, Michela Murgia consolida ugualmente i fondamenti del proprio impegno politico e sociale anche se in *Tre ciotole* non sono mai materia di conflitto. E ciò che appaga, alla fine di ciascun racconto, è quel senso asciutto e terso di comprensione che prima, dinanzi a temi così familiari, quando erano oggetto di controversia non avevamo mai provato. Questo perché la letteratura consente di utilizzare la parola "intelligenza" anche nel suo secondo significato (impraticabile nell'azione politica) di intesa reciproca, di "intelligenza con il nemico". Per esempio c'è una donna, nel racconto intitolato *Stato di servizio*, che incarna l'opposto esatto di quanto Michela Murgia ha sostenuto per tutta la vita, e che critica aspramente quella persona che in tv ha sostenuto quella certa cosa – persona che noi sappiamo essere Michela Murgia stessa: ma noi la amiamo, perché la comprendiamo, perché il racconto ci guida verso un'intesa con lei».
Sandro Veronesi, "la Lettura", 28 maggio 2023

Michela Murgia (1972-2023) ha esordito come scrittrice nel 2006 con *Il mondo deve sapere*. Tra le sue opere, tradotte in più di trenta paesi, ricordiamo *Accabadora* (Premio Campiello 2010), *Ave Mary* (2011), *Chirù* (2015), *Istruzioni per diventare fascisti* (2018), *Stai zitta* (2021) e *God Save the Queer. Catechismo femminista* (2022), tutti per Einaudi. Insieme a Chiara Tagliaferri è stata autrice di *Morgana. Storie di ragazze che tua madre non approverebbe* (Mondadori, 2019) e *Morgana. L'uomo ricco sono io* (Mondadori, 2021), ispirati dall'omonimo podcast della piattaforma Storielibere.fm.

Vivian Lamarque
L'amore da vecchia
Mondadori

pagine 160
isbn 9788804751779
Premio Strega Poesia 2023

In questi nuovi versi, vivaci e freschissimi, quasi con ironia a dispetto del titolo che li presenta, Vivian Lamarque torna ai lettori con un'opera ricca di impressioni e memoria, di vicende e presagi, che si susseguono come nelle scene di un ampio, libero film. Sono poesie in cui l'autrice si affaccia alle immagini del sempre più frequente insorgere del ricordo e all'apparire anche di volti familiari, riuscendo comunque a conservare intatta la propria vitale attitudine ad aprirsi all'incanto e agli spunti più vari dell'immaginazione. Lamarque ragiona poeticamente sul «fascino discreto degli amori non corrisposti», sull'idea dell'amore «inventato», propone narrazioni, in un'ampia, sorprendente mitologia personale che chiama a raccolta il grande cinema e grandi poeti (da Orazio e Virgilio, con riferimenti a Pascoli e Saba, Penna e Caproni). Si esprime coinvolgendo una realtà animale e vegetale, o la città con i suoi riti anche quotidiani, e poi luoghi di mare, viaggi, ricognizioni sensibilissime in uno spazio/tempo autobiografico. Introduce, con il garbo che le è consueto, pensieri sul senso stesso e sulla natura della poesia in un percorso di consapevolezza nel cuore dell'esperienza. Ma è ben presente, in *L'amore da vecchia*, un generale senso di provvisorietà del vivere, che porta in sé la coscienza pervasiva del futuro, inevitabile nulla, del non esserci più, fino al momento del nostro «ultimo pensiero». E a tutto questo si aggiunge, nell'età dell'inverno, di cui l'autrice sente il progredire, l'attenzione al presente, con le sue nuove, impreviste minacce. Lamarque muove i suoi passi con una felice varietà di soluzioni espressive, passando da componimenti fittamente prosastici ad altri più sottilmente e sempre incisivamente scanditi, conservando gli accenti di raffinato tono colloquiale in cui si manifesta un lirico senso di pacata e umanissima saggezza.

L'incipit

«LUGETE O VENERES

Lugete o Veneres Cupidinesque
e anime gentili, infelice nella sua gabbia
piegato sotto l'ala lo spiumato capino
sta l'amore suo che si era immaginato.
Oh l'immaginazione non riesce più a immaginare
ora procede per una strada oscura che fare?
Inventa ancora un poco ti prego che ci credo.
Bucami iniezione d'illusione, che due
più due non faccia quell'esiguo totale
che in gabbia non stia già cadendo dal suo filo
quel press'a poco amare, sosia dell'amare».

Scrivono del libro

«*L'amore da vecchia*: Vivian Lamarque sceglie di dare all'ultima raccolta di poesie (Mondadori) un titolo schietto così come schietta è la sua scrittura. Aperta e chiara fin dalla copertina, l'autrice non lascia spazio all'interpretazione e con due sole parole traccia i bordi del suo pensiero. E, a ben vedere, questa decisione dice molto di una poetessa la cui inconfondibile voce, a tratti infantile – nel senso più nobile che al termine si possa dare – è la stessa che risuona in tutti i testi. Nel sostantivo "vecchia" c'è la sincerità dei bambini e il loro naturale istinto di nominare le cose per ciò che sono, per l'esperienza che di esse fanno nell'istante iniziale. E avverte il lettore con le parole di Orazio: ciò che racconta con questi versi riguarda tutti: "*Mutato nomine, de te fabula narratur*"».

Annachiara Atzei, "Poetarum silva", 21 gennaio 2023

Vivian Lamarque, nata a Tesero (Trento) nel 1946, è sempre vissuta a Milano, dove ha insegnato italiano agli stranieri e letteratura in istituti privati. Nel 2002 la sua opera poetica è stata raccolta nell'Oscar Mondadori *Poesie 1972-2002*. Successivamente ha pubblicato *Poesie per un gatto* (Mondadori, 2007) e *La gentilèssa* (Stampa, 2009). Vincitrice di numerosi premi, tra cui il Viareggio Rèpaci Opera Prima (1981), il Pen Club (1996) e l'Andersen (2000), è autrice di una quarantina di fiabe tradotte in varie lingue e delle raccolte *Poesie di ghiaccio* (Einaudi Ragazzi, 2004) e *Poesie della notte* (Rizzoli, 2009). Ha tradotto, tra gli altri, Valéry, Baudelaire, La Fontaine. Nel 2013 è uscito *Gentilmente Milano*, antologia di articoli pubblicati sul "Corriere della Sera".

→
Parliamo di Vecchiaia alle pp. 27-30

Paolo Giordano
Tasmania
Einaudi

pagine 272

isbn 9788806257200

Libro dell'anno "la Lettura" 2022

Ci sono momenti in cui tutto cambia. Succede una cosa, scatta un clic, e il fiume in cui siamo immersi da sempre prende a scorrere in un'altra direzione. La chiamiamo crisi. Il protagonista di questo romanzo è un giovane uomo attento e vibratile, pensava che la scienza gli avrebbe fornito tutte le risposte ma si ritrova davanti un muro di domande. Con lui ci sono Lorenza che sa aspettare, Novelli che studia la forma delle nuvole, Karol che ha trovato Dio dove non lo stava cercando, Curzia che smania, Giulio che non sa come parlare a suo figlio. La crisi di cui racconta questo romanzo non è solo quella di una coppia, forse è quella di una generazione, sicuramente la crisi del mondo che conosciamo – e del nostro pianeta. La magia di *Tasmania*, la forza con cui ci chiama a ogni pagina, è la rifrazione naturale fra ciò che accade fuori e dentro di noi. Così persino il fantasma della bomba atomica, che il protagonista studia e ricostruisce, diventa un esorcismo: l'apocalisse è in questo nostro dibattersi, e nei movimenti incontrollabili del cuore. Raccogliendo il testimone dei grandi scrittori scienziati del Novecento italiano, Paolo Giordano si spinge nei territori piú interessanti del romanzo europeo di questi anni, per approdare con felicità e leggerezza in un luogo tutto suo, dove poter giocare con i nascondimenti e la rivelazione di sé, scendere a patti con i propri demoni e attraversare la paura.

L'incipit

«Nel novembre del 2015 mi sono ritrovato a Parigi per assistere alla conferenza delle Nazioni Unite sull'emergenza climatica. Dico che mi ci sono ritrovato non perché non avessi cercato io quella situazione: al contrario, la questione ambientale mi impegnava la testa e le letture da tempo. Ma se non ci fosse stata in previsione una conferenza sul clima è probabile che avrei inventato un'altra scusa per partire, un conflitto armato, una crisi umanitaria, una preoccupazione diversa e più grande delle mie da cui farmi assorbire. Forse sta tutta lì la fissazione di alcuni di noi per i disastri incombenti, quell'inclinazione verso le tragedie che scambiamo per nobile, e che costituirà, credo, il centro di questa storia: nel bisogno di trovare a ogni passo troppo complicato della nostra vita qualcosa di ancora più complicato, di più urgente e minaccioso in cui diluire la sofferenza personale. E forse la nobiltà, in tutto questo, non c'entra davvero niente. Era un periodo strano. Mia moglie e io avevamo tentato a piú riprese di avere un figlio, insistito per circa tre anni, sottoponendoci a pratiche mediche via via piú umilianti. Anche se dovrei dire, per maggior precisione, sottoponendosi soprattutto lei a quelle pratiche, perché nel mio caso, da un certo punto in avanti, si era trattato per lo piú di recitare la parte dello spettatore afflitto. Nonostante la nostra cieca determinazione e una discreta quantità di denaro investita il piano non aveva funzionato. Non le iniezioni di gonadotropine, non le procedure in vitro e nemmeno tre viaggi all'estero disperanti di cui non avevamo fatto parola con nessuno. Il messaggio divino contenuto in quei fallimenti ripetuti era chiaro: tutto questo non fa parte del vostro destino».

Scrivono del libro
«*Tasmania* non è solo un romanzo perché è troppo moderno per essere un romanzo classico. Usa il romanzo, cioè quello che ha imparato dal romanzo, come chiave di accesso, ma questo è un libro che contiene in sé altre forme, il giornalismo, il reportage, il saggio, l'autofiction, la riflessione su un'epoca. Senza che il lettore ne esca mai frastornato, ma anzi con l'effetto di tenerlo incollato, bisognoso di continuare perché felice di sentirsi vicino e compreso: felice di essere portato con leggerezza nella profondità dei suoi abissi».
Annalena Benini, "Il Foglio", 30 ottobre 2022

Paolo Giordano è nato a Torino nel 1982. Ha un dottorato in fisica ed è autore di cinque romanzi: *La solitudine dei numeri primi* (Mondadori, 2008, Premio Strega e Premio Campiello Opera Prima), *Il corpo umano* (Mondadori, 2012), *Il nero e l'argento* (Einaudi, 2014 e 2017), *Divorare il cielo* (Einaudi, 2018 e 2019) e *Tasmania* (Einaudi, 2022). Per Einaudi ha pubblicato anche *Nel contagio* (2020) e *Le cose he non voglio dimenticare* (2021). Ha scritto per il teatro (*Galois* e *Fine pena: ora*) e collabora con il "Corriere della Sera".

→
Parliamo di Clima alle pp. 33-43

Guido Conti
La siccità
Bompiani

pagine 192
isbn 9788830119307

È l'inizio di un'estate torrida, ormai da anni la pioggia non benedice i raccolti e le precipitazioni si sono fatte imprevedibili e violente. Nel piccolo paese dell'Oltrepò Pavese in cui abita Andrea la vita di chi coltiva la terra è sempre più difficile, basta una grandinata per perdere in poche ore il lavoro di mesi. La terra, crepata dalla sete, nasconde le sue risorse in profondità e così anche gli animali selvatici iniziano a manifestare comportamenti strani: come i tassi, che in cerca di frescura e di acqua hanno scavato tra le tombe del cimitero, e "quando si disturbano i morti ne soffre tutto il paese". Andrea sa che la cosa migliore sarebbe andarsene, come fanno tanti, e cercare una nuova vita lontano da quella terra assetata anche se è lì che stanno le sue radici; ma allo stesso tempo è affascinato dai misteri della natura e dalla ferocia arcaica di suo padre e suo zio, che di notte gli consentono di seguirli nel bosco. Giorno dopo giorno la siccità si porta via i raccolti e la ragione di una intera comunità, in un crescendo di accadimenti e di presagi che intrecciano il destino degli uomini a quello degli animali. Per il protagonista di questo racconto e per una piccola volpe sarà un'estate di crescita, di dolore e di perdita, che Guido Conti narra con voce sicura, attenta a ogni dettaglio, capace di cogliere le epifanie che ogni stagione riserva a chi la attraversa.

L'incipit

«Fermandosi davanti al cimitero, la corriera aveva alzato una nuvola di polvere sull'asfalto. Andrea era sempre l'ultimo a scendere in fondo al paese perché la strada in collina finiva lì, poi la corriera faceva una rotonda e tornava indietro.
Il caldo era afoso. Oltre il cancello del cimitero Andrea vide tre uomini in piedi che parlavano, uno appoggiato al badile, un vecchio che teneva un mazzo di fiori appassiti nella mano, e il terzo era il sindaco, che si grattava la testa.
"Ciao," gridò l'autista prima di chiudere la portiera, "ci vediamo a settembre." Solo, immobile nel piazzale assolato, Andrea ricambiò il saluto con la mano, l'altra sulla fronte, mentre guardava il braccio teso e la mezza faccia dell'autista fuori dal finestrino che rideva accelerando.

"Un altro anno finito," pensò Andrea, ma non era felice, l'ultimo giorno di scuola lasciava nella sua anima uno strano malessere tra gioia e scontento. L'anno precedente aveva passato un'estate di noia, lontano da tutti i compagni, perché casa sua era in una frazione isolata, a ridosso del bosco.
Mentre pensava ai mesi di solitudine che lo attendevano, vide la corriera sparire dietro la curva, alzando di nuovo la polvere sulla strada asfaltata.
Andrea si avvicinò al camposanto.
"Hanno fatto un disastro, hanno scavato nelle tombe di famiglia e le hanno riempite di terra," disse Amedeo, il sindaco. Si guardava attorno con le mani sui fianchi. Accanto a lui Andrea riconobbe Mario, appoggiato al badile, un operaio del Comune che quando c'era bisogno dava una mano al cimitero, e il vecchio Piero venuto a portare i fiori alla moglie morta da qualche settimana. Andava tutti i giorni, all'ora di pranzo e cena con due o tre fiori perché non riusciva ancora a mangiare da solo. "Una cosa del genere non s'è mai vista prima," disse Amedeo guardandosi attorno incredulo».

Scrivono del libro

«Un libro indispensabile per capire l'Italia abbandonata dove il bosco avanza e la civiltà indietreggia».
Camillo Langone, "Il Foglio", 21 giugno 2023

Guido Conti è scrittore, illustratore, editore, saggista e insegnante. Ha vinto il Premio Chiara 1998 per i racconti *Il coccodrillo sull'altare*, il Premio Selezione Campiello 1999 per *I cieli di vetro* (Guanda), il Premio Hemingway per la critica 2008 con *Giovannino Guareschi, biografia di uno scrittore* (Rizzoli) e il Premio Carlo Levi 2013 con *Il grande fiume Po* (Giunti Editore). Tra i suoi romanzi, *Il tramonto sulla pianura* (Guanda), *Quando il cielo era il mare e le nuvole balene* (Giunti Editore), *Il coccodrillo sull'altare* (Guanda). Ha scritto e illustrato la saga della cicogna Nilou, tradotta in molti paesi. Come insegnante ha pubblicato *Imparare a scrivere con i grandi* (BUR). Da oltre vent'anni tiene laboratori di didattica della lettura e della scrittura.

→
Parliamo di Clima alle pp. 33-43

Matteo Bussola
Un buon posto in cui fermarsi
Einaudi

pagine 160
isbn 9788806254476

In pochi hanno saputo raccontare la fragilità maschile senza stereotipi, senza pregiudizi, senza vergogna. Matteo Bussola sa farlo con schiettezza e umanità. In queste pagine lancinanti eppure piene di luce, un uomo trova il coraggio di disertare la propria esistenza e costruire un sogno. Un padre in neuropsichiatria con il figlio impara ad accogliere la ferita di chi ha messo al mondo. Un anziano marito, prendendosi cura della moglie malata di Alzheimer, si domanda che cosa rimanga di una relazione quando chi amiamo sparisce, anche se possiamo ancora toccarlo. Un *hikikomori* che si è innamorato online vorrebbe incontrare chi è diventato per lui così importante, ma la paura di uscire lo imprigiona. Un bambino ubbidiente scopre la bellezza inattesa di deludere le aspettative. Incrinati, piegati, sconfitti, capaci però di cercare un senso, di intravederlo lì dove mai avrebbero creduto, questi protagonisti trovano ognuno un modo personale, autentico, spudoratamente onesto, di rispondere alla domanda: «Che cosa fa di un uomo un uomo?».
«La vita non è una montagna da scalare, un treno da non perdere, un obiettivo da centrare, ma è una piccola stanza da arredare con cura. Non è una cima da raggiungere a tutti i costi. È la scelta di un buon posto in cui fermarsi».

L'incipit
«Ti diranno che dietro ogni grande uomo c'è una grande donna.
Spesso è vero. Quel che non ti diranno è che quest'immagine contiene già l'idea di cui cercheranno di convincerti per il resto della vita: che il tuo compito di uomo sia quello di stare sempre davanti. Non ti diranno che esistono anche uomini, grandi o piccoli che siano, che coltivano la vocazione dello stare accanto, o quella di scomparire, o altri che di donne non ne hanno mai avute e, forse, mai ne avranno. Non ti diranno che, pure dietro un grande uomo, non c'è che una vita con il suo repertorio di inadeguatezze, di dolori, di inciampi e cadute. Di solitudini e incomprensioni, di giudizi taglienti, di immaginari disattesi e aspettative mal riposte. Figuriamoci dietro un uomo piccolo e ordinario. Figuriamoci dietro uno come me.

A volte dietro un uomo non c'è che un'ombra, tutto ciò che avrebbe voluto o potuto essere, e invece. Ci sono scie di rimpianti, una manciata di rimorsi, la sensazione di avere compromesso ogni cosa, di avere mancato il tempismo, di essere stato l'uomo giusto nel momento sbagliato o quello peggiore nel momento perfetto. Di avere deluso una donna o un uomo, un figlio o un genitore oppure sé stesso, continuando a ignorare quale fra queste sia la cosa davvero imperdonabile.
Quello che soprattutto non ti diranno è che a volte vinci proprio quando perdi.
Non ti diranno che ci addestrano alle vette, mentre ci sono vallate meravigliose. Ti sentirai forzato alla retorica della sfida, al culto dell'efficienza, al continuo e inappagato desiderio di un altrove, come se la vita stesse sempre da un'altra parte e mai qui, accanto a te. A vincere il mondo anziché imparare a camminarci dentro. A sognare il cielo piuttosto che perderti in un filo d'erba.
Molti anni fa mio padre mi ha fatto una domanda, una delle pochissime che mi abbia mai rivolto, perché poi, per il resto, da me non ha preteso che risposte a domande che sapeva solo lui».

Scrivono del libro
«Anche i giovani e giovanissimi hanno un ruolo importante nelle storie e Bussola dà loro spazio di esprimere il proprio disagio nel presente post-pandemico: che ci si chiuda nella propria stanza senza più riuscire a uscire per strada o ci si procurino tagli, la richiesta di aiuto è continuamente soffocata. Ed è difficile, quasi impossibile, che gli altri in famiglia capiscano cosa si sta attraversando».
Gloria M. Ghioni, "Critica letteraria", 29 giugno 2023

Matteo Bussola (Verona, 1971) ha pubblicato per Einaudi il bestseller *Notti in bianco, baci a colazione* (2016 e 2018), tradotto in molti paesi, *Sono puri i loro sogni* (2017), *La vita fino a te* (2018 e 2019), *L'invenzione di noi due* (2020 e 2022), *Il tempo di tornare a casa* (2021 e 2023) e *Il rosmarino non capisce l'inverno* (2022). Per Salani ha pubblicato il libro per ragazzi *Viola e il Blu* (2021). Conduce una trasmissione radiofonica su Radio 24, *Non mi capisci.* Tiene una rubrica settimanale su "F" dal titolo *Uno scrittore, una donna.*

→
Parliamo di Violenza alle pp. 45-48

Gaja Cenciarelli
Domani interrogo
Marsilio

pagine 240
isbn 9788829706921
Premio Alvaro-Bigiaretti 2023

La periferia romana dove sorge la scuola che è al centro di questo romanzo è la Rebibbia raccontata da Zerocalcare. Nel liceo si parla romano, e le aule sono abitate da strani esseri viventi: alcuni disegnati sui muri, alcuni umani ma dalle cui bocche escono suoni incomprensibili alla professoressa, che non ha mai pensato di avere la vocazione all'insegnamento e invece ce l'ha, solo che non è una vocazione, è un mestiere. La professoressa, infatti, non ama la vocazione, ama l'inglese. La professoressa è un'intellettuale. La professoressa ha studiato in Italia e all'estero. La professoressa cammina, cammina, cammina perché Roma è grande e perché camminando pensa. Gli studenti e le studentesse, invece, non camminano, vanno in motorino o in macchina, e non studiano. Gli studenti e le studentesse – e tutti lo siamo stati – sanno valutare, pesare le persone che siedono dietro la cattedra e, nonostante non abbiano voglia di aprire i libri, sentono, piano piano, il desiderio di capire la professoressa, e di esserne capiti. Danilo Dolci ha scritto che si cresce solo se sognati, e l'autrice di questo romanzo chiosa che si può crescere anche se sei l'incubo di qualcuno. Tra i professori di Frank McCourt e Domenico Starnone, passando per gli studenti in piedi sul banco nell'*Attimo fuggente*, sta la professoressa di Gaja Cenciarelli, convinta sì che la cultura sia qualcosa di quotidiano, convinta sì che certe parole dialettali o certe squadre di calcio, certe sigarette fumate insieme agli studenti prima che la lezione cominci facciano parte del lavoro di chi insegna e di quello di chi impara, ma disillusa che l'istruzione possa – come si sente dire spesso – salvare il mondo. Ciò nonostante, in questo romanzo di Shakespeare e spaccio, la professoressa il mondo lo salva. Perché il mondo è le persone che incontriamo. Specialmente a scuola.

L'incipit

«La scuola ha circa mille studenti e centoventi docenti. Le tubature funzionano male. D'inverno, spesso i ragazzi si portano da casa le coperte perché i termosifoni sono rotti, e diventano bozzoli di pile da cui spuntano teste giudicanti e caviglie nude tra jeans e fantasmini. La scuola è il regno del paradosso perché tra i bozzoli c'è chi, anche d'inverno, indossa magliette a maniche corte e sbuffa perché ha caldo. Le aule sono fatiscenti, si tengono su come possono, ed è difficile credere, ogni anno, che saranno ancora in grado di accogliere. Fino a qualche anno fa la scuola aveva solo l'ala vecchia, ora c'è anche l'ala nuova. Per passare da una classe dell'ala vecchia a una dell'ala nuova ci vogliono sette minuti a piedi, a passo svelto, e sei rampe di scale. Le pareti sono scrostate, nelle aule c'è la lavagna elettronica ma funziona male, e l'audio è sempre una sorpresa. Quando non ci sono studenti, la scuola si riempie di rumori metallici, le porte cigolano, si sentono fruscii».

Scrivono del libro

«Presento al Premio Strega 2023 il romanzo di Gaja Cenciarelli, *Domani interrogo* (Marsilio) perché restituisce all'avventura dell'insegnamento tutta la appassionata e disperata urgenza dei nostri giorni, come pochi libri hanno saputo fare nella pur sconfinata produzione sul tema, spingendosi oltre nella rappresentazione della classica alternativa tra professione o missione. Ci riesce per la qualità della scrittura, le doti di sintesi, rapidità e precisione, ci riesce facendo coincidere la narratrice protagonista del romanzo, una professoressa d'inglese di una quinta liceo, considerata la classe più difficile di un istituto tecnico in una zona periferica di Roma, con la scuola stessa, corpo ed edificio, persona e istituzione, e soprattutto ci riesce perché racconta la scuola come il luogo di uno scambio ancora possibile, attraverso la parete della lingua, che si fa porosa, messa in comune, bistrattata, più volte abbattuta e rinnalzata, ma sempre attiva nell'esprimere il punto di massimo scontro, e anche di commistione e confusione tra adulti e ragazzi. Nel romanzo di Gaja Cenciarelli fragilità e paura di non farcela sono ampiamente redistribuite tra la protagonista e i ventisei ragazzi della sua classe, di cui il lettore impara a conoscere tutto quello che si può conoscere, rendendo un anno di insegnamento non soltanto il passaggio cruciale verso l'abisso, ma lo spazio vitale in cui crescere e ritrovarsi».
Lorenzo Pavolini, candidatura al Premio Strega

Gaja Cenciarelli, scrittrice e traduttrice, vive e lavora a Roma, dove insegna Lingua e letteratura inglese. Ha scritto romanzi, racconti, interventi critici. Fa parte dei "Piccoli Maestri" e ha pubblicato, fra gli altri, *Extra omnes. L'infinita scomparsa di Emanuela Orlandi* (Zona, 2006), *Sangue del suo sangue* (nottetempo, 2011), *ROMA. Tutto maiuscolo come sulle vecchie targhe* (Ventizeronovanta, 2015), *Pensiero stupendo* (Lite Editions, 2015). Per Marsilio, nel 2019 è uscito *La nuda verità*.

→
Parliamo di Scuola alle pp. 51-56

Gianni Montieri
Il Napoli e la terza stagione
66thand2nd

pagine 160
isbn 9788832973044

«A gennaio ricomincia il campionato, Diego, e io credo che il Napoli possa vincerlo, che possa arrivare in fondo brillando come ha fatto fino ad ora. Insomma, ti chiedo di lasciarci andare, tu penserai – sorridendo, magari – che dovremmo essere noi a lasciare andare te. Hai ragione ma non ne siamo capaci, non del tutto». E il terzo scudetto del Napoli è arrivato. È il primo senza Maradona, il primo di una squadra che vuole stupire e stravincere, in Italia e in Europa. Gianni Montieri, poeta e tifoso, racconta con penna raffinata e passione sincera una stagione eccezionale per la squadra e per tutta una città che attendeva questo titolo da oltre trent'anni. Luciano Spalletti, l'allenatore carismatico ed enigmatico; Victor Osimhen, il centravanti iconico e implacabile; Khvicha Kvaratskhelia, il fenomeno che ha stupito tutti alla sua prima stagione in Italia; Mário Rui, l'uomo che sembra un cattivo da serie tv e invece è tra i migliori difensori del campionato; Giovanni Di Lorenzo, il capitano presente in ogni occasione; Aurelio De Laurentiis, il presidente che dopo le contestazioni si ritrova improvvisamente amato. Questi e altri ancora i protagonisti del racconto, un gruppo solidissimo che ha superato le inevitabili difficoltà di un campionato interrotto dal Mondiale e collezionato vittorie memorabili. Fino al trionfo finale.

L'incipit
«Ci sono domeniche in cui i nostri destini in qualche modo si indirizzano. I nostri destini personali e, ancora di più, i destini generali. La domenica del 3 novembre 1985 piove, in certi novembre pioveva pure a Napoli, ora è tutto cambiato, a novembre perfino al nord sovente fa caldo e c'è il sole. Il 3 novembre del 1985 piove, ho compiuto quattordici anni da qualche mese, il Napoli giocherà a Fuorigrotta contro la Juventus di Platini e i miei mi ritengono troppo piccolo per andare allo stadio senza un adulto che mi accompagni, troppo piccolo per muovermi di casa da Giugliano, in sella al motorino di un altro ragazzo, per fare la quindicina di chilometri che separano casa mia da Fuorigrotta, me da Diego Armando Maradona. Gli stessi genitori acconsentiranno però la settimana dopo a mandarmi a San Siro in trasferta, grazie alle

insistenze di un cugino più grande, ad assistere a un altro gol indimenticabile di Maradona, quello all'Inter, dello stop di petto che durò un tempo infinito, o almeno così parve. La mattina del 3 novembre in piazza – lo ricordo con estrema chiarezza – un amico, più grande di un paio d'anni, pronuncia la frase per la quale lo avremmo invidiato da quel momento e per sempre: «Ho trovato il biglietto a cinquantamila lire, ci vado». Non usa nessuna enfasi nel pronunciare la frase ma negli occhi ha una luce che gli ho rivisto poche volte in tutti questi anni. In quella tarda mattinata avviene uno scarto: uno andrà a vedere Napoli-Juventus, gli altri dovranno limitarsi ad ascoltare la radiocronaca di Enrico Ameri. Siamo già abbastanza tristi così, senza conoscere né il risultato – il Napoli quel giorno vincerà per 1-0 – né il modo indimenticabile con cui quella vittoria arriverà, ma così stanno le cose. Franco, o Salvatore, o Luca, o Vincenzo o chi per loro, in tarda mattina salirà su un Sì, su un Ciao e si avvierà verso lo stadio, pioggia o meno, verso la curva, verso Diego Armando Maradona».

Scrivono del libro
«La stagione del Napoli nel racconto di Montieri è una costola delle nostre esistenze. È un libro che tocca corde nascoste. Attento, come sempre Montieri, a non fare ghirigori con le parole. Essenziale. Non una parola in più, neanche una in meno. Noi lo abbiamo vissuto come quelle puntate di Buffa in cui c'è la musica a far da sottofondo alla narrazione. Salta da un protagonista a una partita, coglie un dettaglio che gli ricorda uno dei tanti scrittori che ha amato. Perché Montieri, da sempre, si sofferma essenzialmente su quel che gli piace. E lui trova del bello, e lo racconta, sia in Moser sia in Saronni. E alla fine ti ritrovi a dargli ragione».
Massimiliano Gallo, "Il napolista", 9 giugno 2023

Gianni Montieri è nato a Giugliano in provincia di Napoli. Per 66thand2nd nel 2021 ha pubblicato *Andrés Iniesta, come una danza.* Il suo ultimo libro di poesia è *Ampi margini* (Liberaria, 2022). Scrive di letteratura e di sport per varie testate, tra le altre, "il manifesto", "l'Ultimo Uomo", "Rivista Undici", "Esquire", "minima&moralia", "Doppiozero", "HuffPost". Vive a Venezia.

→
Parliamo di Napoli e dello scudetto alle pp. 59-62

Erin Doom
Fabbricante di lacrime
Magazzini Salani

pagine 672
isbn 9791259570277

Tra le mura del Grave, l'orfanotrofio in cui Nica è cresciuta, si raccontano da sempre storie e leggende a lume di candela. La più famosa è quella del fabbricante di lacrime, un misterioso artigiano dagli occhi chiari come il vetro, colpevole di aver forgiato tutte le paure e le angosce che abitano il cuore degli uomini. Ma a diciassette anni per Nica è giunto il momento di lasciarsi alle spalle le favole tetre dell'infanzia. Il suo sogno più grande, infatti, sta per avverarsi. I coniugi Milligan hanno avviato le pratiche per l'adozione e sono pronti a donarle la famiglia che ha sempre desiderato. Nella nuova casa, però, Nica non è da sola. Insieme a lei viene portato via dal Grave anche Rigel, un orfano inquieto e misterioso, l'ultima persona al mondo che Nica desidererebbe come fratello adottivo. Rigel è intelligente, scaltro, suona il pianoforte come un demone incantatore ed è dotato di una bellezza in grado di ammaliare, ma il suo aspetto angelico cela un'indole oscura. Anche se Nica e Rigel sono uniti da un passato comune di dolore e privazioni, la convivenza tra loro sembra impossibile. Soprattutto quando la leggenda torna a insinuarsi nelle loro vite e il fabbricante di lacrime si fa improvvisamente reale, sempre più vicino. Eppure Nica, dolce e coraggiosa, è disposta a tutto per difendere il suo sogno, perché solo se avrà il coraggio di affrontare gli incubi che la tormentano, potrà librarsi finalmente libera come la farfalla di cui porta il nome.

L'incipit
«Al Grave avevamo tante storie.
Racconti sussurrati, favole della buonanotte...
Leggende in punta di labbra, al chiarore di una candela. La più conosciuta era quella del fabbricante di lacrime».

Scrivono del libro
«Un romanzo travolgente, una scrittura ipnotica in grado di toccare tutti i cliché della narrativa young adult senza però essere mai prevedibile».
Miriam Feder, "Maremosso"

Felicia Kingsley
Una ragazza d'altri tempi
Newton Compton

pagine 512
isbn 9788822778918

→
Parliamo di Pseudonimi alle pp. 101-110

A chi non piacerebbe vivere nella Londra di inizio '800, tra balli, feste e inviti a corte? Di certo lo vorrebbe Rebecca Sheridan, perché a lei il ventunesimo secolo va stretto: vita frenetica, zero spazio personale e gli uomini... possibile che nessuno sappia corteggiare una ragazza?
Brillante studentessa di Egittologia e appassionata lettrice di romance Regency, Rebecca ama partecipare alle rievocazioni storiche in costume e, proprio durante una di queste, accade qualcosa di inspiegabile: si ritrova sbalzata nella Londra del 1816. Superato lo shock iniziale, realizza di avere un'opportunità unica: essere la debuttante più contesa dagli scapoli dell'alta società, tra tè, balli e passeggiate a Hyde Park. Mentre è alla ricerca del suo Mr Darcy, attira però l'attenzione dell'uomo meno raccomandabile di Londra: Reedlan Knox, un corsaro dal fascino oscuro e dalla reputazione a dir poco scandalosa. Insomma, il genere d'uomo che una signorina per bene non dovrebbe proprio frequentare. Ma quando Rebecca scopre segreti inconfessabili e trame losche dell'aristocrazia, il suo senso di giustizia le impone d'indagare. Nessuno però pare intenzionato a mettere a rischio il proprio onore per aiutarla. Non le resta che rivolgersi all'unico che un onore da difendere non ce l'ha: Reedlan Knox. E se, dopotutto, il corsaro si rivelasse più interessante del gentiluomo che ha sempre sognato? Decidere se tornare nel presente o restare nel 1816 potrebbe diventare una scelta difficile...

L'incipit
«Mercoledì 8 maggio
Una sterlina per ogni volta che mi sono sentita dire: "Sei vecchia dentro". Io non sono vecchia dentro. Sono vintage, c'è della differenza. Sottile, ma c'è».

Scrivono del libro
«La regina del romance italiano. Un fenomeno da oltre 1,8 milioni di copie».
Riccardo De Palo, "Il Mattino", 10 settembre 2023

Benedetta Tobagi
La resistenza delle donne
Einaudi

pagine 376
isbn 9788806253660
Premio Campiello 2023

La storia delle donne italiane ha nella Resistenza e nell'esperienza della guerra partigiana uno dei suoi punti nodali, forse il più importante.
Benedetta Tobagi la ricostruisce facendo ricorso a tutti i suoi talenti: quello di storica, di intellettuale civile, di scrittrice. *La Resistenza delle donne* è prima di tutto un libro di storie, di traiettorie esistenziali, di tragedie, di speranze e rinascite, di vite. Da quella della "brava moglie" che decide di imbracciare le armi per affermare un'identità che vada oltre le etichette alla ragazza che cerca (e trova) il riscatto da un'esistenza di miseria e violenza, da chi nell'aiuto ai combattenti vive una sorta di inedita maternità a chi nella guerra cerca vendetta e chi invece si sente impegnata in una «guerra alla guerra», dalle studentesse che si imbarcano in una grande avventura (inclusa un'inedita libertà nel vivere il proprio corpo e a volte persino il sesso) alle lavoratrici per cui la lotta al fascismo è la naturale prosecuzione della lotta di classe.
Tobagi racconta queste storie facendo parlare le fotografie che ha incontrato in decine di archivi storici. Ne viene fuori quasi un album di famiglia della Repubblica, ma in cui sono rimesse al loro posto le pagine strappate, o sminuite: le pagine che vedono protagoniste le donne.
Un libro che possiede il rigore della ricostruzione storica, ma anche una straordinaria passione civile che fa muovere le vicende raccontate sullo sfondo dei problemi di oggi: qual è il ruolo delle donne, come affermare la propria identità in una società patriarcale, qual è l'intersezione tra libertà politiche, di classe e di genere, qual è il rapporto tra resistenza civile e armata, tra la scelta, o la necessità, di combattere e il desiderio di pace?

L'incipit
«Sai chi sei?
Sai a cosa sei chiamata?
Per cosa vale la pena vivere e morire?
Che cosa è giusto fare?
Rompere con clamore o resistere in silenzio nel quotidiano. Tuffarsi al centro del campo di battaglia o restare ai margini – parete, pilastro, confine, protezione; grembo e custode del dolore degli altri.

O entrambe le cose?
Invisibile o sfrontata, mani impeccabili o spellate, sporche d'inchiostro o di farina, mitra in spalla o in casa a dar di pedale sulla macchina da cucire. In quanti modi puoi lottare?
Chi vuoi essere?
Dentro quali sguardi ti muovi?
Sei madre? Ti senti madre?
Potresti uccidere? E a dare, invece, la vita? ("Dare la vita": le stesse parole per significare il mettere al mondo qualcuno e l'esser pronta a morire).
Essere donna è avere la guerra dentro, sempre, da sempre.
Cosa farai nei conflitti là fuori?
Come scriverai il tuo nome nel libro grande della storia e della vita?»

Scrivono del libro

«Questo libro mette al centro la resistenza della Costituzione e con essa la resistenza delle donne. È per me un onore essere stata premiata in una cinquina così potente e spero che coloro che mi hanno selezionato si siano fatti toccare dal coraggio quotidiano che racconto tra le pagine del mio libro, un coraggio che nasce dalla scelta di schierarsi dalla parte giusta. Dedico questo premio a tutte le donne che resistono, che non hanno voce e che spero possano trovarla nei libri. A tutte quelle persone che non si girano dall'altra parte e trovano una risposta alle situazioni di disperazione, accolgono e si occupano di contrastare la ferocia delle disuguaglianze».
L'autrice dopo la vittoria al Premio Campiello 2023

Benedetta Tobagi è nata a Milano nel 1977. Laureata in filosofia, Ph.D in storia presso l'Università di Bristol, continua a lavorare sulla storia dello stragismo. È stata conduttrice radiofonica per la Rai e collabora con "la Repubblica". Dal 2012 al 2015 è stata membro del consiglio di amministrazione della Rai. Si occupa di progetti didattici e formazione docenti sulla storia del terrorismo con la Rete degli archivi per non dimenticare. Per Einaudi ha pubblicato *Come mi batte forte il tuo cuore. Storia di mio padre* (2009 e 2011), *Una stella incoronata di buio. Storia di una strage* (2013 e 2019), *Piazza Fontana. Il processo impossibile* (2019) e *La Resistenza delle donne* (2022).

Satoshi Yagisawa
Una sera tra amici a Jinbōchō
Feltrinelli

Traduzione
di Gala Maria Follaco

pagine 176

isbn 9788807035425

A Tokyo c'è un quartiere che raccoglie il più alto numero di librerie al mondo. Si chiama Jinbōchō, e gli amanti dei libri possono trovarci di tutto, purché stampato: romanzi dell'epoca Meiji, manga, copioni teatrali e vecchie mappe. Ma non solo: i cacciatori di prime edizioni o di copie autografate sono di casa qui, e vederli all'opera è uno spettacolo.
Alla libreria Morisaki, un piccolo negozio a gestione familiare specializzato in letteratura giapponese moderna, entrano a malapena cinque persone insieme. I libri affollano gli scaffali fino a invadere ogni angolo del pavimento e, all'arrivo di un cliente, da dietro il bancone fa subito capolino il proprietario, lo zio Satoru. Di recente, ad aiutarlo c'è la moglie Momoko e spesso, nel tempo libero dopo l'ufficio, si unisce anche la nipote Takako.
Per la prima volta, la ragazza non si sente più sola; a farle compagnia ci sono nuovi amici e nuovi riti: la festa annuale di Jinbōchō, il caffè all'angolo o una visita inaspettata. Perché una libreria – ha scoperto – è popolata di tante storie, non solo quelle contenute nei libri, ma anche quelle di chi la frequenta. E quelle storie creano legami.
Come segno di gratitudine, Takako regala un viaggio agli zii, impegnandosi a sostituirli mentre sono via e a trasferirsi per qualche sera nella stanza sopra la libreria, come aveva già fatto in passato. Tutto sembra andare a gonfie vele, ma allora perché Satoru si comporta in modo così strano? E cosa vuole quella donna con l'ombrello rosso che è comparsa in fondo alla strada? Quante altre storie, emozioni e tesori custodisce la libreria Morisaki?
Tokyo, una piccola libreria che conserva i ricordi e le emozioni di chi la frequenta.
Una storia poetica e che fa del bene, sul potere della condivisione.
Un caso editoriale, dopo il successo di *I miei giorni alla libreria Morisaki*.
«Continua a prenderti cura della libreria Morisaki. Quel posto è la prova tangibile che noi due insieme siamo esistiti».

L'incipit

«Oggi non lavoro, così posso passeggiare per queste stradine a me ben note. È un bel pomeriggio di ottobre, l'aria è calma, ovattata. Sento un velo di sudore sotto la sciarpa leggera avvolta intorno al collo. È l'ora di pranzo di un giorno feriale, e come me ci sono in giro altre persone che camminano a passo lento. Ogni tanto spariscono dentro una libreria, come risucchiate all'interno. Tokyo, Jinbōchō. Un quartiere un po' strano, dove quasi tutti i negozi vendono libri. File di librerie dell'usato piene di cataloghi di mostre e copioni teatrali, di testi di storia o filosofia e anche di oggetti più rari come libri antichi e vecchie mappe, ognuna unica nel suo genere. Tutte insieme sono circa centosettanta. È innegabile che questo paesaggio composto quasi esclusivamente da librerie faccia la sua bella figura.
Oltre la strada principale, si va a finire in un quartiere di uffici, ma queste stradine in mezzo a edifici ricchi di atmosfera sono una fuga da qualsiasi interferenza esterna. È come trovarsi sospesi nel tempo, al riparo da tutto. E basta farci due passi per dimenticarsi delle ore che passano. Il posto in cui sono diretta è proprio dietro l'angolo. In fondo alla strada c'è un vicolo, e da lì si vede già. È una libreria specializzata in letteratura giapponese moderna, si chiama libreria Morisaki».

Scrivono del libro

«L'importanza degli amici, il valore della letteratura, e quanto è bello quando le due cose si incontrano, in quei posti magici e pieni di vita che sono le librerie».
Lorenza Gentile, "La Stampa", *Tuttolibri*, 1° luglio 2023

Satoshi Yagisawa (Chiba, Giappone, 1977) vive a Tokyo. Dopo aver vinto il premio letterario Chiyoda, il suo romanzo d'esordio, *I miei giorni alla libreria Morisaki* (Feltrinelli, 2022), è diventato un caso editoriale, da cui è stato tratto un film. È stato un bestseller in Giappone, Corea, Vietnam e a Taiwan, ed è in corso di pubblicazione in ventidue paesi. In Italia è stato per mesi in vetta alle classifiche dei libri più venduti.

→
Parliamo di Giappone alle pp. 113-116

Antonio Scurati
M.
Gli ultimi giorni d'Europa
Bompiani

pagine 432
isbn 9788830104969

Il 3 maggio 1938, nella nuova stazione Ostiense, Mussolini insieme a Vittorio Emanuele III e al ministro degli esteri Ciano attende il convoglio con il quale Hitler e i suoi gerarchi scendono in Italia per una visita che toccherà Roma, Napoli e Firenze. Da poche settimane Hitler ha proclamato l'Anschluss dell'Austria e Mussolini, dopo aver deciso l'uscita dell'Italia dalla Società delle Nazioni, si appresta a promulgare una legislazione razziale di inaudita durezza. Eppure sono ancora molti a sperare che il delirio di potenza dei due capi di Stato possa fermarsi: tra loro Ranuccio Bianchi Bandinelli, l'archeologo incaricato di guidare il Führer tra le rovine della città eterna; Renzo Ravenna, decorato nella Grande guerra, fascista zelante e podestà di Ferrara, che al pari di migliaia di altri ebrei italiani non si dà pace per i provvedimenti che lo pongono ai margini della vita civile; Margherita Sarfatti, che sino all'ultimo spera in uno spostamento degli equilibri verso l'asse anglofrancese ma deve cedere il passo alla giovane Claretta Petacci e fuggire; e lo stesso Ciano, distratto da tresche sentimentali e politiche insensate come il piano di conquista dell'Albania, che solo un anno dopo, nel maggio 1939, si trova a siglare insieme a Ribbentrop il Patto d'Acciaio con il quale «l'Italia e la Germania intendono, in mezzo a un mondo inquieto e in dissoluzione, adempiere al loro compito di assicurare le basi della civiltà europea». Antonio Scurati ricostruisce con febbrile precisione lo spaventoso delirio di Mussolini, pateticamente illuso di poter influenzare le decisioni del Führer, consapevole dell'impreparazione italiana, più che mai solo fino alla sera del giugno 1940 in cui dal balcone di Palazzo Venezia proclama "l'ora delle decisioni irrevocabili". In questo nuovo pannello del suo grande progetto letterario e civile, Scurati inquadra il fatale triennio 1938-40, culmine dell'autoinganno dell'Italia fascista, che si piega all'infamia delle leggi razziali e dell'alleanza con la Germania nazista, e ripercorre gli ultimi giorni di un'Europa squassata da atti di barbara prevaricazione e incapace di sottrarsi al maleficio dei totalitarismi: un romanzo tragico e potente, carico di moniti per il nostro futuro.

L'incipit
«Ranuccio Bianchi Bandinelli
Roma, 3 maggio 1938
Stazione Ostiense

Li uccido e salvo milioni di vite oppure non li uccido e salvo la mia?

Questo il menu del secolo. Morire, essere ammazzati, scannati, scuoiati, farciti per il banchetto degli dei pestilenziali, quella è un'ovvietà. Uccidere, però, è ben altra cosa. Uccidere o non uccidere, il dilemma è tutto qui. L'attesa è stata lunga, spossante, settimane di fantasticherie e impotenza.
Lui è soltanto un professore – un archeologo, uno studioso di arte antica, bassorilievi romani e sarcofagi etruschi – che l'ottusità di burocrati ministeriali ha catapultato dalla sua cattedra dell'Università di Pisa sulla ribalta della storia. E per far cosa, poi? La guida turistica ai carnefici in visita di Stato».

Scrivono del libro
«Scurati sbugiarda, mette a nudo, denuncia lo sciagurato attendismo con cui Mussolini pretendeva di aggirare le insistenze dei nazisti e allo stesso tempo il suo tentativo di fare da tramite tra Hitler e gli Alleati, di porsi sullo scacchiere europeo come ago della bilancia. In questo modo vengono a galla tutte le grossolanità, gli imbarazzi e l'impreparazione del regime fascista. Certamente un'impreparazione bellica, come spesso i commentatori hanno rimarcato, ma prima ancora, quando forse un diverso agire politico avrebbe potuto dare alla storia un altro corso, un dilettantismo cieco e fanatico sui tavoli della diplomazia».
Matteo Fontanone, "L'Indice dei libri del mese", 23 dicembre 2022

Antonio Scurati è nato a Napoli nel 1969, cresciuto tra Venezia e Ravello e vive a Milano. Docente all'Università IULM, editorialista del "Corriere della Sera", ha vinto i principali premi letterari italiani ed è tradotto in tutto il mondo. Ha esordito nel 2002 con *Il rumore sordo della battaglia*; nel 2005 ha pubblicato *Il sopravvissuto* (Premio Campiello) e poi *Una storia romantica* (Premio SuperMondello), *Il bambino che sognava la fine del mondo* (2009), *La seconda mezzanotte* (2011), *Il padre infedele* (2013), *Il tempo migliore della nostra vita* (Premio Viareggio Rèpaci e Premio Selezione Campiello), tutti per Bompiani. Del 2018 è *M. Il figlio del secolo* (sempre Bompiani), vincitore del Premio Strega 2019, in corso di traduzione in quaranta paesi.

→
Parliamo di Fascismo alle pp. 119-122

Ernesto Ferrero
Italo
Einaudi

pagine 232
isbn 9788806261559

In occasione del centenario della nascita di Italo Calvino, Ernesto Ferrero ci offre un ritratto dello scrittore dietro le quinte, nei tratti caratteriali meno noti, nei risvolti privati, lungo i vent'anni di vicinanza e lavoro comune in Einaudi. E lo fa con quel tono di voce che ha già saputo incantarci nei *Migliori anni della nostra vita* o nel recente *Album di famiglia.* Prendono vita i rapporti di Calvino con i genitori, l'importanza dell'imprinting famigliare, la passione per i fumetti e il gusto del disegno, l'amicizia con Eugenio Scalfari, i soprassalti della guerra partigiana, le passioni del dopoguerra, il legame con la Liguria, gli amori, tra cui il capitolo della relazione con Elsa De' Giorgi, fin qui poco studiato. E poi il lavoro quotidiano, con i suoi piccoli segreti, in Einaudi e nelle redazioni dei giornali, l'incontro con Hemingway a Stresa, la visita a Silvana Mangano e Vittorio Gassman sul set di *Riso amaro.* E ancora il trauma dell'invasione sovietica in Ungheria e il progressivo distacco dal Pci e dalla politica militante, il viaggio in America, il matrimonio con Chichita Singer e le gioie della paternità con la nascita della figlia Giovanna, le decisive letture scientifiche, incontri-chiave (Perec, Barthes, Queneau), la fascinazione delle immagini, la scoperta dello strutturalismo e i soggiorni nelle metropoli come in altrettanti romitaggi, da Parigi a Roma, sino all'approdo ideale nella pineta toscana di Roccamare, dove scrive le *Lezioni americane.* L'insulare Calvino sembra sempre altrove, ma rimane a stretto contatto con il proprio tempo. Il filo che si snoda lungo la biografia è fittamente intrecciato all'opera e ne illumina dall'interno la genesi e gli sviluppi, il metodo di lavoro, sempre sostenuto da una forte tensione etica, sperimentale e progettuale. Perfino il radicale disincanto degli ultimi anni non impedisce a Calvino di dare spazio a tutto quello che non è inferno, di reinventare se stesso e nuovi modi di fare letteratura. Con il suo approccio confidenziale e una scrittura che mira a raggiungere una fusione tra il "romanzo" biografico e il saggio critico privo di connotazioni specialistiche, Ernesto Ferrero ci aiuta cosí a capire meglio una delle figure piú amate della nostra letteratura.

L'incipit

«Negli ultimi anni della sua vita, quando guardava il mondo da una prospettiva di millenni e si sentiva al sicuro nel castello-fortezza che si era costruito, Italo Calvino ci ha lanciato una sorta di sfida che non avevamo mai pensato di attribuirgli, né ci sembrava corrispondere al carattere dell'uomo e allo scrittore meno aggressivi che esistessero. Improvvisamente ha guardato negli occhi i suoi lettori e ha detto con voce chiara e netta: cercate pure dentro di me, non troverete nulla. Sembrava dirlo con la fredda determinazione di chi può uscire finalmente allo scoperto e concedersi uno sfogo rimandato per una intera vita. Stava dicendo che la sua strategia del depistaggio aveva trovato sul campo una vittoria che nulla può più minacciare. Inutile cercare prove o altri materiali probatori perché erano stati occultati scientificamente. La scatola è vuota.

A che cosa corrisponde quel nulla? Forse al suo vero Io, quello che aveva così ben nascosto sulla superficie della scrittura? Quello in cui non voleva andassimo a cacciare il nostro naso di pettegoli e di voyeur, che per pretendere di capire una persona si accontentano di luoghi comuni, schemini psicoanalitici, spiegazioni spicciole, sentito dire e indiscrezioni? Con la sua grafia morbida e arrotondata, che sembrava dipanata da un unico gomitolo, pagina dopo pagina (decine di migliaia, alla fine) aveva creato un bosco di parole molto più fitto di quello in cui si aggirava il Barone rampante, a cui ci siamo presto abbandonati anche noi con piacere».

Scrivono del libro

«Il saggio di Ernesto Ferrero smonta il mito dell'uomo freddo: come gli alter ego narrativi è impegnato in una incessante autoanalisi».

Paolo Di Paolo, "la Repubblica", 6 ottobre 2023

Ernesto Ferrero, torinese, ha lavorato in editoria dal 1963 e ha diretto il Salone del Libro di Torino dal 1998 al 2016. Tra i suoi libri, i romanzi *N.* (Premio Strega 2000), *L'anno dell'Indiano* (2001 e 2023), *Disegnare il vento* (Premio Selezione Campiello 2011), *Storia di Quirina, di una talpa e di un orto di montagna* (2014), tutti presso Einaudi, insieme a *Barbablú. Gilles de Rais e il tramonto del Medioevo* (2004 e 2020) e al saggio *Primo Levi. La vita, le opere* (2007). Sempre per Einaudi, ha pubblicato nel 2018 *Amarcord bianconero*, nel 2019 *Francesco e il Sultano*, nel 2021 *Napoleone in venti parole*, nel 2022 *Album di famiglia. Maestri del Novecento ritratti dal vivo*. Presso Mondadori le *Lezioni napoleoniche* (2002) e presso Feltrinelli il libro di memorie einaudiane *I migliori anni della nostra vita* (2005). Collabora con "La Stampa" e "Il Sole 24 Ore".

→
Parliamo di Italo Calvino alle pp. 131-141

Niccolò Ammaniti
La vita intima
Einaudi

pagine 312

isbn 9788806255152

Premio Viareggio Rèpaci Narrativa 2023

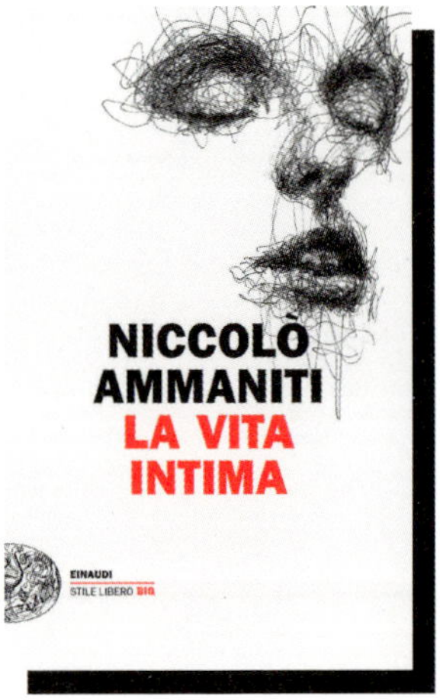

Maria Cristina Palma ha una vita all'apparenza perfetta, è bella, ricca, famosa, il mondo gira intorno a lei. Poi, un giorno, riceve sul cellulare un video che cambia tutto. Nel suo passato c'è un segreto con cui non ha fatto i conti. Come un moderno alienista Niccolò Ammaniti disseziona la mente di una donna, ne esplora le paure, le ossessioni, i desideri inconfessabili in un romanzo che unisce spericolata fantasia, realismo psicologico, senso del tragico e incanto del paradosso.
Dopo un'attesa di otto anni, periodo durante il quale l'autore ha scritto e diretto le serie *Il miracolo* (2018) e *Anna* (2021), Niccolò Ammaniti è ritornato più cattivo, divertente e romantico che mai.

L'incipit
«Questa storia inizia un mercoledì del decennio passato, sono le nove e quindici del mattino e Maria Cristina Palma sta facendo ginnastica. È impegnata in uno squat bulgaro, un esercizio che tonifica quadricipiti e glutei. Una gamba piegata indietro, una in avanti, flette il ginocchio fissando oltre i vetri della veranda la coltre opaca. Le polveri sottili che hanno costretto i romani a settimane di targhe alterne con la pioggia si sono abbassate. In casa fa caldo, ma dietro i doppi vetri il gelo della notte ha coperto di brina le cicas e la pergola denudata del terrazzo. Tra le colonnine della balaustra s'intravede il lungotevere intasato di auto e piú in là la sagoma sgraziata di Castel Sant'Angelo, evanescente nella foschia malsana della capitale. L'attico in cui vive Maria Cristina è uno di quei paradisi che la maggioranza della gente non sogna nemmeno tanto è inarrivabile. Oltre trecento metri quadrati a due passi da piazza Navona, in un palazzo neoclassico sorvegliato giorno e notte dalle camionette della polizia.
Il suo personal trainer, Mirco Tonik, un ragazzone di Francavilla al Mare, le sta raccontando che ha festeggiato il compleanno del fidanzato Michael Carmichael, un irlandese che traduce manuali d'istruzione di stampanti e router, in un ristorante vegano al Pigneto. Mentre l'allenatore rimembra una parmigiana di melanzane da svenimento toglie un disco dal bilanciere e il peso all'estremità opposta

dell'asta, cinque chili di pura ghisa, si sfila e finisce sull'alluce destro della donna, che caccia un urlo cosí potente da zittire la coppia di inseparabili nella gabbia smaltata sopra le felci. La veranda, con le orecchie d'elefante nei vasi azzurri, la kentia e gli stoloni del pothos che si prostrano dalle librerie, le pulsa intorno come l'effetto speciale di un brutto film.
Mirco Tonik, intuendo la vastità della stronzata commessa, si passa le mani sulla testa e ancheggiando invoca il creatore: – Oddio! Oddio! Oh, mio Dio. Che ho fatto.
Maria Cristina vibra di dolore. Deve solo respirare e lasciarlo fluire».

Scrivono del libro

«Un romanzo che ci conduce nelle stanze segrete del potere, ma ci fa riflettere anche sulle più insidiose deviazioni dei giorni nostri: l'individualismo, l'apparenza, la mistificazione dell'esteriorità, la superficialità, la tendenza a cannibalizzare, fagocitare, appiattire. Ammaniti ci consegna questi mostri contemporanei per ricordarci che aleggiano tra di noi, ma, forse, non tutto è perduto».
Marilù Oliva, "Micromega", 24 gennaio 2023

«Ammaniti mi manda in trance, quando leggo i suoi libri ciò che c'è intorno svanisce, la sua allucinazione si sostituisce al mio mondo. È successo puntualmente anche con La vita intima [...] Niccolò Ammaniti è un inventore di storie imbattibile. Le cura scrupolosamente a tutti i livelli. Prima di tutto, l'idea essenziale; poi l'articolazione della trama; e infine la scrittura narrativa, in tutta la sua vividezza. Leggerlo è una festa, le sue parole hanno il tocco magico, sanno quali pulsanti premere per suscitare immagini in chi legge».
Tiziano Scarpa, "Domani", 21 gennaio 2023

Niccolò Ammaniti è autore di romanzi e racconti tradotti in tutto il mondo, tra cui *Ti prendo e ti porto via* (Einaudi, 1999), *Io non ho paura* (Einaudi, 2001; Premio Viareggio Rèpaci), *Come Dio comanda* (Mondadori, 2006; Premio Strega; Einaudi Stile libero big, 2015), *La vita intima* (Einaudi, 2023; Premio Viareggio Rèpaci). Dai suoi libri sono stati tratti diversi film. Autore e regista di docu-film, showrunner, co-sceneggiatore e co-regista di serie TV SKY.

→
Parliamo di questo libro alle pp. 192-194

Rosella Postorino
Mi limitavo ad amare te
Feltrinelli

pagine 352
isbn 9788807035265

Omar ha dieci anni e passa le giornate alla finestra sperando che sua madre torni: da troppi giorni non viene, e lui non sa più nemmeno se è viva. Suo fratello gli strofina il naso sulla guancia per fargli il solletico, ma non riesce a consolarlo. Senza la madre il mondo svapora. Solo Nada lo calma, tenendolo per mano: soltanto lei, con i suoi occhi celesti, è per Omar un desiderio. Ha undici anni, sulla fronte una vena che pulsa se qualcuno la fa arrabbiare, e un fratello, Ivo, grande abbastanza da essere arruolato. Nada e Omar sono bambini nella primavera del 1992, a Sarajevo. Per allontanarli dalla guerra, una mattina di luglio un pullman li porta via contro la loro volontà. Se la madre di Omar è ancora viva, come farà a ritrovarlo? E se Ivo morisse combattendo? In viaggio per l'Italia, lungo strade ridotte in macerie, Nada conosce Danilo, che ha mani calde e una famiglia, al contrario di lei, e che un giorno le fa una promessa. Nessuna infanzia è spensierata, ciascuno di noi porta con sé le sue ferite, ma anche quando ogni certezza sembra venire meno, possiamo trovare un punto fermo attorno al quale far girare tutto il resto. *Mi limitavo ad amare te* entra nelle fibre del lettore colpendo quel punto come una freccia. Ispirato a una storia vera, è un romanzo di ampio respiro, di formazione, di guerra e d'amore, che si colloca a pieno titolo nella tradizione del grande romanzo europeo. Con la sua scrittura precisa e toccante, Rosella Postorino torna a indagare le nostre questioni private, quelle che finiscono per occupare il centro dei pensieri e delle azioni degli esseri umani anche nel mezzo dei rivolgimenti storici più scioccanti. Così, mentre infuria il conflitto che per primo in Europa ha spezzato una lunga pace, ecco che ci interroghiamo sull'"inconveniente di essere nati". Come si diventa grandi quando da piccoli si è stati amati malamente?
E chi può mai dire di essere stato amato come e quanto avrebbe voluto? Nada, Omar e Danilo scoprono presto nel legame che li unisce, e che li spinge a giurarsi fedeltà eterna oppure a tradirsi, la più grande risorsa per una possibile salvezza.

L'incipit
«Il bambino camminava appiccicato alla madre, tanto che lei si fermò e disse: "Perché mi stai addosso, non vedi che inciampiamo?".
Era più forte di lui. Aveva dieci anni, e da cinque viveva nel tormento della sua mancanza, passava la settimana alla finestra, in ginocchio su una sedia ad aspettare. Poi la madre arrivava e il bambino era peggio dei cani che non sanno stare al guinzaglio, sbuffava lei. E lui pensava che proprio per l'euforia di trovarsi finalmente accanto al padrone gli tagliavano la strada; non lo diceva.
"Scusa." Bevve un sorso di Coca-Cola: gliel'aveva portata la madre, gli portava sempre qualcosa, chissà dove l'aveva scovata».

Scrivono del libro
«Nell'ultima decade del Novecento ci siamo cullati nell'illusione che la Storia, intesa come catena ininterrotta di atrocità, violenze e prevaricazioni – «uno scandalo che dura da diecimila anni», diceva Elsa Morante – fosse finita. Eppure bastava guardare alla ex Jugoslavia, al di là dell'Adriatico, per avere la conferma del contrario: una guerra rimossa in tempo reale trent'anni fa, e dimenticata poi. Con *Mi limitavo ad amare te*, Rosella Postorino decide di tornare a quei tempi tutto sommato recenti, e a quel conflitto, proprio mentre un'altra guerra (qui c'è il potere anticipatorio di certi scrittori) torna a scuotere l'Europa. Nel suo romanzo, Postorino pratica con grande sensibilità e forza narrativa una lezione letteraria sempre valida: i veri testimoni del tempo sono le sue vittime, chi porta addosso le cicatrici della Storia ne è il testimone più attendibile. Ma i testimoni di questo tipo quasi sempre non hanno voce, e così la letteratura svolge un fondamentale ruolo vicario: raccontare per chi non può farlo. Poiché la forma romanzesca, per sua natura, è tuttavia in grado di giocare contemporaneamente più partite, ecco che quello di Postorino, oltre che un romanzo storico, riesce a essere anche un toccante romanzo famigliare e di formazione, capace di farci riflettere e scuoterci nel profondo. Le vicende dei protagonisti diventano le nostre in poche pagine. Il Premio Strega può essere un'ottima occasione perché Mi limitavo ad amare te entri al meglio nel dibattito letterario di quest'anno».
Nicola Lagioia al Premio Strega 2023

Rosella Postorino, scrittrice, è autrice, tra l'altro, di: *L'estate che perdemmo Dio* (Einaudi, 2009), *Il mare in salita* (Laterza, 2011), *Il corpo docile* (Einaudi, 2013; Feltrinelli, 2022). Con *Le assaggiatrici* (Feltrinelli, 2018), tradotto in oltre 30 lingue, ha vinto il Premio Campiello e diversi altri prestigiosi premi. *Mi limitavo ad amare te* (Feltrinelli, 2022) si è classificato secondo al Premio Strega.

→
Parliamo di questo libro alle pp. 23-25 (Lipperini) e alle pp. 93-97 (Simonetti)

Viola Ardone
Grande meraviglia
Einaudi

pagine 304
isbn 9788806257620

Elba ha il nome di un fiume del Nord: è stata sua madre a sceglierlo. Prima vivevano insieme, in un posto che lei chiama il mezzomondo e che in realtà è un manicomio. Poi la madre è scomparsa e a lei non è rimasto che crescere, compilando il suo Diario dei malanni di mente, e raccontando alle nuove arrivate in reparto dei medici Colavolpe e Lampadina, dell'infermiera Gillette e di Nana la cana. Del suo universo, insomma, il solo che conosce. Almeno finché un giovane psichiatra, Fausto Meraviglia, non si ficca in testa di tirarla fuori dal manicomio, anzi di eliminarli proprio, i manicomi; del resto, è quel che prevede la legge Basaglia, approvata pochi anni prima. Il dottor Meraviglia porta Elba ad abitare in casa sua, come una figlia: l'unica che ha scelto, e grazie alla quale lui, che mai è stato un buon padre, impara il peso e la forza della paternità. Con la sua scrittura intensa, originale, piena di musica, Viola Ardone racconta che l'amore degli altri non dipende mai solo da noi. È questo il suo mistero, ma anche il suo prodigio.

L'incipit

«Il mezzomondo è la casa dei matti, ci stanno i cristiani che sembrano gatti: non hanno la coda, non sanno miagolare, però sono gatti. Gatti da legare.
Stamattina è arrivata una Nuova e le ho dovuto spiegare tutto daccapo: in principio c'è Colavolpe, poi Lampadina, poi gli infermieri, poi i sorveglianti, poi nulla, nulla, nulla, poi sempre nulla. E infine i matti. Devi sapere per prima cosa che qui è come il mare: ci sono le Tranquille e ci sono le Agitate. Un mare chiuso ma sempre mare, e in ogni mare si può navigare. Dentro al mezzomondo ci sta pure Elba, che sono io, ma per me questo è il mondo intero, perché il resto che c'è non so neppure cos'è. Ahà. La Nuova non parla, non dice il suo nome. All'inizio è cosí: fanno spesso il silenzio, poi alcune partono e non si fermano piú, dicono insalate di parole, una lingua segreta che nessuno capisce. Ed è inutile starle ad ascoltare quando cominciano a burbureggiare.
Nessuna risposta. Conto fino a cinque virgola sei e poi ricomincio.
Vuoi sapere perché mi chiamo Elba? Chiedo alla Nuova. Lei strizza l'occhio sinistro: lo prendo per un

sí. È il nome di un grande fiume del Nord che passa per la Germania, me lo ha dato la mia Mutti, che in tedesco significa mamma. Lo sai tu dov'è la Germania sulla carta geografica? Ce ne sono due: una gialla e una arancione, cosí ho imparato alla scuola delle Suore Culone, dove mi hanno mandata quando avevo nove anni, per farmi studiare. La mia Mutti veniva da quella arancione, che però adesso è tutta chiusa dentro al comunismo. Ci hanno fatto un muro intorno, proprio come qui al mezzomondo, nessuno può entrare o può uscire, solo i fiumi scorrono liberi, perché non li si può fermare. Il fiume che porta il mio nome attraversa la Germania arancione e si getta nel Mare del Nord. Tutti i fiumi arrivano al mare, diceva la Mutti. La Nuova si attorciglia nella coperta come una gatta scontrosa».

Viola Ardone (Napoli 1974) insegna Latino e Italiano al liceo. Per Einaudi Stile Libero ha pubblicato i due best seller *Il treno dei bambini* (2019) e *Oliva Denaro* (2021), tradotti in tutto il mondo, e *Grande meraviglia* (2023).

Scrivono del libro

Grande Meraviglia mette in luce un racconto di luoghi che modificano le persone – i manicomi, le case, i fiumi e i mari – e di nomi che si fanno destino: Elba si chiama così per un grande fiume tedesco che finisce nel mare, Meraviglia è il cognome di Fausto che è il grande Meraviglia, un dottore del nuovo mondo che tenta di aggiustare e curare il vecchio ma che non sa dare mai seguito alla sorpresa e anzi incasella le vite dei suoi pazienti e della sua famiglia sfuggendo alle regole anti-Basaglia e trovandone di nuove. Lo stesso nome del manicomio, "Fascione", riporta a qualcosa che circonda qualcosa d'altro, che tiene unito affinché niente possa sfuggire ricomporsi in modo diverso; infine, la grande meraviglia del titolo fluisce fino alla fine del racconto diventando una meraviglia grande, Elba che comprende cosa fare del "mezzo" in cui è intrappolata, tra un mondo e l'altro: è un gioco di parole, quello che Elba non esplicita ma sottintende sempre.
Elena Marinelli, "Il libraio", 19 settembre 2023

Francesca Giannone
La portalettere
Editrice Nord

pagine 416

isbn 9788842934844

Premio Bancarella 2023

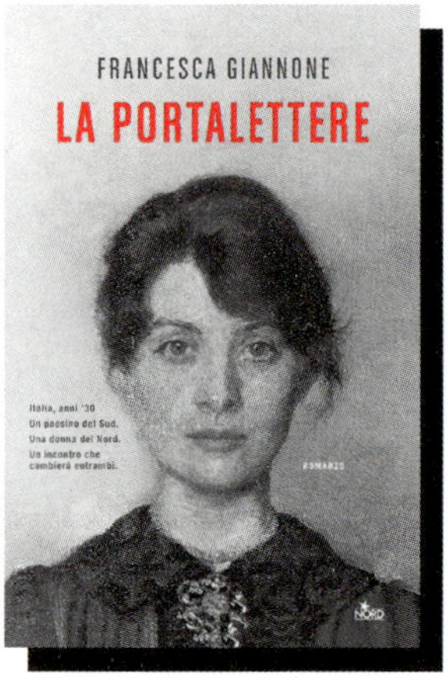

Salento, giugno 1934. A Lizzanello, un paesino di poche migliaia di anime, una corriera si ferma nella piazza principale. Ne scende una coppia: lui, Carlo, è un figlio del Sud, ed è felice di essere tornato a casa; lei, Anna, sua moglie, è bella come una statua greca, ma triste e preoccupata: quale vita la attende in quella terra sconosciuta?
Persino a trent'anni da quel giorno, Anna rimarrà per tutti «la forestiera», quella venuta dal Nord, quella diversa, che non va in chiesa, che dice sempre quello che pensa. E Anna, fiera e spigolosa, non si piegherà mai alle leggi non scritte che imprigionano le donne del Sud. Ci riuscirà anche grazie all'amore che la lega al marito, un amore la cui forza sarà dolorosamente chiara al fratello maggiore di Carlo, Antonio, che si è innamorato di Anna nell'istante in cui l'ha vista.
Poi, nel 1935, Anna fa qualcosa di davvero rivoluzionario: si presenta a un concorso delle Poste, lo vince e diventa la prima portalettere di Lizzanello. La notizia fa storcere il naso alle donne e suscita risatine di scherno negli uomini. «Non durerà», maligna qualcuno.
E invece, per oltre vent'anni, Anna diventerà il filo invisibile che unisce gli abitanti del paese. Prima a piedi e poi in bicicletta, consegnerà le lettere dei ragazzi al fronte, le cartoline degli emigranti, le missive degli amanti segreti. Senza volerlo – ma soprattutto senza che il paese lo voglia – la portalettere cambierà molte cose, a Lizzanello.
Quella di Anna è la storia di una donna che ha voluto vivere la propria vita senza condizionamenti, ma è anche la storia della famiglia Greco e di Lizzanello, dagli anni '30 fino agli anni '50, passando per una guerra mondiale e per le istanze femministe.
Ed è la storia di due fratelli inseparabili, destinati ad amare la stessa donna.

L'incipit
«Lizzanello (Lecce)

"È morta la portalettere!"
La notizia si diffuse come un lampo lungo ogni strada e vicolo del paese.
"Figurati se quella è schiattata davvero", commentò

donna Carmela, facendo capolino dalla porta con aria assonnata. L'alone nerastro del mascara del giorno prima le si era tutto addensato nelle pieghe sotto gli occhi.

"Pace all'anima sua", replicò la dirimpettaia in vestaglia, e si fece il segno della croce.

"Lo dicevano, che non stava bene", s'intromise un'altra dal balcone. "Non la si vedeva in giro da un pezzo."

"I bronchi, ho sentito", puntualizzò un donnone che stava spazzando l'uscio di casa.

"C'aveva la malattia dei portalettere", spiegò quella dal balcone. "Ferruccio, vi ricordate? Pure lui morì giovane."

Donna Carmela fece una smorfia. "Vado a stirare il vestito delle feste", disse. E rientrò.

In una casa non troppo distante, dove finiva il centro abitato e cominciava la distesa di ulivi, Giovanna se ne stava seduta al tavolo della cucina e versava lacrime su una cartolina datata 22 maggio 1936. La piegò in due, la infilò nell'incavo dei seni e uscì.

Secondo le ultime disposizioni di Anna, la veglia funebre era stata allestita nel giardino di melograni e basilico sul retro della casa. Il mortaio che lei si era portata appresso dalla Liguria quasi trent'anni prima glielo avevano messo accanto nella bara, in cui c'erano due paia di calzette da neonato, uno rosa e uno blu, e la fede nuziale di Carlo, che Anna aveva insistito per portare con sé, infilata nel dito sopra la sua. Non le serviva altro per congedarsi dalla vita, aveva detto poche ore prima di spirare».

Scrivono del libro

«Liberamente ispirato alle vicende relative alla bisnonna di Francesca Giannone, rese in chiave narrativa, *La portalettere* si connota fin da subito per la sua capacità di focalizzarsi sulla storia di una famiglia, *in primis*, e quindi di un paese (il borgo di Lizzanello esiste, ma nella versione letteraria l'autrice ha inserito anche elementi tratti da altri paesi del leccese). La storia c'è, certo, ma resta volutamente sullo sfondo. Al centro, restano, invece, i legami familiari e di amicizia, le lotte per i diritti, nonché gli intrighi, vero motore di una narrazione coinvolgente».

Gloria Maria Ghioni, "Il libraio", 5 gennaio 2023

Francesca Giannone, pugliese, si è laureata in Scienze della comunicazione e ha studiato al Centro Sperimentale di Cinematografia. Trasferitasi a Bologna, ha curato la catalogazione dei trentamila volumi della Associazione Luigi Bernardi e ha frequentato il corso biennale di scrittura della Bottega di Narrazione "Finzioni". Ha pubblicato vari racconti su riviste letterarie. Tornata a vivere a Lizzanello, il suo paese di origine in Salento, ha continuato a scrivere e a coltivare l'altra sua grande passione, la pittura.

Antonio Manzini
ELP
Sellerio

pagine 544
isbn 9788838945496

Due casi di calda attualità sociale impegnano l'irruente e malinconico Rocco Schiavone. Un marito violento trovato ucciso con un colpo di pistola alla fronte e l'imprenditore di una fabbrica di pellami rimasto ucciso in seguito a un attentato attribuito agli ambientalisti dell'ELP. Il vicequestore, con disincanto e scetticismo, inizia la sua indagine controcorrente.
Non si fa che parlare dell'ELP, l'Esercito di Liberazione del Pianeta. Il vicequestore Rocco Schiavone guarda con simpatia mista al solito scetticismo ai gesti clamorosi di questi disobbedienti che liberano eserciti di animali d'allevamento in autostrada. Semmai è incuriosito dal loro segno di riconoscimento che si diffonde come un contagio tra ragazze e ragazzi.
La vera violenza sta però da un'altra parte e quando Rocco viene a sapere di una signora picchiata dal marito non si trattiene, «come una belva sfoga la sua rabbia incontenibile»: «un buon suggerimento» per comportamenti futuri. Solo che lo stesso uomo l'indomani viene trovato ucciso con un colpo di pistola alla fronte.
Uno strano assassinio, su cui Schiavone deve aprire un'inchiesta da subito contorta da fatti personali (comici e tragici). Per quanto, fortuna voglia che facciano squadra clandestinamente anche i vecchi amici senza tetto né legge di Trastevere, Brizio e Furio, che corrispondono al suo naturale sentimento contro il potere. Nel caso è implicata una società che sembra una pura copertura. Ma dietro questa copertura, qualcosa stride e fa attrito fino a bloccare completamente Rocco sull'orlo della soluzione del caso. Intanto crescono in aggressività gli atti dell'ELP fino a un attentato che provoca la morte di un imprenditore di una fabbrica di pellami.
Indagando, Rocco si rende conto che forse, dal punto di vista della sensibilità ambientale, sullo stabilimento non c'è molto da ridire. Ma perché i "simpatici" ambientalisti sono giunti a tanto?
ELP, la nuova e molto ricca trama di Antonio Manzini, è particolarmente narrativa e mette sotto un unico segno due casi e due inchieste. Le riunisce lo sfondo di calda attualità sociale. Anche il brusco vicequestore è più ombroso e stanco, sente più acutamente quanto

importante sia l'amicizia, e deve investire nell'indagine tutta la sua irruente e sincera passionalità, e tutta la tenerezza della sua invincibile malinconia.

L'incipit

«I giorni scivolavano come macchie d'olio sull'acqua, grigi e uguali, la primavera non si affacciava e l'inverno aveva lasciato il posto ad un velo di pioggia. A passo veloce, col bavero del loden rialzato seguito da Lupa che gli trotterellava a fianco, Rocco Schiavone attraversava la piazza diretto al bar centrale. Qualcuno, lontano, scandiva slogan in un megafono. I muri dei palazzi e il selciato bagnato rimandavano l'eco dei tamburi. Il vicequestore afferrava poche parole: "Tempo...", "Pianeta...", "Futuro...".

Entrò nel bar, Ettore stava mettendo in ordine i tavolini.

"Una bella giornata, giusto, dottor Schiavone?".

"Se uno è un fungo... Me lo fai un caffè?".

"Comandi". Ettore girò intorno al bancone per piazzarsi di fronte alla Faema.

"Ma questo casino che si sente?".

"Curioso che lei della questura lo chieda a me che gestisco un bar".

"Che vuoi dire?".

"Sono in piazza, davanti alla Regione".

"Chi?".

"I dimostranti. Non lo sapeva?".

"Non leggo circolari".

"E fa male. Sono mica pochi, sa?".

"Che chiedono?".

"Sono tutti ambientalisti. Le solite cose. Pianeta pulito, rispetto per la terra, basta chimica sulle colture... Oggi manifestano in tutta Italia, è la giornata del pianeta pulito", e posò la tazzina davanti a Rocco. "Dottor Schiavone, io sono d'accordo con loro. Lo sa però cosa mi rattrista?".

"Guardarti ogni mattina allo specchio?".

"Anche. È che se lei va a dare un'occhiata, sono tutti giovani".

Rocco schioccò le labbra. "Buono il caffè, grazie". Poggiò una moneta da 2 euro.

"Sono i giovani che dimostrano" continuò Ettore, "i vecchi hanno la coda di paglia, si vergognano di scendere in piazza, eppure il pianeta è di tutti!"».

Antonio Manzini, scrittore e sceneggiatore, ha pubblicato per Sellerio *Sangue marcio*, *La giostra dei criceti* (2017), *Gli ultimi giorni di quiete* (2020) e *La mala erba* (2022). La serie con Rocco Schiavone è iniziata con il romanzo *Pista nera* (2013) cui sono seguiti *La costola di Adamo* (2014), *Non è stagione* (2015), *Era di maggio* (2015), *Cinque indagini romane per Rocco Schiavone* (2016), *7-7-2007* (2016), *Pulvis et umbra* (2017), *L'anello mancante. Cinque indagini di Rocco Schiavone* (2018), *Fate il vostro gioco* (2018), *Rien ne va plus* (2019), *Ah l'amore l'amore* (2020), *Vecchie conoscenze* (2021), *Le ossa parlano* (2022). In altra collana della stessa casa editrice ha pubblicato *Sull'orlo del precipizio* (2015) e *Ogni riferimento è puramente casuale* (2019).

ELP di Antonio Manzini conferma il successo dei libri su Rocco Schiavone: è primo nella classifica dei libri più acquistati tra il 19 giugno e il 16 luglio 2023.

Gian Marco Griffi
Ferrovie del Messico
Laurana Editore

pagine 824
isbn 9791280845023
Premio Mastercard 2022

Se cercate dell'avventura, in questo romanzo ne troverete a bizzeffe. Se cercate della letteratura, con questo romanzo ne farete una scorpacciata. I luoghi e i tempi: Asti, Repubblica Sociale Italiana, febbraio 1944; su e giù per le ferrovie del Messico, tra gli anni Venti e gli anni Trenta del secolo scorso. I personaggi (non tutti): Cesco Magetti, milite della Guardia nazionale repubblicana ferroviaria, tormentato dal mal di denti, incaricato di compilare una mappa delle ferrovie del Messico (l'ordine viene dall'alto, molto dall'alto); Tilde Giordano, ragazza bellissima e folle, imbevuta di letteratura, della quale Cesco si innamora all'istante e perdutamente; Steno, devotissimo fidanzato di Tilde, partigiano senz'armi; don Tiberio, prete di città confinato a Roccabianca a causa di certe sue insane passioni; Epa, cartografo samoano (delle Samoa tedesche); Adolf il Führer e la sua consorte Eva, alle prese con l'abuso di anglicismi; Angelo detto Angelino detto Angelito detto Lito Zanon, addetto cimiteriale alla bollitura di cadaveri; Mec il muto, suo sodale fin dai tempi in cui insieme costruivano ferrovie in Sudamerica; le due Marie, entrambe di nome Maria; Bardolf Graf, impiegato amministrativo, ignaro motore immobile di tutta la storia; Ettore e Nicolao, informatissimi e misteriosi clienti fissi del night club segreto l'Aquila agonizzante, prossimi ai partigiani; Gustavo Adolfo Baz, autore del volume *Historia poética y pintoresca de los ferrocarriles en México*; Edmondo Bo, frenatore poeta, o poeta frenatore, o frenatore e poeta, in ogni caso alcolista e oppiomane; l'orribile Obersturmbannführer Hugo Kraas, amante dell'arte italiana, discutibile golfista e spietato SS; Giustina Decorcipo, compagna d'orfanotrofio di Ettore e Nicolao, violentata e uccisa e gettata sul bordo della strada a sedici anni; Feliciano, bambino morto. Con *Ferrovie del Messico* Griffi ci ha dato un grande romanzo corale, spassoso e commovente, giocoso e profondo, realistico e fantastico, avvincente senza tregua, scritto con una lingua quasi parlata, sempre cordiale tanto nel registro comico quanto in quello drammatico, e tuttavia letteratissima. Se i numi tutelari di Griffi sono senz'altro Jorge Luis Borges e Carlo Emilio Gadda (e fanno capolino qua e là Roberto Bolaño, Thomas Pynchon e – com'è logico – i Monty Python), il risultato è del tutto originale.

L'incipit

«Era un brutto periodo. Ennio aveva disertato, a Luigi Bocca avevano sparato per sbaglio al lobo di un orecchio, il maestro Pozzi aveva perso tre dita della mano destra e bestemmiava ogni volta che armeggiava per scrivere con la sinistra. Il re era scappato, i passeggeri svanivano sui treni, il barbiere Gianni era scappato pure lui, salito su qualche collina per far la guerra alla Repubblica, e nel quartiere avevano tutti la barba da fare. Anche Pietro aveva disertato, il Gran Cinema Vittoria era chiuso, il mio dentista Grandi era alle Nuove a Torino accusato di tradimento, e io mi tenevo il mal di denti da tre giorni.
E questo non era neppure il peggio. I tedeschi trascinavano il corpo morto dell'Italia furibondi come Achille sotto le mura di Troia, non avevo notizie di Firmino da quando era tornato dalla Russia, mia madre cucinava pietanze che sapevano di polvere e a me restava una settimana per realizzare una mappa ferroviaria del Messico».

Scrivono del libro

«Cesco è però solo il cuore di una ragnatela ingarbugliata – uno *gnommero* di gaddiana memoria – composta di una mirabolante quantità di storie, personaggi, racconti, scenette, enigmi, proclami e follie varie. Griffi si dimostra abilissimo nell'arte incantatoria della *divagazione*, che è la parola chiave per cogliere lo spirito di *Ferrovie del Messico*. La trama di questo romanzo-antiromanzo è deformabile, aperta in più punti, mobile. Da una cosa – un episodio, una personalità, un dettaglio – può venirne fuori qualunque altra: un excursus sulle regole del gioco del golf può sfociare così nella descrizione di un bombardamento, e la vita coniugale di Hitler in una disamina sull'eccesso di anglicismi. E poi ci sono i personaggi, tanti, variegati e misteriosi: sono poeti, partigiani, fascisti, viaggiatori, agenti segreti, prostitute, preti, cartografi, becchini, costruttori di ferrovie e altro ancora. [...] *Ferrovie del Messico* è pura letteratura potenziale, esempio di non-finito (e quindi di *infinito*); è un libro fatto di scatole cinesi che potrebbe anche non concludersi mai, in cui c'è sempre un'ulteriore storia che da un momento all'altro salterà fuori a scombinare i piani».
Claudio Bello, "Flanerí", 28 novembre 2022

Gian Marco Griffi nasce ad Alessandria il 16 dicembre 1976. Ha vissuto per circa trentun anni a Montemagno, in Monferrato. Attualmente vive ad Asti.

→
Parliamo di questo libro a p. 95

Federico Taddia
Elisa Palazzi
Bello mondo. Clima, attivismo e futuri possibili: un libro per capire quello che gli altri non vogliono capire
Mondadori

pagine 176
isbn 9788804777033

Che cosa sta succedendo alla Terra? Sentiamo costantemente parlare di eventi estremi che si verificano in tutto il mondo: nubifragi, siccità e incendi stanno devastando il pianeta e la situazione sembra destinata a peggiorare. Ma perché sta succedendo? E noi siamo costretti ad assistere in silenzio a questo disastro?
No, possiamo ancora intervenire, ma per capire come farlo dobbiamo prima studiare le cause legate ai fenomeni che stanno minacciando il nostro mondo: è fondamentale conoscere i rischi che stiamo correndo, ma soprattutto le modalità con cui possiamo prevenirli e adattarci.
Il pianeta sta cambiando, e così dovremo fare noi.
Scopriamo insieme cosa vuol dire parlare di aumento delle temperature e fusione dei ghiacciai, di deforestazione e preservazione della biodiversità, di polveri sottili e ciclo del carbonio: comprendere il sottile equilibrio che governa la Terra è il primo passo per prendercene cura.
Stare dalla parte di Bello Mondo significa fare qualcosa.
Non solo sapere di doverlo fare, ma capire perché.
Non solo sapere cosa fare, ma capire quando.
Non solo sapere intervenire, ma capire come.
Significa fare qualcosa ora.

L'incipit
«Che cosa sta succedendo alla Terra?
Sentiamo costantemente parlare di eventi estremi che si verificano in tutto il mondo: nubifragi, siccità e incendi stanno devastando il pianeta e la situazione sembra destinata a peggiorare. Ma perché sta succedendo? E noi siamo costretti ad assistere in silenzio a questo disastro?
No, possiamo ancora intervenire, ma per capire come farlo dobbiamo prima studiare le cause legate ai fenomeni che stanno minacciando il nostro mondo: è fondamentale conoscere i rischi che stiamo correndo, ma soprattutto le modalità con cui possiamo prevenirli e adattarci.
Il pianeta sta cambiando, e così dovremo fare noi.
Scopriamo insieme cosa vuol dire parlare di aumento delle temperature e fusione dei ghiacciai, di deforestazione e preservazione della biodiversità, di polveri

sottili e ciclo del carbonio: comprendere il sottile equilibrio che governa la Terra è il primo passo per prendercene cura.
Stare dalla parte di Bello Mondo significa fare qualcosa. Non solo sapere di doverlo fare, ma capire perché Non solo sapere cosa fare, ma capire quando. Non solo sapere intervenire, ma capire come. Significa fare qualcosa ora».

Scrivono del libro
«Il testo, nel cui titolo riecheggia l'omonima poesia di Mariangela Gualtieri, si divide in 10 capitoli colorati. Ciascuno di questi, con un espediente narrativo capace di avvincere il lettore, è introdotto da una missiva firmata dalla Terra (autodefinitasi un'adolescente di soli 4,5 miliardi di anni): si tratta di confessioni incalzanti che forniscono tanto un ritratto intimistico del Pianeta quanto una panoramica sul capitolo che precedono. Ad esempio, il Pianeta spiega in questi termini l'impellenza di preservare la biodiversità faunistica. "Gli animali cercano di abituarsi al nuovo vivere, – si legge – ma nessuno insegna loro come fare –. Hanno pellicce, piume e colori troppe volte non più adatti a dove hanno vissuto per migliaia di anni. Sono dispiaciuta per loro: mi puoi aiutare tu?". 'Bello Mondo' propone, fin da subito, un approccio responsabilizzante. "Questo libro nasce con l'idea di rompere le scatole, – chiariscono Palazzi e Taddia nell'introduzione – è un invito ad alzare la voce, a fare proposte, a smuovere le teste, a bussare alle porte di chi orienta le decisioni, a prendersi le proprie responsabilità, a metterci la faccia, ad attivarsi con il supporto della scienza per smetterla con la retorica e incidere davvero sulle abitudini e gli stili di vita"».
Alessio Cozzolino, *Pianeta2030*, "Corriere della Sera", 27 luglio 2023

Federico Taddia, scrittore, conduttore e autore tv, collabora con "Topolino", Rai, Radio24 e "La Stampa". Si dedica a raccontare ai più giovani le nuove scoperte scientifiche. Ha scritto *Nata in via delle Cento Stelle. Gatti, biciclette e parolacce: tutta la galassia di Margherita Hack* (Mondadori, 2022). Con la collana "Teste Toste" ha vinto il Premio Andersen per la miglior collana di divulgazione scientifica per ragazze e ragazzi.

Elisa Palazzi, climatologa e ricercatrice, è docente in Fisica del clima presso l'Università di Torino. Svolge da anni attività di divulgazione scientifica per scuole, movimenti giovanili e pubblico adulto, ed è una delle voci più ascoltate dagli attivisti di Fridays for Future. È tra gli ideatori di "Un grado e mezzo", festival su clima e ambiente di Torino. Con Sara Moraca ha scritto *Siamo tutti Greta. Le voci inascoltate del cambiamento climatico* (edizioni Dedalo, 2022).

→
Parliamo di Clima alle pp. 33-43

aut

ori

Tamara Baris collabora con Treccani Libri ed è editor *freelance.* Scrive articoli per il portale Treccani.it (*Atlante*; *Lingua italiana*) e per *La città dei lettori.* Dottore di ricerca in Storia della lingua italiana (si è occupata di scritture private), ha partecipato, ormai tanti anni fa, a *Scritture Giovani Cantiere* del *Festivaletteratura.* In pubblicazione: *In oriente con Tiziano Terzani* (Giulio Perrone editore, 2024).

Daria Bignardi, giornalista e scrittrice, ha vinto con *Non vi lascerò orfani* (Mondadori, 2009) il Premio Rapallo, il Premio Elsa Morante, il Premio Città di Padova. Sempre per Mondadori è autrice, tra l'altro, di *Un karma pesante* (2010), *Storia della mia ansia* (2018) e *Oggi faccio azzurro* (2020), tradotti in molte lingue. Con Einaudi ha pubblicato *Libri che mi hanno rovinato la vita* (2022 e 2023).

Angelo Carotenuto, giornalista e scrittore, si è occupato di politica, sport e cultura pop. È autore, tra l'altro, di *La Grammatica del Bianco* (Rizzoli, 2014), *La musica fa crescere i pomodori* (con Peppe Vessicchio, Rizzoli, 2017), *Le canaglie* (Sellerio, 2020). Ha scritto e diretto con Malina De Carlo il documentario *C'era una volta Gioann. Cent'anni di Gianni Brera*, prodotto da 3D per Sky Arte.

Matteo Cavezzali, scrittore, è ideatore e direttore artistico del festival *ScrittuRa* di Ravenna. Tra i suoi libri: *Icarus. Ascesa e caduta di Raul Gardini* (minimum fax, 2018; Premio Comisso e Premio Volponi Opera prima 2019); *Nero d'inferno* e *Il labirinto delle nebbie* (Mondadori, 2019 e 2022); *A morte il tiranno* (HarperCollins, 2021), da cui è stato tratto l'omonimo podcast. Ha realizzato il podcast *Bruno Neri, calciatore e partigiano* per *RaiPlay Sound.*

Beppe Cottafavi, editor, semiologo e umorista, si è formato con Umberto Eco e Paolo Fabbri. Consulente editoriale di Mondadori Libri, dirige la casa editrice digitale Il dondolo del Comune di Modena e il Festival della Satira di Forte dei Marmi. Ha diretto la rivista "Comix". È responsabile della sezione *Idee* del quotidiano "Domani".

Agnese Codignola, laureata in chimica e tecnologie farmaceutiche, dopo anni nella ricerca si è dedicata interamente all'attività giornalistica e divulgativa. Collabora con i principali gruppi editoriali italiani occupandosi di salute, sostenibilità ambientale e scienza in generale. Il suo ultimo libro è *Il lungo Covid. La prima indagine sulle conseguenze a lungo termine del virus* (UTET, 2022).

Fabio Deotto, scrittore, giornalista, traduttore, collabora con testate nazionali e internazionali, tra le quali "Esquire", "Corriere della Sera", "Wired", "Il Sole 24 Ore", "Il Tascabile", "The Massachusetts Review". Ha pubblicato i romanzi *Condominio R39* (2014; Premio Zocca) e *Un attimo prima* (2017), entrambi con Einaudi, e il saggio-reportage *L'Altro mondo* (Bompiani, 2021). Insegna scrittura creativa alla Scuola Holden di Torino.

Paolo Di Paolo è autore di romanzi, tra cui *Mandami tanta vita* (2013, finalista Premio Strega), *Lontano dagli occhi* (2019, Premio Viareggio Rèpaci) e *Romanzo senza umani*, pubblicati da Feltrinelli e tradotti in diverse lingue europee. È autore di saggi, testi teatrali e libri per l'infanzia e l'adolescenza. Scrive su "la Repubblica" e conduce su Rai Radio 3 *La lingua batte.*

Paolo Di Stefano, giornalista e scrittore, inviato del "Corriere della Sera", ha pubblicato poesie, racconti, inchieste e romanzi, tra cui: *La catastròfa* (Sellerio, 2011), *Ogni altra vita* (il Saggiatore, 2015) e, per Bompiani, oltre a *Noi* (2020), tre romanzi con il nome di Nino Motta: *La parrucchiera di Pizzuta* (2017), *Ragazze troppo curiose* (2022) e *Azzurro troppo azzurro* (2022). Ha vinto numerosi premi, tra cui il Grinzane Cavour, il Campiello, il Volponi, il Viareggio Rèpaci.

Ida Dominijanni, giornalista, filosofa, saggista, femminista, impegnata contro la guerra e per i diritti umani, ha condotto numerosi progetti storici di ricerca, pubblicando diversi saggi e insegnando in vari atenei. A lungo firma del quotidiano “il manifesto”, scrive di storia e teoria femminista per molte testate.

Luca Doninelli, scrittore, giornalista, docente universitario, è autore, tra l’altro, di *Fa’ che questa strada non finisca mai* (2014), *Le cose semplici* (2015, Premio Selezione Campiello), *Tre casi per l’investigatore Wickson Alieni* (2018, Premio Strega Ragazze e Ragazzi), *Nero Fiorentino* (2023), tutti editi da Bompiani. Per la Nave di Teseo ha di recente pubblicato *La conoscenza di sé* e *Tu credi che io dorma*.

Arianna Farinelli, politologa, ha insegnato per dieci anni Scienze politiche al Baruch College della City University of New York. *Gotico americano* (Bompiani, 2020) è il suo primo romanzo, oggi tradotto in diverse lingue. Spesso ospite di programmi televisivi di approfondimento politico, collabora con vari quotidiani italiani.

Enrica Maria Ferrara è ricercatrice e docente di Letteratura italiana presso il Trinity College di Dublino. Oltre a due monografie su Italo Calvino (*Calvino e il mare dell’altro*, Magma, 2008; *Calvino e il teatro*, Peter Lang, 2011), ha pubblicato articoli di letteratura italiana e comparata su riviste specializzate e in volumi collettivi.

Tommaso Giagni, storico, ha scritto su vari quotidiani. Per Einaudi ha pubblicato *L’estraneo* (2012) e *Prima di perderti* (2016). Il suo ultimo libro è *Afferrare un’ombra. Vita di Jim Thorpe* (minimum fax, 2023). Suoi saggi sono usciti in varie antologie, tra cui *Voi siete qui* (minimum fax, 2007), *Il lavoro e i giorni* (Ediesse, 2008), *Ogni maledetta domenica* (minimum fax, 2010).

Laura Imai Messina, scrittrice, vive a Tokyo e insegna in alcune delle più prestigiose università giapponesi e alla Scuola Holden di Torino. Collabora con varie testate. Ha esordito nel 2014 con *Tokyo Orizzontale* (Piemme). *Quel che affidiamo al vento* (Piemme, 2020) è in corso di pubblicazione in oltre 25 paesi. Il suo romanzo più recente è *L’isola dei battiti del cuore* (Piemme, 2022).

Nicola Lagioia è scrittore, sceneggiatore, conduttore radiofonico e direttore editoriale di “Lucy”. Tra i suoi libri: *Tre sistemi per sbarazzarsi di Tolstoj* (minimum fax, 2001), *Riportando tutto a casa* (Einaudi, 2010; Premio Viareggio Rèpaci, Premio Vittorini, Premio Volponi), *La ferocia* (Einaudi, 2014, Premio Strega) e *La città dei vivi* (Einaudi, 2020). Ha diretto il Salone Internazionale del Libro di Torino dal 2016 al 2023.

Vincenzo Latronico ha pubblicato quattro romanzi con Bompiani. L’ultimo, *Le Perfezioni* (2022), ha vinto il Premio Mondello ed è in corso di traduzione in diciassette paesi. Ha tradotto decine di romanzi, concentrandosi soprattutto sui classici, e sta curando per Bompiani una riedizione delle opere di George Orwell. Collabora con “Il Post” e insegna alla Scuola Holden di Torino.

Loredana Lipperini, giornalista, scrittrice, drammaturga e conduttrice radiofonica, conduce il programma *Fahrenheit* su Rai Radio 3. Collabora con diverse testate nazionali e cura il blog *Lipperatura*. Ha pubblicato saggi e romanzi, tra i quali *Ancora dalla parte delle bambine* (Feltrinelli, 2007), *Di mamma ce n’è più d’una* (Feltrinelli, 2013), *La notte si avvicina* (Bompiani, 2020), *Roma dal bordo* (Bottega Errante Edizioni, 2022).

Eleonora Mazzoni, attrice è scrittrice, ha pubblicato, tra l'altro, *Le difettose* (Einaudi, 2012), *Gli ipocriti* (Chiarelettere, 2015), *In becco alla cicogna!* (Biglia Blu, 2016), *Il cuore è un guazzabuglio. Vita e capolavoro del rivoluzionario Manzoni* (Einaudi, 2023). Scrive soggetti e sceneggiature per il cinema e la televisione.

Melania G. Mazzucco è scrittrice e autrice di radiodrammi. Tra i suoi romanzi, tradotti in 23 paesi: *Sei come sei* (2013), *Io sono con te. Storia di Brigitte* (2016), *L'Architettrice* (2019) tutti per Einaudi. Tra i suoi saggi: *Self-Portrait. Il museo del mondo delle donne* (Einaudi, 2022). Collabora con vari quotidiani ("la Repubblica", "il manifesto", "Il Messaggero", "Il Sole 24 Ore", "The New York Times", "El País").

Matteo Moca, dottore di ricerca in Italianistica all'Université Paris Nanterre e all'Università di Bologna, si occupa, tra gli altri, di Landolfi, Morante, Ortese e Perec. Scrive di letteratura su quotidiani e riviste. Tra i suoi libri: *Tra parola e silenzio. Landolfi, Perec, Beckett* (La scuola di Pitagora, 2017), *Un'esigenza di realtà. Anna Maria Ortese e la dipendenza del fantastico* (LiberAria, 2022).

Gianfranco Pasquino, già allievo di Norberto Bobbio e Giovanni Sartori, è professore emerito di Scienza politica dell'Università di Bologna. È autore, tra l'altro, di *Libertà inutile. Profilo ideologico dell'Italia repubblicana* (UTET, 2021) e *Tra scienza e politica. Una autobiografia* (UTET, 2022), e curatore di *Fascismo* (Treccani, 2023). Socio dell'Accademia dei Lincei, dal 2011 fa parte del Consiglio scientifico dell'Enciclopedia Italiana.

Francesco Piccolo, scrittore e sceneggiatore, ha firmato, tra le altre, sceneggiature per Nanni Moretti e Marco Bellocchio e le serie tv *L'amica geniale* e *La vita bugiarda degli adulti*. Tra i suoi libri, per Einaudi: *La separazione del maschio* (2008), *Momenti di trascurabile felicità* (2010), *Il desiderio di essere come tutti* (2013; Premio Strega 2014), *La bella confusione* (2022). Collabora con "la Repubblica".

Bruno Pischedda, saggista e scrittore, insegna Letteratura italiana contemporanea all'Università degli Studi di Milano. Con *L'idioma molesto. Cecchi e la letteratura novecentesca a sfondo razziale* (Aragno, 2015) ha vinto nel 2017 il Premio Viareggio Rèpaci per la Saggistica. Per Carocci ha pubblicato *Dieci nel Novecento* (2019), *Satta il capolavoro infinito* (2020), *La competizione editoriale. Marchi e collane di vasto pubblico nell'Italia contemporanea (1860-2020)*.

Lidia Ravera, giornalista e scrittrice, ha raggiunto la notorietà nel 1976 con *Porci con le ali*, manifesto di una generazione e *longseller*. Tra gli ultimi romanzi: *Il terzo tempo* (Bompiani, 2017), *L'amore che dura* (Bompiani, 2019), *Avanti, parla* (Bompiani, 2021), *Age Pride. Per liberarci dai pregiudizi sull'età* (Einaudi, 2023). Ha lavorato per il cinema, il teatro e la televisione ed è stata assessore alla Cultura e politiche giovanili per la Regione Lazio.

Lara Ricci è responsabile delle pagine di letteratura e poesia di *Domenica*, l'inserto culturale del "Sole 24 Ore", dove lavora dal 2007. Autrice di molti reportage, insegna giornalismo all'Università di Losanna. Ha pubblicato, tra gli altri libri: *Droghe e Dipendenze* (Boroli editore, 2005). Ha vinto il Premio Voltolino per la divulgazione scientifica e altri riconoscimenti giornalistici.

Thea Rimini è assistente di Lingua e letteratura italiana all'Université de Mons e all'Université Libre de Bruxelles e collabora con l'Istituto Italiano di Cultura di Bruxelles. Si è perfezionata alla Scuola Normale Superiore di Pisa e ha dedicato numerosi saggi alla letteratura italiana moderna e contemporanea e alla relazione tra letteratura e cinema.

Vanessa Roghi è storica e autrice di programmi per RaiTre. *Bodini Fellow* presso l'Italian Academy della Columbia University (2020-21), è una ricercatrice indipendente. Ha scritto, tra gli altri libri: *La lettera sovversiva. Da don Milani a De Mauro, il potere delle parole* (Laterza, 2017); *Il passero coraggioso. «Cipì», Mario Lodi e la scuola democratica* (Laterza, 2022); *Eroina* (Mondadori, 2022).

Gino Roncaglia insegna Editoria digitale e Informatica umanistica all'Università degli Studi Roma Tre. È fra gli esperti che hanno partecipato alla stesura del Piano Nazionale Scuola Digitale e collabora da tempo con Rai Cultura alla realizzazione di trasmissioni televisive dedicate al rapporto fra scuola, cultura e nuovi media.

Roberto Saviano è autore dei bestseller internazionali *Gomorra* (Mondadori, 2006), *ZeroZeroZero* (2013), *La paranza dei bambini* (2016) e *Bacio feroce* (2017) tutti per Feltrinelli. Ha vinto, come sceneggiatore, il Grand Prix du Jury a Cannes per *Gomorra* e l'Orso d'argento a Berlino per *La paranza dei bambini*. Dirige la collana "Munizioni" di Bompiani. Sempre per Bompiani ha pubblicato il suo ultimo libro: *Solo è il coraggio. Giovanni Falcone, il romanzo* (2022). Dal 2006 vive sotto scorta per il suo lavoro d'inchiesta.

Gianluigi Simonetti è professore associato di Letteratura italiana contemporanea all'Università di Lausanne. È autore, fra l'altro, di *Dopo Montale. Le "Occasioni" e la poesia italiana del Novecento* (Pacini Fazzi, 2002) e *La letteratura circostante, Narrativa e poesia nell'Italia contemporanea* (Il Mulino, 2018).

Marino Sinibaldi, autore radiofonico e televisivo, critico letterario, organizzatore culturale, è presidente del Centro per il Libro e la Lettura. Ideatore di *Fahrenheit*, è stato vicedirettore dal 1999 e direttore dal 2009 all'aprile 2021 di Radio Tre. Nel 2010 ha ideato *Libri Come. Festa del libro e della lettura.* Tra i suoi libri: *È difficile parlare di sé. Conversazione a più voci con Natalia Ginzburg*, a cura di Cesare Garboli e Lisa Ginzburg (Einaudi, 1999).

Walter Siti, saggista, scrittore e critico letterario, ha pubblicato, tra l'altro, saggi su Eugenio Montale e Sandro Penna. È curatore dell'opera completa di Pier Paolo Pasolini per "I Meridiani" Mondadori. Tra i suoi libri: *Scuola di nudo* (Einaudi, 1994), *Troppi paradisi* (Einaudi, 2006), *Resistere non serve a niente* (Rizzoli, 2012; Premio Mondello e Premio Strega). Collabora con il quotidiano "Domani".

Cristina Taglietti lavora al "Corriere della Sera", dove si occupa di libri ed editoria per le pagine culturali e per il supplemento *la Lettura*. Ha scritto *Risvolti di copertina. Viaggio in 14 case editrici italiane* (Laterza, 2019).

Finito di stampare nel mese
di novembre 2023 presso
Arti Grafiche La Moderna S.r.l.,
Guidonia Montecelio (RM)